共和国青海记忆丛书

火车开进柴达木

huoche kaijin chaidamu

张荣大　著

青海人民出版社

图书在版编目（CIP）数据

火车开进柴达木 / 张荣大著 .-- 西宁 : 青海人民出版社 ,2020.9
（共和国青海记忆丛书）
ISBN 978-7-225-06035-4

Ⅰ . ①火… Ⅱ . ①张… Ⅲ . ①报告文学－中国－当代
Ⅳ . ① I25

中国版本图书馆 CIP 数据核字 (2020) 第 176780 号

共和国青海记忆丛书

火车开进柴达木

张荣大 著

出 版 人 樊原成
出版发行 青海人民出版社有限责任公司
西宁市五四西路 71 号 邮政编码：810023 电话：（0971）6143426（总编室）
发行热线 （0971）6143516/6137730
网 址 http://www.qhrmcbs.com
印 刷 青海雅丰彩色印刷有限责任公司
经 销 新华书店
开 本 890mm × 1240mm 1/32
印 张 8.25
字 数 200 千
版 次 2020 年 11 月第 1 版 2020 年 11 月第 1 次印刷
书 号 ISBN 978-7-225-06035-4
定 价 46.00 元

前　言

经著名作家王宗仁先生推荐，应青海人民出版社热情邀约，我用五个多月时间编撰完成《火车开进柴达木》一书，又一次激情燃烧，仿佛回到了几十年前采访青藏铁路建设那段刻骨铭心的岁月……

当我重新翻阅整理三十多年前所采写播发的一篇篇新闻稿和文章，又打开了高原采访记忆的闸门。青藏铁路第一期工程如火如荼的千里施工战场；铁路铺轨到锡铁山矿区令矿山员工喜悦的场面；察尔汗盐湖架起“钢铁彩虹”令施工部队雀跃的情景；青藏铁路铺轨到格尔木，人们奔走相告的激情；客运列车载着兴致勃勃的游客穿越戈壁滩的实况；青藏铁路第一期工程第一期工程十条专用线投入临时运营给沿线带来的繁荣景象，历历在目，近如昨日。

青藏铁路，举世无双的大铁路，是世界铁路建设史上史无前例的伟大工程！是一项值得永载史册的伟大壮举！

青藏大铁路，创造了两大世界奇迹：

第一，是当之无愧的全世界海拔最高、线路最长的高原铁路，这条独特的雪域铁路被盛赞为“天路”。

青藏铁路东起青海省会西宁市，西抵西藏自治区首府拉萨市，全长 1956 公里，历经半个世纪的“四上三下”才得以建成。

第一期工程西宁至格尔木段 814 公里，海拔大都在 2700 米左右。第二期工程格尔木至拉萨段，全长 1118 公里，其中海拔 4000 米的地段达 965 公里，路轨最高点唐古拉山垭口海拔 5300 米。按照科学测定，海拔每升高 1000 米，空气中的含氧量就减少 6% ~ 7%，也就是说青藏铁路第一期工程沿线的含氧量只有海平面的 80% 左右，而第二期工程沿线的含氧量仅有海平面的 70% 左右。机械在高海拔地区作业，也有高原反应，动力会大打折扣。

第二，当之无愧地成为穿越高原冻土里程最长、地质结构最复杂如履薄冰的铁路，从此，千里冻土变通途。

青藏铁路第二期工程穿越常年冻土层里程达 550 公里，在这种冻结时形成冻胀现象、见阳光后迅速融化塌沉的特殊地质结构修铁路，科技含量之高、难度之大，超出想象。当年修建格尔木至拉萨输油管线时，某施工部队挖了一条管沟没有及时下管填埋，到第二年再来此地时，由于冻土层暴露在阳光下，使一条小沟变成了一条河。从 20 世纪 60 年代起，铁一院便与中科院原冰川冻土研究所、铁道部科学研究院西北研究所一道，在风火山地区开展了高原冻土的研究，一系列高原冻土问题迎刃而解。在青藏铁路冻土地段列车时速可达 100 公里，世界上海拔最高的高原冻土隧道——风火山隧道，世界上最长的高原冻土隧道——昆仑山隧道，令人叹为观止。

以往，国家重点建设项目的宣传，基本原则是“开工不声张，竣工再报道”。但是，青藏铁路却例外地在建设中期决定对国内外宣传报道，的确打破了常规，这是中国社会发展的必然，预示着中国改革开放的大幕即将拉开，中华民族伟大复兴的新时代即将到来。

1978 年 11 月初，新华总社下达准备公开报道青藏铁路工程建设的任务，经青海分社指派，我单枪匹马奔赴青藏铁路沿线采访。作为新华社青海分社的工业记者，柴达木是我长期采访的基地，在柴达木盐湖、油田、青藏公路、格拉输油管线、高原地质勘探队以及广大的牧区草原，都有我采访的足迹，那些倾注心血采访过的人和事，仍然记忆犹新。

我接到准备公开报道青藏铁路工程建设任务的第三天一大早，就坐上长途汽车从西宁出发，历时两天半，经过800公里的长途跋涉，来到了中国人民解放军八九一一一部队，即铁道兵第一指挥部格尔木驻地。可能上面的精神已经传达到部队，采访便迅速展开。

我从1978年11月6日至22日在铁路沿线采访的17天中，恰逢历时36天的中央工作会议正在北京召开，会议从11月10日开始到12月15日结束。邓小平在会议闭幕式上作了题为《解放思想，实事求是，团结一致向前看》的重要讲话，为随即召开的十一届三中全会做了充分准备。时隔三天，中国共产党第十一届中央委员会第三次全体会议于1978年12月18日至22日在北京举行，全会的中心议题是讨论把全党的工作重点转移到社会主义现代化建设上来。

新华社1979年1月6日播发我采写的《青藏铁路第一期工程进入施工高潮》的1100多字消息，是首篇公开向全国播发的有关青藏铁路第一期工程的新闻，很快便在社会上引起了强烈反响。第二天，《人民日报》等众多媒体纷纷转载和转播，从此，青藏铁路第一期工程揭开了神秘的面纱，成为国内外都非常关注的一件大事。

从此以后，我就不断地到青藏铁路第一期工程施工沿线采访，跑遍了所有的重要施工现场。铁路每修到一地，我都亲临其境，及时采写独家今日新闻，将一个又一个喜讯传播到全国，让人们及时了解青藏铁路建设的新进展，更多地听到和看到铁道兵可歌可泣的英雄事迹。

就在青藏铁路第一期工程快要修到终点站格尔木之前的半年多时间里，铁路要不要继续向西藏拉萨方向修？这个问题又尖锐地摆到了人们的面前，实际上对这个问题的探索与研究从铁路动工的那一天起就时紧时松地进行着。

对西藏来说，要求继续修建青藏铁路的呼声很大，他们急切地盼望改变全国唯独西藏不通铁路的历史。

而一些承担铁路建设的决策者和专家，有主张修的，有主张缓建的，他们的意见对中央决策至关重要。记者当时广泛地进行了采访，逐渐感到主张缓建的理由比较充分，比较切合实际。

他们认为，缓建青藏铁路格尔木至拉萨的二期工程，不是永远不建，如果不是单纯从政治意义上去考虑问题，建与缓的关键还是取决于当时条件是否成熟的问题，有三大缓建理由值得参考定夺。

一是进藏的运输状况大为改善，铁路缓一步建设更有利。因为，经过中央批准，长达1080公里的纵贯青藏高原的格尔木至拉萨输油管线，经过两万多名解放军指战员和工人、农民、工程技术人员几年的奋战，已于1977年10月建成并通油拉萨，从根本上解决了过去向西藏运送燃料油依赖汽车长途运输而汽车自身大量耗油的被动局面，满足了西藏的用油需求。记者从1975年11月，就自始至终参加了这项工程的采访报道达两年之久。二是中央决定将青藏公路沙土路面改建为黑色路面，这条公路从西宁到西藏全长近2000公里，当时正在加紧改造，记者经常到施工沿线进行采访报道，青藏公路改建好了，就会大大提高公路行车质量，扩大运输能力。一“油”一“路”的问题解决了，修建铁路就不十分迫切了。

主张铁路缓建的第二大理由是，铁路如何安全通过漫长的长年冻土的永冻层并保持铁路永久安全的技术问题还没有完全解决，采取边施工、边设计、边科研，必定后患无穷。从格尔木到拉萨的

1100多公里铁路线，要通过500多公里的冻土层。多年冻土的永冻层深达七八十米，最怕开挖暴露在阳光下，见阳光就会发生坍塌。修建格拉输油管线时，沿途修建泵房，为了避免机械设备震动和传热会导致地层的冰土层发生变化，建造泵房都是凌空而起，就是挖开地表后抓紧浇灌厚厚的水泥地坪，防止永冻层暴露，然后在水泥地坪上架起若干根几十厘米高的水泥柱，再在上面盖房子，这样屋与地面中间形成一个空间可以通风，最大限度地解决了保护永冻层不受破坏的问题。在永冻层上修铁路搞建筑规模大、难度大，取土用石量巨大，如果就地取材将后患无穷，冻土层就会发生融化坍塌，一旦这样就无法治理了。因此，攻克在永冻层上铺路的技术难关就成为工程最关键的问题，万不可草草上马。

第三大缓建铁路的理由是资金投入问题。当时国家经济实力并不强，青藏铁路工程造价高、投资大，不宜搞成“胡子”工程，采取集中财力、物力、人力打歼灭战为上策。

基于以上种种原因，记者实事求是地采写了内部稿件，中央许多领导作了批示，最终，中央做出了缓建青藏铁路的决定。

这一晃20年过去了。1986年，我从新华社青海分社调到新华社青岛支社工作后，经常回忆在青海工作这20年期间的方方面面，也时刻惦念着那条缓建的青藏铁路何时启动建设。

历经20多年的改革开放，各项事业都得到了长足发展，尤其西部大开发正一浪高过一浪，作为西部大开发的又一项标志性工程的青藏铁路，建设的条件与时机应该说已经逐渐成熟了。

2000年11月，中央决定建设青藏铁路格尔木至拉萨第二期工程，这是我们进入新世纪做出的一项重大决策，必将对包括西藏广大干部群众在内的全国各族人民带来很大的鼓舞。

国务院召开总理办公会审议青藏铁路建设方案时，时任总理朱镕基指出，经过20多年的改革开放，我国综合国力显著增强，已具有修建青藏铁路的经济实力。通过多年不间断地科学研究和工程试验，对高原冻土地区筑路技术问题也提出了比较可行的解决方案。在几个建设方案综合比选中，青藏铁路方案比较有利，投资少、工期短，地形较为平坦。修建青藏铁路，时机已经成熟，条件也已经基本具备，可以批准立项。总之，过去缓建青藏铁路格尔木至拉萨段是必要的，现在青藏铁路全线贯通也是必需的。

20年的心结从此释然。

在青藏铁路修到格尔木后缓建的这20年中，我依然牵挂着青藏铁路。当2001年青藏铁路二期工程格尔木至拉萨段重新上马建设时，我曾有过重返青藏铁路参加新闻采访的冲动，但那时我已经56岁了，遂没有成行。不过2006年我作为团长带领80多名青海军垦战友重访青藏高原时，我做足了功课，写出近9000字的《坐上火车去拉萨》，了却了我续写青藏铁路的心愿。

张荣大

2019年10月

目 录

MULU

几代人的“天路”梦

毛主席心系“天路”

天路，天上之路。青藏高原是离天最近的地方，绵延一两千公里的川藏公路、青藏公路、青藏铁路、格拉油路……被称为一条条金色的天路，无愧于一个个征服世界屋脊的伟大壮举，将被世世代代铭记和颂扬。

毛主席是领导中国革命取得伟大胜利和创建新中国的一代伟人，他心系“天路”，是康藏公路（后改为川藏公路）、青藏公路、青藏铁路建设的指路人。

1949年4月21日凌晨，中国人民解放军百万雄师势如破竹横渡长江天险。当晚，国民党老巢南京被攻陷，共产党大胜，国民党落败，即成定局。之后，解放全国的势头已不可阻挡。

这年的7月8日，国民党政府驻西藏办事处代理处长陈锡璋，惶惶不可终日，似热锅上的蚂蚁极度不安，焦急等待内地时局变化的消息。

此时，拉萨发生大规模驱汉事件。西藏地方政府也没放过国民党驻西藏办事处人员，噶厦派员通知陈锡璋，限令他们半月内带领机关所有人员离开西藏。陈锡璋意识到事态的严重性，急切地想与上级联系，可是行动已晚，他们已成笼中困犬。藏兵抢先将国民党驻西藏办事处机关、电台和住宅全都把守住，发电机也被拆卸一空，断了他们的后路。

新中国的诞生为和平解放西藏开辟了必由之路。西藏局势的骤然大变，引起了党中央和毛主席的高度关注和警觉。但是，当时广袤的青藏高原别说有一寸铁路，就是公路也少之又少，而且没有一条公路是通往西藏的。

为了解放西藏，驱逐插手西藏的帝国主义势力，实现和维护祖国的领土完整和主权统一，1950 年 1 月，中华人民共和国刚刚建立三个月，毛主席就胸怀大略，高屋建瓴，运筹帷幄，做出了“以西南局和第二野战军为主，在西北局和第一野战军的配合下，解放并经营西藏”的战略部署，为解放西藏吹响了进军号。

遵照中共中央和毛主席的指示，在中共西南局、西南军区的直接指挥下，十八军将士迅速集结，一些年纪较大、身体较差的战士留守驻地，又从兄弟部队补充了一批精干力量，成为进军西藏的主力部队。同时，还有三支进藏劲旅，由新疆军区第二军骑兵支队、青海第一军骑兵支队、云南第十四军 126 团负责配合，一时间，四路铁军，即将齐奔西藏。

毛主席指示进藏部队要“一面进军，一面修路”，坚持“进军西藏，不吃地方”的方针，不能增加藏族群众的负担。

当十八军出征之时，一部分指战员分配到了新组建的十八军支援司令部，他们面对的不是肩扛钢枪进军西藏，而是领到铁锤、钢钎和十字镐，要去抢修从雅安到拉萨的川藏公路。

尽管不少人想不通，但军令如山，指战员还是识大体、顾大局，英勇奔赴筑路战场。

自 1950 年 4 月川藏公路从四川雅安金鸡关开始破土动工后，11 万人民解放军指战员、工程技术人员和各族民工，以千难万险无阻挡、誓让公路通拉萨的高度革命热情和顽强战斗意志，逢山掘路，遇水架桥，公路要穿越整个横断山脉的二郎山、折多山、雀儿山、色齐拉等 14 座海拔 5000 多米的大山，横跨岷江、大渡河、金沙江、怒江、拉萨河等众多江河，横穿龙门山、青尼洞、澜沧江、通麦等 8 条大断裂带，沿途还有沼泽区、冻土区、地震区、碎石塌方区、大冰川和原始森林等拦路虎。毫无疑问，川藏公路是中国筑路史上工程最艰巨、最危险的一条公路。

1951 年 5 月 23 日下午，在中南海怀仁堂举行了《关于和平解放西藏办法的协议》的签字仪式。中央人民政府副主席朱德、李济深，政务院副总理陈云主持仪式。中央人民政府代表李维汉、张经武、张国华、孙志远和西藏代表阿沛・阿旺晋美、凯墨・索安旺堆、土丹旦达、土登列门、桑颇・登增顿珠分别在协议上签字盖印。

在西藏和平解放谈判取得胜利的基础上，1951 年 8 月 21 日，第十八军正式发布进军西藏的命令。8 月 28 日从昌都出发，军长张国华，副军长昌炳桂，参谋长李觉，政治部主任刘振国带领先头部队，后卫部队由政委谭冠三带领。进藏部队有 52 师师部 ,52 师 154 团、155 团，工兵营、炮营、警卫通信连和机关、文工团等，共计 2500 余人。进藏大军经丁青、沙丁、桑达本贡、墨竹工卡一线挺进，10 月 8 日成功翻越念青唐古拉山山脉海拔高达 6000 米的冷拉雪山山口，一些牲畜掉下悬崖，还有一些指战员牺牲。经过近两个月长途跋涉，部队于 1951 年 10 月 24 日到达拉萨东郊，标志着中央人民政府管辖权已立足祖国的西南边陲。

同时，1951 年 7 月 21 日，中国人民解放军第十八军独立支队，由西北军区组建，离开兰州，向拉萨进发。慕生忠是这支部队的政治委员。这支队伍，有军人、有地方干部;有汽车、有骡马、有牦牛、有骆驼。队伍浩浩荡荡，途经西宁，进抵湟源。出湟源城，翻过著名的日月山，越过神奇的青海湖，到香日德后再经黄河源、通天河、唐古拉山、聂荣宗、黑河至拉萨。经过三个多月长途跋涉，终于在10月底到达拉萨。这支队伍的后续队伍也紧跟其后，在司令员范明的带领下，历尽艰辛到达西藏，与西南进藏先头部队胜利会师于拉萨。

西藏地方政府（噶厦）举行了“隆重欢迎人民解放军进驻西藏”仪式，154团迈着整齐的步伐接受了检阅。随后于10月26日举行了隆重的入城式。

西藏虽然和平解放了，但树欲静而风不止，西藏地方政府中的少数反动分子，得到国外反动势力的支持，正躲在阴暗的角落里兴风作浪，拨着自己的如意算盘。他们采取经济封锁，挑拨藏族同胞不卖给进藏部队任何东西，他们视高山大川、交通闭塞为王牌，幸灾乐祸地窥视着我进藏部队的一举一动，扬言要把解放军饿绝困死。一名西藏政府反动官员见到我进藏部队负责人时竟然发出得意的狞笑，不阴不阳地说：“饿肚子比打败仗更难受吧？”

川藏公路打通需要时日，而驻藏部队却急需粮食和物资。中央极其关注西藏的局势，决定采取非常措施，不惜付出大的代价，用骆驼向西藏运粮，以解燃眉之急。

1953年8月，西藏骆驼运输总队宣布成立，大本营设在青海省香日德。慕生忠被任命为总队政治委员。

在短时间内，征召1200多名来自内蒙古、宁夏、甘肃的驼工，在西北牧区购买2.7万峰骆驼，向西藏赶运急需的粮食和物资。在两年的时间里，驼工们拉着骆驼步履维艰行程上万里路，把几百万斤粮食和其他物资运进西藏，对缓和西藏的紧张局势，稳定军心民心，做出了卓越的贡献。

然而，“沙漠之舟”毕竟不适应高寒气候和恶劣的路途环境。到 1954 年春，有 8000 峰骆驼死在运粮路上，骆驼的总数损失了近三分之一。

慕生忠从率领部队踏上进藏征程时，就把毛主席的指示铭记于心，他时刻都在琢磨能不能从青海开辟一条通往西藏的康庄大道。

尽管中央还没有从青海修公路进西藏的决策，但他分析，正在不惜一切代价抢建的川藏公路，自己曾牵马步行考察了两个多月，公路穿越横断山脉，高山林立，险水纵横，有 25 座大山挡路。二郎山还算是矮的，其他的大都是雪山。公路有的挂在悬崖陡壁上，有的飞越急湍洪流。而且许多地方塌方、泥石流严重。川藏公路就是修通了，一年四季也不一定很畅通，得做两手准备，不能全指望这一条线。慕生忠一直思量，能不能在短时间内从青海开辟一条通往西藏的理想通道。

慕生忠心里也明白，青藏高原也是条件艰难，再说没有上边的决策，缺乏人力、物力、财力投入，修建进藏公路谈何容易。

他首先想到的是，从 1951 年 7 月 21 日起他率领独立大队经日月山、香日德、黄河源、通天河、唐古拉山、聂荣宗、黑河至拉萨，有一段长达 30 公里的烂泥滩，从这里修一条大道非常之难。

时任中共西藏工委常委、组织部长、西藏运输总队政治委员的慕生忠，把历史的重任硬放在了自己的肩上，终于另辟筑路新径。在经过深入调查和深思熟虑后，在彭总支持下，首先得到周总理拨款 30 万元，便以大无畏的奋斗精神，率领 1200 名由驼工转为筑路工，手持 3000 多件笨重的铁锨、镐头、钢钎、大锤之类的工具，于 1954 年 5 月 11 日从格尔木开始修建通向拉萨的青藏公路上千公里最关键路段。快到弹尽粮绝时，还有羊八井石峡无法凿通逾越，慕生忠再次到北京求援，彭总慷慨地从军费垫支200万元、配备100辆卡车和2个工兵团，终于到12月15日仅用7个月零4天，就修通了从香日德到拉萨上千公里的青藏公路关键路段，将青藏天堑变通途。同时，慕生忠又接下彭总军令状，派齐天然率领40人去抢修敦格公路，他们只用了四十多天的时间，就把600公里敦格公路探通了，延伸扩大了青藏公路的作用。

有奋斗，就有牺牲。在川藏、青藏两条天路的丰碑上，应该镌刻上3000多位筑路英烈的名字，他们的功绩永垂青史。

1954年12月，毛主席为康藏公路、青藏公路通车题词："庆贺康藏、青藏两公路的通车，巩固各民族人民的团结，建设祖国！"

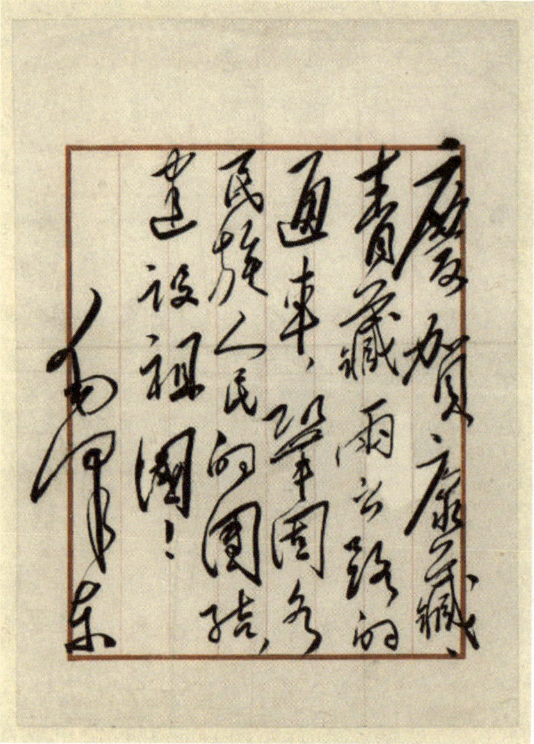

毛主席为康藏、青藏公路通车题词

最让慕生忠刻骨铭心的是，毛主席对青藏公路和敦格公路的建设给予高度赞赏，难能可贵。

1957 年 12 月 9 日，毛主席在中南海接见了慕生忠，详细询问了青藏公路和敦格公路的修建情况。毛主席在北京见到慕生忠后曾询问边防和供应问题。

主席问："你怎么敢设想修青藏公路？"

慕生忠回答："主席不是教导我们调查研究吗，我就从调查研究中得到办法。"

主席又问："那里没有人烟，你向谁调查？"

慕生忠回答："去向大自然调查研究，改造大自然。"

主席再问："如果打起仗来，你公路上的桥怕不怕炸？"

慕生忠说："青藏公路上没什么桥。青藏高原的河越往上游水越小，山越平。"

主席连连说："科学，科学！"

慕生忠还站在一幅中国地图前，如实向毛主席汇报青藏公路的情况："这是艾家沟，那是天涯桥……青藏公路这些地名都是我们取的。"

主席问："这里为什么叫开心岭？"

慕生忠说："我们把路修过了沱沱河，大家很开心，名字就出来了。"

畅谈中，慕生忠谈到敦格公路有 31 公里建在察尔汗盐湖上，人称"万丈盐桥"，在开辟这段盐湖公路和后来重新整修盐湖公路时，有不少人持怀疑态度。

一个外国专家曾质问慕生忠，盐湖上怎么能修公路？

慕生忠反问他，你们国家有盐湖公路吗？

他回答说没有。

慕生忠毫不客气地说，你们既然没有，那就向我们学习吧。

也有人责怪慕生忠说，土壤中含盐量达到 5%，修公路就要尽量避开，含盐量达到 10% 就不能修路，可不能违背科学蛮干。

慕生忠又反问道，如果含盐量达到 80% ~ 90% 能不能修路？含盐量 100% 呢？我看可以修路。量变到质变嘛。

毛主席听到这里，高兴地笑起来，称赞慕生忠说："你用辩证法解决了实际问题，你把哲学运用到工程上了。"

午夜之后，主席还请慕生忠吃了顿味道鲜美的鸡丝面。

后来，毛主席还在政治局会议上表扬过慕生忠，说他用科学的方法解决了高原上的许多困难问题，把哲学运用到工程上来了……

"青藏铁路修不通，我睡不着觉"

修建青藏铁路成为中国几代人的美好希望和梦想。

孙中山是中国提出要向西藏修铁路的第一人。

1912 年，孙中山辞去临时大总统后就任全国铁路督办，日后在《实业计划》中制订六大计划，主要目标是在 10 年到 20 年内，修建相当于纽约港那样具有世界水平的三大海港（北方大港、东方大港和南方大港）以及许多商埠，修建长达 10 万英里的五大铁路系统，把沿海、腹地和边疆的西藏、青海、新疆、内蒙古地区连成一片，并修建全国公路网，来促进商业繁荣，开导和整修运河和各地内河航道。

但是，由于国力衰败、连年战乱，孙中山这一蓝图注定难以实现。

在 1948 年 7 月，中国人民解放军组建了铁道兵部队，在解放战争中，"野战军打到哪里，铁路就修到哪里"，共修复被国民党军队破坏的铁路 1629 公里。

中华人民共和国的诞生为修建青藏铁路开辟了必由之路，让青藏铁路建设梦想成真，但却经历了漫长而曲折的过程。

中华人民共和国成立之初，广袤的西部地区铁路数量少之又少，而西藏只修通了公路却没有铁路，严重制约着这些地区的经济社会发展，引起了以毛泽东为代表的中共第一代领导人的特别关注。

1953年12月25日，毛泽东主席专门接见时任中共中央新疆分局书记、新疆军区第一副司令员、代司令员兼政委王震，他即将调任铁道兵司令员。毛主席要求王震制订出铁路建设的五年计划和十年计划。王震不仅对西北地区交通落后状况了如指掌，而且有强烈改变现状的愿望，更深刻领会毛主席十分牵挂西藏、青海、四川等地交通问题。于是他向毛主席坚定表示："我们一定要把铁路修到川陕交界的大巴山，新疆、青海、甘肃的天山和昆仑山，让钢铁巨龙在雪域高原驰骋！"从那时起，让铁路跨越昆仑山直抵喜马拉雅山，让钢铁巨龙在雪域高原驰骋，便成为人们心中的热切愿望。毛主席还亲笔为《铁道兵》报题写了报头。1954年元旦，朱德为《铁道兵》报题词："为建设正规化、现代化的铁道兵而奋斗！"

1954年2月，王震同志转任铁道兵司令员兼政治委员，同年任解放军副总参谋长。3月5日，铁道兵司令部正式在北京成立，机关设司令部、政治部、工程部、后勤部、干部管理部和计划处、军法处、财务处。铁道兵司令部成立时，编制10个师、1个独立团、1所学校、2所文化速成中学，兵力10万人。后来铁道兵发展到3个指挥部、15个师、3个独立团、2所院校，总兵力达到40余万人。

1954年12月，川藏、青藏公路建成通车。毛主席闻讯后非常高兴，并对时任西藏军区副司令员、西藏自治区筹委会秘书长阿沛·阿旺晋美说："藏族人民把公路称为'幸福之路'，一个地方的交通发达不发达，关系着这个地方的政治、经济和文化的发展，现在公路是通了，开始改变了西藏交通落后的状况，但这只是第一步，将来还要修铁路，让火车爬上世界屋脊哩。只有铁路通了，才能真正解决交通问题哩！”

这些都足以表明毛主席对修建进藏铁路，改善西藏落后交通面貌的高度重视。

毛主席无愧于青藏铁路建设从梦想走向现实的第一人。

在毛主席的关怀下，青藏铁路的规划修建在紧锣密鼓中进行。

1956 年 1 月，铁道部向扎根在兰州的铁道第一勘察设计院下达了规划、勘测、设计兰青铁路（兰州至青海）和青藏铁路（西宁至拉萨）的任务。铁一院经过认真勘测、考察，在 1957 年底制订了兰青线和青藏线的西格段（西宁至格尔木）、格拉段（格尔木至拉萨）的勘测设计计划。该计划是由东向西逐渐推进，很快得到铁道部批准。其中，第一步即兰青线（188 公里），于 1958 年 5 月开工，1959 年建成；第二步青藏铁路西格段（814 公里），1958 年 9 月分别在西宁和关角隧道开工；第三步青藏铁路格拉段（1118 公里），1957 年底通过了选线方案，1958 年开始初测，到 1960 年已完成全线初步设计和部分定测。

1956 年，铁道部正式承担修建进藏铁路的前期规划，开始进行青藏铁路勘测设计工作。至此，青藏铁路（西宁至拉萨段）出现在国家铁路建设的议程之内。

1958 年，在毛主席、周总理等领导人的关怀下，全长 814 公里的青藏铁路西宁至格尔木段开工建设，格尔木至拉萨段的《踏勘报告书》也编制完成。

为此，国务院特意批准组建了青藏铁路工程局，慕生忠任党委书记、局长。当年 9 月，在兰州到西宁的兰青铁路开工仅四个月之后，青藏铁路西宁到格尔木海拔 3700 米的关角隧道悄然开工。格尔木到拉萨段的前期准备工作，也在紧锣密鼓地进行之中。

可是，由于种种原因，在修通西宁至哈尔盖 181 公里一段铁路后，1961 年 3 月，青藏铁路工程被迫停工。

呼唤青藏铁路再次开工，已是时隔 12 年后的 1973 年。中央非常关注西部建设，将开发柴达木提上议事日程，继续建设青藏铁路的条件已经成熟。于是，在 1973 年 7 月召开的全国计划会议上，决定恢复建设哈尔盖至格尔木段 653 公里铁路，由铁道兵负责施工。1973 年 10 月 6 日，铁道兵党委向国务院、中央军委报送了《关于执行在青藏铁路哈尔盖至格尔木段建设任务的报告》。1973 年 11 月 26 日至 29 日，国家计委、国家建委在北京召开专门会议，安排青藏铁路建设的第一次协作会议。

而恰在此时，毛主席在 1973 年 12 月 9 日会见尼泊尔国王比兰德拉时，明确指出“中国将修建青藏铁路，不仅要修到拉萨，而且还要与尼泊尔接轨，通到加德满都去”，尤其那句发自肺腑的“青藏铁路修不通，我睡不着觉”，为青藏铁路尽快续建和早日建成注入了千钧之力。

一声令下，1974 年 3 月和 1975 年 3 月，铁道兵第十师和第七师共 6.2 万人，奉中央军委命令先后开进青海，开始了青藏铁路第一期工程哈尔盖至格尔木段的建设。1979 年铺轨到格尔木，一期工程完成，1984 年通车。

由于当时没有攻克高原冻土和高寒缺氧两大难题的把握，青藏铁路格拉段建设在 1978 年 7 月被叫停。直到 1998 年，高原冻土地区修筑铁路的技术等问题获得了重大进展，青藏铁路再次提上日程。2001 年 6 月 29 日，青藏铁路二期工程（格拉段）开工，2006 年 7 月 1 日全线通车。

毛主席等老一辈领导人关心的青藏铁路，历经半个世纪的坎坎坷坷，终于由梦想变成现实，西藏从此改变了无铁路的历史，进入了现代化建设的新时代。

吕正操与我没有成行的约见

我对吕正操政委是很敬慕的，他为中国革命和铁路建设奋斗了一生，做出了重要贡献。中华人民共和国成立后，任中央人民政府铁道部副部长、代部长，中央军委军事运输司令员，解放军总参谋部军事交通部部长。1955 年被授予上将军衔。1964 年任西南铁路建设总指挥部副总指挥、工地指挥部司令员兼政治委员和铁道兵第一政治委员。1965 年任铁道部部长。“文革”中，吕正操被打倒。平反后不久，于 1975 年 8 月至 1977 年 12 月任铁道兵政治委员、铁道兵党委第二书记。1977 年 8 月至 1982 年 9 月任中共中央军委委员。1977 年 12 月至 1983 年 1 月任铁道兵第一政治委员、铁道兵党委第一书记。1980 年 1 月，铁道部党组发出《关于为吕正操同志平反的决定》正式为其平反昭雪，恢复名誉。1983 年 6 月至 1988 年 3 月任政协全国委员会副主席。

开国上将吕正操

他曾向毛主席和周总理表示，一定要把铁路修到拉萨去。毛主席高兴地说：“怎么铁道兵的领导都是一个秉性，王震要把铁路修到喜马拉雅山下，你吕正操也要到雅鲁藏布江去饮你的战马。”

2009 年 10 月 13 日，中国共产党的优秀党员、久经考验的无产阶级革命家吕正操同志在北京逝世，享年 106 岁。他是最后一位逝世的开国上将。

1979 年七八月，吕正操政委在青藏铁路考察时要约见我，当时我正在青藏铁路第一期工程沿线采访，数万名铁道兵指战员历经五年艰苦卓绝奋战，已胜利将铁轨铺到了第一期工程终点站——格尔木。经过一段时间的紧张密集采访，连续采写了六篇新闻消息和通讯：新华社 7 月 28 日播发的国内今日新闻通稿《青藏铁路铺轨到西藏门户格尔木》《戈壁新城——格尔木》和对外今日新闻通稿《横贯柴达木盆地的铁路完成铺轨》《荒野中的新城——格尔木》；7 月 29 日播发的长篇通讯《把铁路修到“世界屋脊”——记青藏铁路的建设者》（由我执笔与黄昌禄同志合作）；7 月 31 日播发的长篇通讯《火车开进柴达木》（由我执笔与黄昌禄同志合作）。

在三四天内，新华社独家播发六篇新闻消息和通讯供国内外媒体采用，产生了广泛和强烈的社会反响。

作为人民解放军铁道兵党委第一书记、政委的吕正操，他时刻关心着青藏铁路第一期工程的建设进展，新华社这些新闻报道可能都会看到，说不定会看得很仔细。

青藏铁路第一期工程胜利铺轨到格尔木之前，可以说，铁路铺轨到哪里，我就采访到哪里，铁路修到哪个关键地方，我就从哪个地方发出新闻通稿。

我所采写的几十篇有关青藏铁路建设的报道，均属独家新闻，尽管难以将铁道兵在修建青藏铁路过程中众多的感人事迹反映出来，但毕竟把青藏铁路一期工程各重要阶段的进展以及他们的典型事迹和先进代表，向全国各族人民宣传出去了，使人们更深刻地认识到铁道兵是一支英雄的部队，铁道兵指战员无愧于最可爱的人。时至今日，重温这些报道，仍感受到有一种震撼人心的力量。

当数万铁道兵战士立志要把铁路修到拉萨之际，青藏铁路却突然停工了，这究竟是什么原因呢？

有一种说法是，鉴于当时修建青藏铁路格尔木至拉萨段难度较大，为了从实际情况出发，避免出现严重失误，铁道兵党委和铁道部党组于 1977 年 11 月 28 日联合向国务院、中央军委呈送了《关于缓建青藏铁路格尔木至拉萨段、修建昆明至拉萨铁路的请示报告》。报告对建设青藏铁路的难度做了具体分析，建议此段铁路宜推迟修建，同时对为什么修建昆明至拉萨的铁路（滇藏铁路）也做了详细说明。可是，铁道兵党委和铁道部党组的请示报告毕竟还只是一个建议，尚未得到国务院、中央军委的批准，而且，青藏铁路格拉段的勘测设计工作正如火如荼地进行。因此，铁道部于 12 月 1 日向铁道兵、水电部、国家地质总局等部门发出了《请派人参加昆明至拉萨铁路的考察组》的文件，并抄报给国家计委和国家建委。

滇藏铁路考察组经过一个多月的勘测考察，于 1978 年春节前夕赶到拉萨，并于 2 月 3 日开始绘制滇藏铁路纵面图、平面图、剖面图，分几个组撰写选线报告。成都军区和四川省委基于四川历史上就是援藏的依托和大后方，援藏物资几十年间都是从这里进去的，西藏军区又隶属成都战区，从来铁路都是以战区分局，认为进藏铁路改走昆明，舍近而求远，就商请铁道部，请铁二院接着考察川藏线方案。这样，在拉萨的铁二院滇藏铁路考察组又出发考察了川藏线方案，并撰写了考察报告。考察组中的两名负责人返回北京向铁道兵党委汇报了滇藏线、川藏线的情况，并建议更倾向于走滇藏线的意见。4 月 14 日，铁道兵政委吕正操又带队亲赴成都听取铁二院对滇藏线和川藏线的汇报。

这样，就出现了青藏线、滇藏线、川藏线三种进藏铁路方案并存的局面。为及时给中共中央、国务院、中央军委提供决策依据，经过几个月的研究、论证，铁道部部长段君毅和铁道兵司令员陈再道、政委吕正操又于1978年7月3日联名向国务院、中央军委上报了《关于进藏铁路的请示报告》。报告详细介绍了青藏线、川藏线、滇藏线各自的利弊得失，以及昆明军区、云南省委、成都军区、四川省委和西藏自治区党委的意见，最后提出了倾向性的意见：先修建滇藏铁路，青藏、川藏铁路何时修，视国家财力、物力再定。7月5日，邓小平在该报告上做了批示，进藏铁路选滇藏线为好，青藏线应该放弃，建议国家计委专门审查，向中央作出报告，以便决策。

据时任《中国铁道建筑报》总编辑的朱海燕回忆，青藏铁路停工有六大原因：

第一，有一份给中央军委的报告，说是为了修建青藏铁路，一个战士得了高原病牺牲了，再向拉萨修，修路战士的生命得不到保障。军委领导同志认为一期工程建设中，海拔3000多米都出状况，再向前修，海拔更高，没有足够的医疗作保障，战士的生命不是更没有保障吗?

第二，当时中苏关系比较紧张，杨勇向中央有一个报告。认为，通向大西北的铁路只有一条兰新铁路，一旦遇到战争，铁路一经破坏，没有回旋的余地，他建议暂时放弃青藏线，修建格尔木至库尔勒的铁路，可拓宽战争的回旋余地。当时的铁一院和铁道兵七师，对这一条线路曾做了现场勘察。

第三，550公里的永久性冻土地带的科研问题也是一个制约因素。要修肯定能修通，但病害肯定会困扰着这条铁路。青藏公路和青藏铁路并行，因冻土病害问题，年年修，年年烂，年年投资。铁路不可能绕开这个难关。

第四，从格尔木到拉萨途中，人烟稀少，除安多和那曲，沿线几无城镇坐落，火车运输功能无法有效发挥，火车不仅要运拉萨的物资，还要拉沿线的东西。因为沿线没有东西可运，这也是停工的一个原因。

第五，青藏铁路的停工，反应是不一的。西藏的同志呼吁不要停工，要修下去。冻土科学家认为，冻土能够攻克，铁路也能跨越冻土地带。修路的战士认为，我们有革命热情和干劲，党指向哪里，我们就能打到哪里，把铁路修到拉萨去不在话下。但是，这些都没有从当时国家的经济大局上去分析。

粉碎“四人帮”后，国民经济开始复苏，那时的中国百废待兴。贫困中国的经济支撑主要依赖于华东、沿海一线。那时华东 1.6 万公里的铁路，承担了国家 78% 的运输量。这就意味着，铁路只有满足了华东、沿海一线，我们才能拥有改革开放为国家集中力量办大事的“第一桶金”。从这个意义上说，铁道部和国家不得不抽回资金，并集中资金，强化华东沿海铁路以及华北大秦铁路的建设。没有强攻大秦、中取华东、南攻衡广的铁路建设，就会制约国民经济的发展。国家很大，国家也很穷，要修铁路的地方很多，总得有个轻重缓急。全面开花，既修东部铁路，又修青藏铁路，那是不现实的。绝不能把铁路的下马，看成是哪一个人的责任，看成是“对不住”西藏的失误。

第六，当时的青藏公路已经改建，通向拉萨的输油管线已经修通，每年可输送 10 万吨至 15 万吨石油。这两种运输形式，加上航空运输，基本上可以满足西藏的物资需求。起码短期内不需要建设铁路。同时，还要看到，那时是计划经济时代，商品流通不活，旅游人数也少。不少人认为，修建青藏铁路，不是当务之急。所以，要求缓建。缓建不是不建，而是待国力充足时，结合运力、科技等综合情况，再修进藏铁路。

2006 年 7 月 13 日，《中国铁道建筑报》刊登一篇长文《走进青藏走进凤凰——就青藏铁路问题答香港凤凰卫视记者问》，被访者就是我的老朋友，时任《中国铁道建筑报》总编辑的朱海燕，他在访谈中讲述了青藏铁路第二期工程缓建的一些内情，并特别指出：“基于种种原因，我的老朋友，新华社记者张荣大当时以新华社内参形式，向中央反映缓建青藏铁路格尔木至拉萨的第二期工程，在这份内参上，张荣大反映了许多单位和领导要求缓建的意见。中央不少领导在这份内参上签了字。”

又据《中国铁道建筑报》2006 年 6 月 28 日刊登的朱海燕撰写的《吕正操将军与进藏铁路》一文回忆：1979 年七八月间，铁道兵第七师承担的青藏铁路一期工程西格段刚刚铺轨到格尔木，而铁道兵十师所承建的关角隧道，因地质问题开始涌水，隧道地基发生变化。这一问题，反映到铁道兵党委第一书记、政委吕正操那里，他带着一批全国著名的地质专家、隧道专家走上了高原。那时，铁路刚通，路面不平，每小时只能走十几公里或二十几公里，就这样，他还是坐着火车上去了。一条铁路建成后，第一个坐火车通过，是他多年的习惯。同时，他也是我党、我军，第一个坐火车走青藏铁路的高级干部。吕正操具有调查研究的工作作风，1956 年 3 月，他和滕代远同志作出这样的决定：部长、副部长每年至少下现场两次，每次一个月左右。此事被毛主席知道了，主席大加肯定，伸出大拇指说：“对！我们这样的人就是要常到现场去。”

在关角隧道，吕正操和专家们确定了整治关角隧道的方案后，他便乘轨道车一路西下来到格尔木。他在铁道兵七师的小礼堂里作了一次报告。其实那个小礼堂也不是什么礼堂，就是文化科的一个图书室。当时，房子盖好，只是还没有摆上图书罢了。吕正操说：

“青藏铁路下马了，许多同志想不通，这是可以理解的。你们流了汗，出了力，结果没有修通青藏铁路，没有实现自己的愿望，怎能没有想法呢？但是要考虑到许多问题，修路的人不能只想修路而不想其他。如果冻土问题解决不了，修了一条病害铁路，那不仅不是功劳，还是一条罪过。目前，我们能想的办法都想了，冻土问题仍然不能解决。我和同志们说了，要是计算上需要华罗庚，我也能把他请到高原来。问题是，请来了，他也攻克不了冻土问题呀。铁路建设一定要讲究科学，不讲究科学，就会给国家造成损失和危害。科学有一个研究过程，也有一个实践过程。青藏铁路下马了，不是不修进藏铁路了。我们不是半截子革命者，我相信随着冻土科学的发展，青藏铁路一定会再次上马的。打仗讲天时、地利，修路也要讲天时、地利。如果硬走，能不能走过去？肯定能过去，但修好，天天有病害，不能运输，有什么用呢？”

朱海燕曾与我通话核实吕正操约见我之事，他在《吕正操将军与进藏铁路》一文中对此做了这样的解释：“铁路进藏问题，吕正操有许多想法，想约见一下新华社记者张荣大同志。也可能因为公务太忙，而未果。61岁，现已退休在青岛的张荣大回忆说：‘当时通知我去见吕政委，因为首长时间排不开了，就没有见面。我认为，他要谈的，可能是青藏铁路的一些问题。’”

这一晃又是二十七八年过去了。2006年7月1日，青藏高原迎来了一个具有划时代意义的日子，历经几代铁路建设者前赴后继的拼搏奋斗，横跨世界屋脊的青藏铁路全线建成通车了，各族人民世代梦想的天堑变通途终于成为现实。当我从电视屏幕上看到在格尔木和拉萨两地举行的盛大庆典活动实况直播，尤其胡锦涛总书记亲临青海格尔木参加典礼并为通车剪彩，心情十分激动，久久无法平静。

青藏铁路全线建成通车，不仅实现了高原各族人民的夙愿，也了却了包括我这名新华社记者在内的众多与青藏铁路有不解之缘的人的心愿。

回想三十多年前承担青藏铁路第一期工程新闻报道全过程，尽管遇到许多艰难，但至今一想起往事，还有一种享受新闻的快乐。

不过，也有遗憾事，那就是吕正操政委与我没有成行的约见。

慕生忠与两大雪域“天路”

1954 年 12 月 25 日，在拉萨召开青藏公路和川藏公路通车庆祝典礼大会。藏族同胞倾城出动，他们望着数百辆披红戴花的汽车，高兴得热泪挥洒。藏族人民盛赞两条公路是“金色的飘带”“幸福的金桥”“五彩放光的路”。

英雄的筑路大军，战胜环境险恶，不怕流血牺牲，在世界屋脊上修通了川藏公路和青藏公路，天路越高原，雪域变通途，这是历史的壮举。

慕生忠少将

川藏公路和青藏公路两路精神，一直传颂至今。

在当年英雄的进藏队伍中，有一位部队的领导者，他就是慕生忠，1955 年被授予少将军衔。他既是青藏公路建设第一人，也是青藏铁路建设的先驱，两条雪域“天路”，都镌刻上了他的英名。

青藏高原的交通发展，经历了骆驼、汽车、火车三个时代，并与慕生忠的名字和业绩紧密地联系在一起，他都是开拓者。在骆驼时代，慕生忠担任西藏运输总队政委，两万多峰骆驼迅速集中到千里风雪运输线上，为解决西藏缺粮的燃眉之急立下了汗马功劳。在汽车时代，慕生忠率领 1200 名工人，以周总理批准拨付的 30 万元和彭总从军费垫支的 200 万元以及支持的 2 个工兵团、100 辆汽车为支撑，人们手持铁锨、钢钎和大锤，仅用 7 个月零 4 天就修通了青藏公路，震惊中外。在火车时代，慕生忠曾任青藏铁路工程局党委书记、局长，他率领技术人员沿线实地考察 4 个月，提出建设初步意见，成为修建青藏铁路的先驱。

转战铁路

1910 年 10 月，慕生忠出生于陕西省吴堡县寇家塬郝家山村。

慕生忠于 1930 年受刘志丹、谢子长等共产党人在陕甘边区开展革命斗争的影响，积极投身革命，接受并出色完成党组织交给的各项任务。尤其 1933 年入党后，出生入死，屡立战功，成为我党、我军文武双全的优秀工作者。

从 1934 年起到 1935 年 1 月，他先后任陕北吴堡南区区委书记、吴堡县军事部长。1935 年 1 月 23 日，慕生忠与时任中共吴堡县委委员、团县委书记的慕纯农，组织了国民党县政府保安队薛俊高和郭家地主保安队李启贤、薛英桂等人的兵变，创建了第十五支队，此后又吸收了几股国民党士兵起义人员。时年，在佳县合编为红五团，慕生忠任该团政治委员。慕生忠化名艾拯民，自称“老艾”，指挥这支游击队经常分散偷袭敌人，令敌人闻风丧胆，敌人曾重金悬赏要他的人头。刘志丹同志夸慕生忠大胆，留下“艾大胆”的美名。1935 年 10 月，中央红军长征到达陕北吴起镇（今吴起县），慕生忠率领自己的队伍前去迎接毛主席和中央领导人。后来先后担任晋西游击支队司令员，陕北游击四支队政治委员，陕甘晋省委委员，陕北省委任白区部副部长，陕北第二战区司令员兼政委，陕北红军第三团政委，佳、吴、米中心县委书记，陕北沿黄河东地区特委军事部长兼司令员，陕北省军事部参谋长，绥德地委委员兼吴堡县委书记，洛川地委宣传部长兼鄜、甘独立营政委，晋绥四分区副政委，晋绥九分区永石支队支队长，第一野战军政治部民运部副部长、政治部秘书长。在革命战争年代，慕生忠浴血奋战，九死一生，身上留下了22处伤口。

1949年8月3日,我西北野战军,即中国人民解放军第一野战军,解放了甘肃天水。在8月18日，天水市军管会派军事代表李昭明接管了铁路天兰工程处。9月，中国人民革命军事委员会铁道部兰州铁路管理局西安分局又派李伯海为军事代表，李宪平、邢集午、王敏为副代表，正式接管铁路天兰工程处，在特殊时期承担起了抢修陇海铁路宝鸡至天水段的重要任务，并为天水至兰州段做复工准备。

1950年4月，经政务院批准，由中共中央西北局组建新的领导机构西北铁路干线工程局，决定任命第一野战军参谋长阎揆要为局长，西北军政委员会财政部长白如冰为政委。但阎揆要、白如冰因故未能到职。时间不等人，为了加快工程建设，彭德怀和西北局打报告请示中央，请求国家投资。毛主席答复说，国家刚解放，没有钱，仗打完了，可以让军队来修。彭总和西北局考虑，既然由军队来修，就得由军队干部来领导，于是对西北铁路干线工程局主要领导提出两个人选，一是许光达，二是王世泰（时任西北军政治委员会委员、二兵团政委）。此时，党中央和中央军委决定把二兵团司令部调京组建装甲兵司令部，许光达任装甲兵司令员兼政委。这样，修铁路的任务就落到王世泰的身上，并且是局长兼政委。李泮明（时任铁道纵队及铁道兵团工电部副部长兼副总工程师）、武可久（时任铁道部工程总局副局长兼总工程师）任副局长，王竹亭（时任中长铁路局中方局长）任副局长兼总工程师，高登榜（时任西北军政委员会交通部副部长）任副局长兼副政委；1950 年 6 月，第一野战军政治部民运部副部长慕生忠被任命为西北铁路干线工程局政治部主任。

彭德怀亲自点将慕生忠出任西北铁路干线工程局政治部主任，是看重慕生忠文武双全的才能，从此他们之间结下了发展西北交通事业尤其青藏公路和青藏铁路开拓建设的不解情缘。

彭德怀是中国人民解放军著名将领，中华人民共和国开国元帅，在解放大西北和建设大西北的伟业中做出了卓越贡献。他主政西北军政治委员会后，明确提出了大力改善西北交通是发展经济的先决条件的论断，誓言要在短时间内迅速改变西北交通十分落后的状况，为西北的开发和建设创造了有利的交通先决条件，而铁路作为交通先行首先纳入了议事日程并迅速付诸实施。1949 年 9 月 28 日，由彭德怀签发的第一野战军前委关于进军新疆的指令就强调指出："解放祖国边疆，以便开发油源，修建铁路。这对发展经济、巩固边防，有极其重大意义。" 1949 年 11 月 15 日，彭德怀向毛主席报告恢复玉门油田的同时，要求除修筑天（水）宝（鸡）铁路外，在中央人民政府铁道部帮助下修筑天（水）兰（州）铁路，把横贯中国的交通动脉陇海铁路延伸到甘肃省会兰州。1950 年四五月间，彭德怀就跑遍了甘肃、宁夏、青海、新疆四省区的工地。1950 年春，十九兵团直属一部共 5 万余人，响应毛主席"人民解放军参加国家经济建设"的号召，按照彭德怀的命令，承担起了修筑大西北交通咽喉——宝天铁路的艰巨任务。战士们不怕流血牺牲，克服人烟稀少、房粮奇缺和技术落后的困难，创造发明了高线运土吊土车、自动倒土车等十多种劳动工具，历时10个月，于1950年12月20日，完成了宝天铁路全线的整修。同年，天兰铁路也顺利开工，当年就完成了总土石方工程的一半。

慕生忠走马上任西北铁路干线工程局政治部主任仅仅3个月，他就全身心挑起西北铁路干线工程局政治部主任工作重担。他通过调查研究了解了工程局的基本状况、存在的问题以及急需要做好的政治工作。在1950年9月23日举行的西北铁路干线工程局政治工作会议上，他做了一个鼓舞人心的报告，慕生忠在报告中开门见山地指出，党派我们到西北铁路干线工程局工作，给了我们建设铁路的任务，这个任务是伟大而繁重的。西北的土地占全国土地的三分之一，地下蕴藏着大量的物资，在国际上背靠苏联，在国际和平上有重大意义，是巩固的大后方。开发西北，建设西北的工业，对国家发展及国际和平都有着重大意义。

慕生忠强调说，要发展西北必须先修铁路，现在西北仅有潼关到天水约590公里长的一段铁路，故建设西北的铁路是一项重要的任务。党给我们这样一项任务，是党很器重我们，而不是党不要我们了，这是工作需要。由军队到铁路上来工作，是革命的分工，革命的转业。前委决定派我来西干局时，甘副政委（时任西北军区副政治委员兼政治部主任甘泗淇）对我说：“你要在西北铁路上准备干十年。”我说：“党叫我到哪里，我就到哪里，我死在哪里都可以。”李局长（时任西北铁路干线工程局副局长李泮明）也对我说过：“准备把终身贡献在西北。”我们每一个同志都要以这样的决心来从事我们的铁路事业。

慕生忠深情地说，革命的目的是建设，我们今天能从事建设，是我们多年来流血战斗所换来的。过去我们想建设是不可能的，过去的战争是残酷而艰巨的，拿战争换来的果实我们应当倍加珍惜和保护。这样，就得要求我们每一个同志把革命的建设事业做好。西北局发表了一篇文章，每一个同志都要好好研究，把自己的责任认识一下。

慕生忠语重心长地指出，我们到这里来是一个长期的工作，我们的同志向来是肯吃苦的。宝天的同志们已做了四个多月的工作，天兰也有两个多月了，我们这个时期的工作是摸索着做的，因为我们是外行，什么都不了解，故首先必须调查研究。这次会议主要是汇报了同志们在这一时期中所了解的情况，根据这些情况来决定我们在这里工作的方针与步骤。

他从分析人员的复杂状况、存在的各种问题、肯定一些优点等方面，阐述了政治工作的方针是：团结进步学习来保证修路任务的完成，只有团结才能变成力量，来改造旧的、没有力量的现象。团结是建筑在进步的基础上，以进步来改造落后，要进步必须以学习来改造思想，来指导进步。

在部队接管铁路天兰工程处后，1950 年 1 月，中国人民解放军第六十四军奉命修筑宝（鸡）天（水）铁路，特别是组建西北铁路干线工程局领导机构后，六十四军成为建设大西北的“开路先锋”。这支英雄部队曾在华北战场浴血奋战，先后参加了解放华北诸多战役，被华北人民称为“华北雄师”。后来部队随 19 兵团编入中国人民解放军第一野战军建制，进军西北，又屡立战功。在华北和西北战场，六十四军共参加重大战役 29 次，歼敌 15 余万人，其中毙俘敌将级军官 18 名。有 34 个单位、13 位个人被授予荣誉称号，2252 个单位和 19032 人立功。彭德怀曾在 1952 年宝鸡市《修建西北铁路宝天段纪念碑》上题词：中国人民解放战争历时 22 年，战争方罢即进行工业、农业、交通等各项伟大建设。我西北人民解放军第六十四军，于 1950 年即从事修筑工程艰巨的宝天铁路，竟于是年秋基本完成。当严冬寒风凛冽之际又进军朝鲜，参与抗美援朝战争，这些伟大而光荣的事业，中国人民将永志不忘。习仲勋也勒石称赞第六十四军：功在西北，永志不忘。

由六十四军等部队和原有铁路职工紧张地承担起了宝天铁路的改建工程和天兰铁路的修建工程。施工初期，只管线路的测量、设计、发包、验收，不承担施工任务，这就造成了设计、施工"两张皮"。除一小部分由局工程处负责施工外，大量的工程均由私商承包。这些人投机取巧、透支工资、损公肥私、偷工减料、欺上瞒下、盘剥工人、克扣粮饷、中饱私囊，等等。1951 年 5 月，西北铁路干线工程局召开了第二届工程会议，旗帜鲜明地提出：依靠群众实行政治民主、技术民主、经济民主的管理方针，坚决取缔私人承包商。之后，很快就遣散了所有承包商，重新组建了基层领导班子。

1951 年 7 月，慕生忠临危受命，随进藏部队十八军独立支队挺进西藏，担任支队政治委员。后来接替西北铁路干线工程局政治部主任的是第一野战军某师原副政委、甘肃省人民政府财经委员会副主任刘昌汉。

挺进西藏

1951 年 7 月 21 日，慕生忠率领一支有军人、有地方干部，有汽车、有骡马、有牦牛、有骆驼的队伍，浩浩荡荡途经西宁、湟源城，翻越相传当年文成公主进藏感伤落泪的日月山，遇到前进路上的第一道险阻。

行走在软如海绵的山路上，一辆辆汽车陷进了烂泥里，开不出来。驾驶员们爬到车底下，滚得满身泥浆，硬把木板塞进车轮下垫实。干部们一个个跳下车，挽起袖子挖土、搬石头，叫起劲来拼命地推车，劳动号子此起彼伏，歌声震荡空旷的山谷。

挺进西藏的第一关已经胜利通过了，慕生忠站在日月山头，激情满怀，浮想联翩，他挥笔疾书，写下了这样的诗句：

日月山啊，日月山，
海拔三千三。
回头看，有人烟；
向前看，青草滩，
一望无边。
文成到此曾留难，
我今进藏经此过，
进入草原第一关。

部队在柴达木南缘重镇香日德休整后，开进莽莽的昆仑山区，翻越海拔 5300 米的诺木岗山，进入了果洛。

在黄河源有一段三十多公里的烂泥滩，天寒地冻时容易穿越，而夏天泛浆就难以通过，慕生忠率领队伍过这段泥路，遭了大罪。

先头部队赶着 1000 多头牦牛和骡子，一进烂泥滩，人和牲畜都不能自拔，一场惊心动魄的搏斗展开了。

牦牛还好一点，它腰圆体宽、力气大，陷进烂泥里，能够不紧不慢地挣扎出来。而骡子腰长、蹄子小、性子急，扑腾几下就陷下去憋死了。旷野上，人们声嘶力竭地驱赶牲口的吆喝声和牲口垂死挣扎的吼叫声，听起来多么惨烈啊！这一天，有 400 多头骡子葬身于烂泥滩。

队伍过烂泥滩，哪里是走过去的，是连滚带爬挣扎过去的。人在烂泥滩里挪不上几步，就累得气喘吁吁。有的地方实在难以举步，大家便躺在地上滚着前进，这样身体接触面大，就不容易陷下去。1000 多人分成几排，前后互相照应，在烂泥滩里滚上一段，累了就躺着休息一会儿，个个都滚成了泥人，谁都认不出谁来了。就这样走一段，滚一段，拼死拼活一直到夜里 10 点多钟，才算找到一块泥水较少的地方。

大家拖着疲惫的身子，用驮架和物资搭起一个露天大铺。高原的夏夜，寒气逼人，大家都已筋疲力尽，可是兴致仍然很高，你一言他一语地议论说：

“今晚的集体宿舍真美！”

“青天给我们当被子！”

“草滩是我们的大地毯！”

“黄河为我们伴奏！”

“星星给我们照明！”

……

欢笑声在草原的夜空中飘得很远很远……

不一会儿，鼾声代替了笑声，草原又陷入了死一般的寂静。

西北独立支队艰难跋涉三个多月，在 10 月底的某一天，终于与西南进藏先头部队胜利会师拉萨。

古城拉萨一片欢腾，苦难的藏族同胞倾城出动，奔走相告，迎接亲人解放军，欢庆西藏和平解放。这场面，比当年吐蕃人迎接文成公主入藏更盛大，更令人兴奋。

危难受命

千百年来，藏族人民一直向往光明幸福之路。可是，在那暗无天日的漫长岁月里，横在他们面前的却是无穷无尽的灾难。

农奴们被当作商品出卖、抵押、赌博、转让，还会遭受挖眼、割鼻、抽脚筋、剁手、刖脚，甚至剥皮、活埋、砍头等酷刑。

在布达拉宫脚下，是一个悲惨的世界。垃圾粪便比比皆是，污水横流，蚊蝇乱飞，到处散发着呛人的臭气；街头巷尾，衣衫褴褛的乞丐伸着黑瘦的双手沿街乞讨，骨瘦如柴的孤儿和野狗争夺富人丢弃的骨头，被挖掉双眼、剁去手脚的残疾人随处可见……

我英勇的人民解放军，牢记党的嘱托，人民的期望，他们决心挫败反动分子的封锁政策，站稳脚跟，保卫西藏，建设边疆。

在千里险峻的川藏线上，成千上万人风餐露宿，沐雨栉风，夜以继日地筑路。

先遣部队进驻拉萨的第十天，就拿起镐头开荒种地。慕生忠也带领一部分干部，在拉萨郊区开垦出了1000多亩地。屯垦戍边，是一项战略措施，但面对当时那种十分紧迫的形势，还是远水解不了近渴，尤其是解不了眼前缺粮的燃眉之急。

交通线、公路，确实像命脉一样，关系着部队在西藏的成败，关系着百万农奴的生存，关系到能不能彻底粉碎国内外反动势力的阴谋与挑衅，它已超出了路本身所具有的意义。

慕生忠和部队的其他领导同志都为此着急、焦虑，无论走路、吃饭、工作，甚至做梦，无时无刻不在苦思冥想：路！路！路！

在短时间内，两万多峰骆驼，也就是说，当时全国将近十分之一的骆驼，迅速集中到千里风雪运输线上。

内蒙古、宁夏、甘肃的1200多名驼工，他们翻身不忘党的恩情，在党最需要他们的时候，毫不犹豫地挺身而出，阔别了家乡父老，离开了妻子儿女，抛开了刚刚建立起来的幸福小日子，拉着骆驼上高原，在一个特殊的地理环境中，担负起了一种特殊的运输任务。

浩浩荡荡骆驼运输队

彭总关爱

这年9月，中央急电要慕生忠到北京参加研究西藏局势的会议。

在北京开会期间，慕生忠听到老首长彭德怀刚从朝鲜战场打了胜仗回来，就兴冲冲地跑到彭总家里去祝贺。慕生忠曾在彭总领导下的第一野战军当过民运部副部长。

彭总见到老部下，关切地询问起慕生忠这些年来的情况。

慕生忠像是见到久别的亲人，滔滔不绝地把他如何率领西北独立支队进军西藏，西藏又怎样缺少粮食、部队处境艰难、人民生活困苦、中央组织西藏运输总队用骆驼向西藏抢运粮食的事，从头至尾叙说了一遍。

慕生忠面带难色地对彭总说，靠骆驼向西藏运粮不是长久之计，要解决根本问题非加快建设公路才行。但是，从西宁经黄河源头那条当年文成公主进藏的路，有几处连牲口都难以逾越的烂泥滩，部队进军西藏时经过这里，要修通这条路，实在太难了。

就是这次老首长和老部下的相见，为修建青藏公路的蓝图画上了第一笔。

彭总完全赞成慕生忠派人赶辆大车到沿线探路的大胆想法，并凑近慕生忠说："你不要赶木轮子车去，还是赶辆胶轮大车方便。也不要跟着骆驼运输队一道走，自己走自己的路，要不然人家会说你们是抬着马车进藏的。"

"彭总，您就等着听我们胜利的消息吧！"

"祝你们马到成功！"

彭总和慕生忠的两双手紧紧地握在了一起。

格尔木人

慕生忠回到香日德后的第三天，他就亲自出马，带领二十多人和两辆汽车，向格尔木进发了。

这次他们决心探通香日德到格尔木的路，就是打响的第一炮。

每天，东方刚一放亮，慕生忠和同志们就冒着高原 11 月滴水成冰的寒冷天气上路了。他们一边探路，一边修路。汽车能开过去就开，开不过去就修。遇到水毁地段，掘土填补，见到黄沙淹没地段，挥锹铲平。他们走走修修，修修走走，披星戴月，马不停蹄，仅用了四天时间，就奇迹般地穿越 300 公里浩瀚戈壁，来到了格尔木河畔。

人们望着茫茫雪山，荒芜戈壁，大片枯萎的芦苇，连绵不断的沙丘，满目一片荒凉景象，大家七嘴八舌地议论起来：

“这是什么鬼地方？”

“格尔木在哪儿？”

“哪儿是格尔木？”

……

慕生忠望望大家，左手一撩皮大衣，右手一挥，斩钉截铁地说：“同志们，我们的帐篷撑到哪儿，哪儿就是格尔木！我们不走了，我们要做第一代格尔木人！”

“我们不走了，我们要做第一代格尔木人！”

这激动人心的声音，久久地回荡在格尔木河畔。

人们把一顶顶帐篷扎在格尔木河畔的沙滩上，从此，这里才有了实实在在的格尔木市，而它，最早也只不过是一个“帐篷城市”。

就在刚刚扎起的帐篷里，由慕生忠口授，电报员给上级领导机关发出了一封电报：“今后向西藏运送物资的起点，不再是香日德，现已缩短300公里路程，而是格尔木了。”

不祥频传

从青海的香日德经格尔木到藏北草原的黑河、聂荣宗，在海拔3000米到5000多米的高原上，骆驼成群结队，漫山遍野，洒下一路驼铃声。

然而，“沙漠之舟”毕竟不适应高寒气候，不适应风雪青藏运输线的恶劣环境，这里缺少它们的生存条件。

唐古拉山区一场暴风雪，平地积雪一尺多厚，方圆几百里一片银色世界。大雪覆盖了草场，骆驼吃不上草，狂风把积雪吹卷到路上，骆驼进退两难，一峰又一峰骆驼被活活地饿死了。

风火山附近一条长长的峡谷，本来是骆驼队来往的理想走廊，后来却成了骆驼的“墓地”。因饥寒交加几百峰骆驼倒毙在峡谷中，横七竖八，惨不忍睹，粮食等物资弃之路旁，整个峡谷弥漫着难闻的臭气。

千里运输线上，随时都能看到驼工垂头丧气地坐在死骆驼旁，愁眉苦脸，精神恍惚，不知所措。有的人望着堆积在路旁的粮食物资，捶胸顿足，呼天唤地，难过得失声痛哭。

到1954年春，近8000峰骆驼死在运粮路上，骆驼的总数损失了近三分之一。

不祥的消息不断传到格尔木，传到香日德。驼工们一个个空手而回，向慕生忠诉说着路上可怕的遭遇。

绝路逢生

正当骆驼大批死亡的消息从运输线上频频传来时，慕生忠加紧外出调查周围地理环境，并按照他和彭总原先商量的方案，赶马车到黑河探路的计划也在进行中。

他组织木工赶做了两台崭新的胶轮大车，每台车上备了三头健壮的高头大骡子，挑了四名精干的驭手，由格尔木转运站政委任启明带领，去往黑河探路。

大车探路小组出发前，慕生忠给他们下了一道死命令：“马车拉到黑河，就向中央报告修路。你们拉不通，就别回来，我再派人去！”

这叫置之死地而后生！

不久，慕生忠在格尔木终于盼到了任启明从黑河发回来的电报：“慕政委，我们按照你的命令，把马车赶到了黑河，一路顺利。”

多日来的焦急、烦恼，顿时烟消云散。慕生忠高兴地顺手抓过酒壶，一口气灌了大半斤白酒，痛快啊，真痛快！

当任启明探路小组返回到长江源头的沱沱河时，又发回一封电报向慕生忠报告了沿途所见和对修路的看法：“青藏高原，远看是山，近看是川，山高坡度缓，河多水不深。只需半年时间，用一两千人，就可以修一条简易公路。”

慕生忠手捧电报，他那颗激动的心，仿佛沿着一条金光大道，越过千山万水，飞向黑河，飞向拉萨！

慕生忠按捺不住内心的激动，大步流星地跨出帐篷，迫不及待地要向人们宣告，他要带领人们修青藏公路了！

公路开工

1954 年 5 月 11 日，这是一个寒冷的雪天。草原上纷纷扬扬飘着雪花，北风夹着逼人的寒气呼啸着。这天气，是在给慕生忠助兴，还是先来个下马威，这两种可能性大概都有吧。慕生忠顾不得这些，他突然把格尔木转运站的几十名干部，全都喊出了帐篷。站在风雪中，慕生忠挥动拳头，发表了慷慨激昂的演说：

“同志们，我们要用勤劳的双手，在世界屋脊上修筑一条平坦的大道，在柴达木盆地建起一座美丽的花园！……”

这气吞山河的声音，压过了戈壁滩上呼号的狂风。这火辣辣的讲话，似乎有一种融化高原冰雪的威力。站在风雪中的人们，早就忘记了严寒，从心底里滚过一股热流。他们宣誓：一定要把公路修上世界屋脊！

他们顶着星星出工，踏着月光收工，每天工作十几个小时，吃的却是咸菜就着干馒头。青藏公路，完全是筑路工人用汗水浇铸起来的。

公路开工不久，筑路工人就夜以继日地奋战，很快修到了格尔木以南的艾家沟。

然而，突然有几十名工人的脚和腿出了毛病，肿得几乎透明，皮肉发紫，人们疼得直喊叫，有的甚至抱着腿在地上打滚。

恰巧，人们先前开垦出的27亩地里种出了新鲜萝卜，每人吃上一两个，马上感到腿不太疼了。后来，每人每天能吃到五六个萝卜，过了十多天，谁也没有吃药，肿消了，腿慢慢好了。慕生忠给这种萝卜送了一个美名，叫“高原适应素”。

施工队伍拿下艾家沟工程，又迅速行进到雪水河两岸。

慕生忠泡在工地上，他边干活边指挥，工程卡着点干，分秒必争。在最后一天里，架天涯桥的材料已从兰州运到格尔木，中午12点就要通过雪水河运往天涯桥工地，逼着雪水桥工程必须在中午12点以前完成。

从沟上到沟下，从北岸到南岸，六七百人摆开战场，有的平整坡道，有的加固过水路面，有的清理弯道死角。只见镐落锨起，沙土飞扬。劳动号子此起彼伏，工人们挥汗如雨，工地上一派热火朝天的景象。

雪水河工程在上午9时30分全部完成了，比原计划提前了两个半小时。拉运架设天涯桥材料的汽车从雪水河顺利通过，公路又向万山之祖的昆仑山靠近了一大步。

昆仑情怀

为了加快工程进度，慕生忠又由集中兵力攻破一点，转为将兵力一线拉开，分段突击抢修，迅速接头合龙。5个工程队分布在170多公里的线路上，最远的摆到了昆仑山口南边。铺架天涯桥时，慕生忠把筑路大军的技术干部全部调到天涯桥工地，他们中有邓郁清、何畏、张震寰等人，其中只有邓郁清是工程师。几个人经过反复琢磨，制定出了“在最窄处的两岸石崖上凿出一条石槽，再插上木桩子架桥，同时打掉石嘴子”的施工方案。邓郁清工程师连续三天都没有睡过囫囵觉，他白天黑夜都在现场指挥。慕生忠在架桥的最后一天，也盯在工地上没挪窝。当天涯桥架通时，多少天没有笑过的慕生忠终于咧嘴笑了。

公路修上昆仑山，海拔已经达到 4800 米。慕生忠带上几个人，向着山口的最高处走去。快要上到山头的时候，人们都累得张口喘气，一屁股坐到地上不愿动了。慕生忠这个 43 岁的壮汉子，比小青年们劲头还足，他没有停下来，又坚实地跨出大步，12 步便登上了山顶。慕生忠把昆仑山称作“十二步山”，含有明显的藐视困难之意。

随同慕生忠一起登上昆仑山口高处的工作人员，急切地盼望将军在昆仑之巅吟诗作赋。谁料想，将军的情绪有点不同往常，诗，迟迟没有从他口中吟出，倒是蹦出了一句深沉的话：“这块地方不错，站得高看得远，假如我死在青藏公路上，就把我埋在这里吧。”

其实，对于死，慕生忠早在 20 岁时就曾认真思考过。他说，人生的死大致有三种：老死、病死、战死。他不甘心白白老死、病死，情愿死在战斗的岗位上。

鏖战高山

公路一天天向前延伸，汽车紧跟在筑路队伍后边轰轰隆隆地前进。10 月初，大队人马登上了巍峨的唐古拉山。

唐古拉山口海拔 5300 米，青藏公路修建的成败，关键在此一举。

一场征服唐古拉的决战打响了。

秋天的唐古拉山，已经寒气逼人，寒风劲吹像是从天上下刀子，大雪纷扬如万蝶飞舞，暴雨倾注似断线的珠子，冰雹大得像核桃，这些“魔鬼”轮番地向人们进攻，威胁着我们的筑路大军。

筑路英雄们，是铁打的筋骨，钢铸的人，天大的困难，也压不垮他们。

在冰天雪地之中，一座座营帐扎起来。山顶30公里，6个施工队分段作战，到处响彻雄壮的劳动号子，锨镐翻飞，铁锤叮当，炮声轰鸣。人们用镐头刨、钢钎撬、铁锤打，一点一点地抠掉前进路上的坚石硬土。

谁的双手不是裂开了道道血口，哪一个的脸不是粗糙得像砂纸。是啊，筑路英雄就是凭着这种忘我献身精神，为西藏人民开辟幸福之路。

在唐古拉山的20天，慕生忠一天也没有离开工地，天天和工人一起劳动。他感到这20天，是他一生中最艰苦的一段生活，也是最有意义的一段经历。慕生忠和工人们一起排队抡着8磅重的大锤，一抡就是七八十下，工人们害怕累坏了他，抡着抡着，就把大锤从他手中抢走了。

10月20日，唐古拉山上的一段公路全部打通了。汽车轰鸣着翻过唐古拉山口。

工人们望着汽车从眼前驶过，一个个眼窝都湿润了。

慕生忠将军更是抑制不住感情的潮水，他当即向报务员口授，发出一封电报：“中央：我们已经战胜了唐古拉！我们在海拔5700多米的山上修筑公路30公里（注：当时测量的唐古拉山口高度不精确，现在实际高度确认为海拔5300米）。这可能是现在世界上海拔最高的一段公路……”

胜利的电波，带着高原筑路大军的豪情，飞向首都北京，飞向中南海，电报很快被送到了周总理手中。总理喜出望外，立即打电话给交通部，告诉了青藏公路胜利修过唐古拉山的消息，并要求他们赶快派个慰问团上青藏线。

交通部的人傻眼了，他们怎么也想不到青藏公路会修得如此神速。很快，交通部和青海省分别派出了慰问团，带上慰问品，沿着新修的青藏公路去追赶筑路大军。慰问团紧赶慢赶，一直到拉萨附近的羊八井石峡，才追上了队伍。

1954 年 12 月 15 日，慕生忠乘坐吉普车进了拉萨。这辆汽车，是拉萨市民有史以来见到的第一辆汽车。慕生忠将军，也是有史以来乘车进拉萨的第一人。

整个拉萨轰动了。

铁路梦想

“青藏铁路要修,要修到拉萨去！”这是中华民族几代人的梦想。

慕生忠是一个有超前思想，干大事业的人。他在干一件大事的时候，总有另一件大事在运筹帷幄中。

当他率领西藏运输总队的驼工牵着 2.7 万峰骆驼，向西藏运送救命粮后，又在条件极不成熟的情况下，在不可思议的短时间内，修筑了举世闻名的青藏公路，从此 80% 左右的进藏物资，源源不断地运进西藏，青藏公路成为西藏经济发展的一条生命线。

当青藏公路通车拉萨后，他向中央汇报青藏公路情况时，曾听到中央领导关于“青藏高原能修公路，就能修铁路，让铁道部派人进藏考察”的指示，于是他铭记在心，打算先行一步。

慕生忠就反复琢磨，青藏高原远看是山，近看是川，山高坡度缓，河多水不深，能修公路的地方，也一定就能修铁路。西藏要发

庆祝青藏公路修到拉萨

展，必须修铁路。他把目光又投向了青藏铁路。

率队勘察

1955 年冬，他兴致勃勃地来到兰州铁道第一勘察设计院，大有回娘家的感觉，特别的熟悉和亲切。因为，兰州铁道第一勘察设计院的前身是西北铁路干线工程局的设计处，1950 年修建天兰铁路时，慕生忠曾担任西北干线工程局的政治部主任，说他是铁一院的老领导，一点也不为过。

他这次重访老单位，看望老同事，不是为叙旧情而来，而是登门求援来了。他要考察青藏铁路路线，光杆司令怕是不行，再说修铁路不同于修公路，对沿线地形、地貌、地质等状况必须调查清楚，方能做出正确决策。他希望铁一院派出精干技术人员，陪同他共同完成这一历史使命。

当年西北干线工程局局长、现铁一院领导王世泰将军，非常赞赏慕生忠的修路壮举和探索精神，并全力满足了他的恳切要求，派出了以曹汝祯为首，王立杰、刘德基参加的三人考察技术小组，跟随慕生忠坐上吉普车，一同上了青藏高原，迈出了考察青藏铁路的重要一步。

他们的行进路线基本没有远离青藏公路。曹汝祯回忆："当时另一条路线是唐蕃古道，可慕将军毫不迟疑地说走公路线。后来才知道古道上沼泽太多，而公路线虽然有盐湖、盆地、昆仑山和唐古拉山几大障碍，但还是比古道靠得住。"曹汝祯还记得，当时他不敢喝酒，因为医生说高原上严禁喝酒，可是慕生忠的豪爽感染了他，他也学会拿着水壶灌酒。

到达格尔木后，慕生忠深情地向考察技术小组介绍了戈壁帐篷城的变化，并充满期待地对他们说："我们一定会用自己的双手，把格尔木建设成为大上海，格尔木的发展一定会有你们这些铁路人的伟大贡献。"

他们沿着青藏公路，途经湟源、香日德、格尔木，翻越昆仑山、可可西里山、唐古拉山、昆仑河、通天河、拉萨河等一系列著名的高山、大河，还经过高频率、大强变的地震活动区、雷暴区、热融滑坍区、热溶湖塘、冰丘、冰滩等多种特殊地质地带。在进藏铁路可行性调查和收集第一手资料的实地考察中，慕生忠带着曹汝祯等人，披星戴月，风餐露宿，不放过任何需要考察的地方，很多地方都是汽车跟在后边，他们靠步行实地考察，这在高寒缺氧的青藏高原，需要何等的精神来支撑。

白天，实地调查累得大家筋疲力尽，但是到了晚上，大家却没有睡意，都围坐在篝火边，听慕生忠将军讲过去的故事。慕生忠记性好，讲话朴实，富有亲和力和鼓动性，大家听得着了迷，高兴时哈哈大笑，悲伤时不住地抹泪。

他们历尽艰辛到了拉萨后，受到中央人民政府驻西藏代表、中共西藏工委书记张经武的亲切接见。张经武对曹汝祯等人说："你们来得好啊，西藏很需要铁路，你们一定争取把画在纸上的红线，变成雪域高原的钢铁大动脉。"

张经武的期望令人振奋。

而慕生忠和曹汝祯、王立杰、刘德基就是冲着这个目标来的，他们不仅完成了考察，而且已经成竹在胸。

曹汝祯等人回到兰州，向设计院正式递交踏勘报告，结论是：青藏高原可以修铁路。

1956 年，铁道部启动修建进藏铁路的前期规划，开始进行青藏铁路勘测设计工作。至此，修建青藏铁路（西宁至拉萨）正式出现在国家铁路建设的议程之内。

1957 年夏，铁一院对青藏铁路格尔木至拉萨段的勘测设计正式开始，由铁一院勘测设计的青藏线（西宁至格尔木段、格尔木至拉萨段）勘测计划节节推进，随后完成了全线踏勘报告，年底通过了选线方案。

1958 年开始初测，当年 9 月，在兰州到西宁的兰青铁路开工仅四个月之后，青藏铁路西宁至格尔木段海拔 3700 米的关角隧道悄然开工。格尔木到拉萨段的前期准备工作，也在紧锣密鼓地进行之中。

为此，国务院特意批准组建了青藏铁路工程局，慕生忠任党委书记、局长。

1958 年，在毛泽东主席、周恩来总理和邓小平同志的关怀下，全长 814 公里的青藏铁路西宁至格尔木段开工建设，格尔木至拉萨段的《踏勘报告书》也编制完成。

可是，由于种种原因，1961 年 3 月，在修通西宁至哈尔盖 181 公里铁路后，青藏铁路工程被迫停工。

戏单岁月

我是青岛市收藏家协会常务副会长，深信收藏是讲究缘分的，是你的跑不了，不是你的得不到。

一次，在青岛文物地摊上，一份 1959 年的铁道部青藏铁路工程局秦剧团答谢演出节目单跳入了我的眼帘，令我非常惊奇，激动不已，我毫不犹豫地收入囊中。

仔细阅读研究后，我了解了与青藏铁路建设有关的一段历史，而与慕生忠将军又是息息相关。

慕生忠是当年由兰州进军西藏的十八军独立支队政委，他率领的队伍中有一支文工队，其中秦腔分队由七人组成，有从一野政治部文工团调来的，也有从西安市调来的。

由于人少，秦腔分队就执行着西藏工委宣传部提出的“不能演大戏，就演小戏；不能演小戏，就搞清唱；自己演不开，就和业余剧团一起演”的指示，克服了重重困难，没有服装就借藏族官员的衣服代替，没有道具自己做，没有化妆品就用颜料甚至面粉替代。

得益于领导的大力支持和业余剧团及文工队其他分队的帮助，秦剧分队无论在进藏途中或到拉萨后，都演出了许多精彩的节目。其中有《柜中缘》《拾玉镯》等小戏，也有《三滴血》《将相和》等大型剧目。

在那最艰苦的日子里，秦剧分队队员背着背包不避风雪，跋山涉水，每天步行八九十里路，到处为部队和藏族同胞演出。

1952 年至 1953 年，西藏上层反动分子不卖给进藏部队粮食，

1959 年的铁道部青藏铁路工程局秦剧团答谢演出节目单

扬言要把进藏部队和工作人员饿死在西藏。在那生死关头，秦剧分队积极响应党委“开荒生产，自力更生”的号召，白天开荒生产，晚间演出节目。就这样，秦腔这一古老的艺术之花，在祖国的青藏高原扎下了根。

1953 年 8 月，西藏工委文工队和西藏军区文工团合并，秦剧分队成了西藏军区文工团的一个由 13 人组成的分队。

1954 年 8 月，秦剧分队奉西藏工委和西藏军区指示赴西安学习，并招收了 40 名学员和十余名教职员，正式成立了西藏秦剧团。经过一年的训练，于 1956 年初重返西藏。剧团每年平均演出 200 场以上，巡回演出旅程每年达 11000 多公里。

1959 年，西藏秦剧团调到青藏铁路工程局，许多老演员又回到了慕生忠身边。秦剧团已今非昔比，人员扩大到 115 人。他们自

编自演的大型剧目《血的控诉》，引起强烈反响，深得好评。

全体演员都有一个共同的信念，走向青藏铁路工程局秦剧团新的工作岗位后，要比以前更加努力学习，积极工作，不断提高自己的政治、业务水平，以更大的工作成绩来报答党和人民对他们的关怀和期望，并将更好地、长期地为战斗在青藏高原——把铁路修向世界屋脊的英雄们服务！

我从收藏家的认知，到我对青藏铁路建设的参与及熟悉，我认为这份 1959 年的铁道部青藏铁路工程局秦剧团答谢演出节目单具备一定的史料价值。

惨遭迫害

1959 年，在那段特殊的年月里，众人称赞的英雄慕生忠，突然被打成了“罪人”，罪名是当年彭德怀支持慕生忠修建青藏公路，他们之间有几次密切的工作往来，彭德怀遭受错误批判，慕生忠被株连，被打成彭德怀“黑线人物”，撤销了他党内外一切职务，然后强行从拉萨送回兰州。

在不堪回首的 20 年里，慕生忠除了一度被贬到八一农场任第五副场长和两度被贬到甘肃交通厅当副厅长外，其余大部分时间是住“牛棚”或蜗居家中，基本上过着与世隔绝的生活。而他每天必做的一件事，就是面对墙壁凝神注视一张大地图，他把地图上标注的青藏公路用红笔勾画得很粗很粗。

时间的车轮无情地转动着，一晃 20 年过去了。1979 年，当慕生忠得到平反通知时，他已经是一位 69 岁的白发老人了。

当时慕生忠正住在兰州部队总医院里，在不到 1 个月的时间内他连续做了四次手术，身体极为虚弱。

一天，中共西藏自治区党委书记热地同志来到医院看望慕生忠。

“我在西藏可没有做错事呀！”慕生忠声音微弱却很是坚定地说出了埋藏多年的心里话。

“您老人家何止是没有做什么错事，您是为西藏建设立了大功劳的呀！”热地紧紧地握住慕生忠的手。

20年，整整20年，慕生忠没有听到这么温暖贴心的话了，这位年近70岁的老人，竟禁不住老泪纵横。

组织上询问慕生忠有什么要求，他吃力地说：“等我病好了，我要到青海去一趟，再看一看阔别20年的格尔木和青藏公路，今生死也瞑目了。”

安息昆仑

三年之后的1982年夏季，慕生忠恢复了健康，重返青海的愿望终于实现了。

曾经跟随慕生忠拉过骆驼，修过公路的战友们，生活在格尔木的人已经不多了。他们听说老政委来到格尔木了，几十个人不约而同地奔到招待所。

慕生忠将军一个个认出了自己的老部下，这不是二中队的马珍队长？那不是同任启明一起赶马车到黑河探路的李德寿？……杨庆繁、张承绅、张震寰，这些当年生龙活虎的小青年，也都被慕生忠叫出了名字。

老部下们十分敬佩70多岁高龄的老将军还有一个好记性，还惦念着他们。

老战友故地重聚，最兴奋的莫过于回忆往事。多少年前的事情都翻腾出来了，说到困境之处，人们的感情深沉下来，讲到有趣的地方，又是一阵开心地大笑。

送给老政委点什么作纪念呢？老部下奉送上一副他们写的对联，上面写道：

赤胆忠心，为党为国，为高原人民，在世界屋脊开辟青藏公路；

勇担风险，任劳任怨，任艰难困苦，于戈壁荒滩建造美丽花园。

1982 年 8 月 23 日，慕生忠到格尔木农场总场视察合影

这 48 个大字，是对慕生忠将军公正的评价。“人民没有忘记我这个老头子，我就心满意足了。”慕生忠手捧对联，落下了感慨的泪水。

今日的格尔木，已经发生了太多太大的变化。这里盖起了一幢幢楼房，修建了一条条笔直的沥青马路，栽种了一片片林带，变成了“半城绿树半城楼”。慕生忠见到他当年带领人们栽种的几万株白杨苗都长成了大树，心情格外激动。他热情地拥抱当年亲手栽下

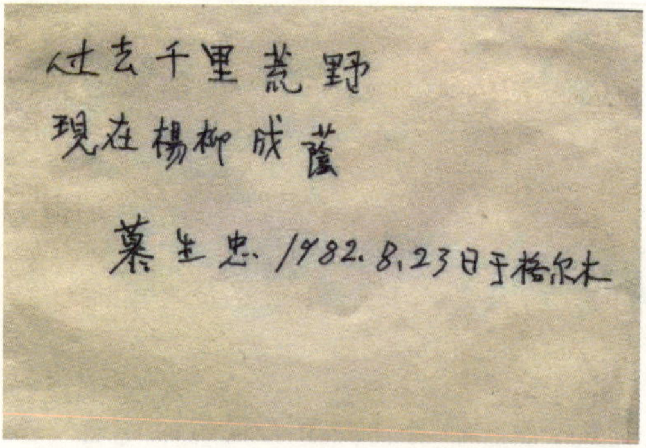

慕生忠题字手迹

的几棵白杨树，还让人拍照留念。

将军满怀深情与思念，驱车跨过艾家沟、昆仑桥，来到了昆仑山下的纳赤台。雄伟壮丽的冰雪昆仑，在呼唤将军的名字！置身昆仑母亲的怀抱中，慕生忠又打开了感情的闸门，他对同行的女儿说：“30多年前，我就选定昆仑山是我长眠的地方，将来我死后就把我埋到这里吧，我听惯了车轮声，对青藏公路感情最深，不然我会死不瞑目。”

此时此刻此语，让陪同的女儿泪水倾下。

1994 年 10 月 19 日，慕生忠在兰州逝世，终年 84 岁。他的遗

1993 年 8 月，慕生忠重访格尔木

愿是把骨灰撒在昆仑山口，子女们遵照父亲的遗愿，一个多星期后捧着慕生忠将军的骨灰盒来到了格尔木。格尔木的党政军机关和群众，在将军楼前为慕生忠举行了隆重的公祭仪式。

所有儿女们亲自护送父亲慕生忠的骨灰到昆仑山口安葬，他们流着泪说：“在这里，无论是过汽车，还是过火车，父亲既能看见，也能听见，他安息了。”

听说慕生忠将军的骨灰撒在青藏公路和青藏铁路线上，沿途有的司机主动把车停下，鸣笛三分钟。他们都知道，青藏公路和青藏铁路都留下了慕生忠永不消逝的足迹，激励人们不畏艰难勇往直前，他在人们心目中高高树立起一座丰碑！

一篇未发出的人物通讯

1982 年 1 月，在青藏铁路一期工程建设进入后期阶段，我在对工程作系列报道的同时，深入挖掘了铁道兵第十师师长姜培敏的事迹材料，曾计划写一篇人物通讯。可是，新华社要宣传报道这样一位部队高级干部，是需要铁道兵总部或更高一级的机关审核批准的，过程烦琐，只好作罢。

在我编撰《火车开进柴达木》这部书时，总感到有一个人物不能不写，他的事迹平凡而又不平凡，可以说是领导干部做人做事的一个楷模，非常值得好好地写一写，他就是铁道兵第十师原师长姜培敏。

自 37 年前采访过姜培敏师长，我们再没有见过面，他以后的情况就知之甚少了。于是，我到网络上搜索姜培敏的信息。令我惊讶，跳入我眼帘的竟然是，姜培敏同志因病医治无效，已于 2011 年 6 月 10 日 11 时 20 分在北京逝世，享年 82 岁。时年 6 月 14 日，在八宝山革命公墓东大厅举行了姜培敏同志的追悼会和告别仪式。与以往不同的是，现场并没有播放惯用的哀乐，而是播放着一首军歌——《铁道兵战士志在四方》，悠扬、乐观而雄壮的旋律在人们耳边低旋：

背上了那个行装扛起那个枪，
雄壮的那个队伍浩浩荡荡。
同志呀，你要问我们哪里去呀，
我们要到祖国最需要的地方。
……

这歌声荡气回肠，催人泪下。

追悼会和告别仪式上，姜培敏夫人姜淑洪致答谢词，感人肺腑。

铁道兵指挥部副指挥、十师师长姜培敏

各位领导、老战友、老同事、亲朋好友：

你们好！

老伴姜培敏因病逝世，连日来大家通过各种形式表达哀思和慰问，我及儿女和亲属们深受感动，特向你们表达最诚挚的谢意！感谢你们常年对他工作的支持和关怀，感谢你们在他住院期间给予的关心和慰问，感谢你们在他病逝后到家中吊唁，感谢你们通过唁电、网络表达哀思，感谢你们在百忙中从四面八方赶来参加最后的告别。

“月有阴晴圆缺，人有悲欢离合，此事古难全”。姜培敏的离去，使我失去了好老伴，子女们失去了好父亲，同志们失去了一个老战友、老同事、老朋友，为此我是痛心不已。他 14 岁参军，立志报国，跟随共产党走上了革命的道路，他打日本、灭老蒋、抗美帝、建国家，一生征战南北，把毕生献给了民族独立、民族解放、民族振兴和国家的铁路建设事业。虽然我跟随他也是奔波东西，四海为家，历尽千辛万苦，但我无怨无悔，我为有这样一个好老伴而感到骄傲。

老伴姜培敏一生最高兴的是中国铁路进入了高铁时代，最庆幸的是作为青藏铁路开拓者看到了“天路”的全线开通，最欣慰的是看到一些长眠于铁路沿线的铁道兵战友的墓地得到妥善管理，最骄傲的是儿孙满堂，很多也都在从事铁路建设事业。老伴走得虽然匆忙了一些，但他走得是那样的从容、那样的坦荡、那样的安详。

让我们共同为他祈福：一路走好！再次感谢大家。

姜淑洪泣告

2011 年 6 月 14 日

我按捺不住悲伤，泪水夺眶而出。我拿出了尘封 37 年的采访日记，连续多日加以整理，只有一个想法，以此文缅怀全心全意为人民服务一生，为中国铁路建设鞠躬尽瘁一生，忠于党、忠于人民、忠于无产阶级崇高品质的姜培敏，让更多的人记住他，学习他，怀念他。

1982 年 1 月 16 日上午于乌兰，采访铁道兵十师组织科副科长张金明，他介绍说：

姜培敏是铁道兵十师师长，在政治上与党中央保持一致，他是师长，主抓军事和施工。

1979年至1980年，部队对实行农业责任制看法比较多，姜师长强调，实践是检验真理的唯一标准，不能说这也不对，那也不对。他还在连以上干部通报会上讲，不要轻信小道消息，我们在下面看到听到的都有局限性，要顾全大局，不要说动摇军心的话，不要做动摇军心的事。他虽然是军事干部，但既懂军事又讲政治，大事上一点不马虎。

他民主作风好，对下面要求很严格，在党内都是以普通党员身份出现，都坚持党性原则。无论当团长、副参谋长、作战处长、副师长、师长，研究施工从不搞个人说了算，都广泛征求群众意见、征求各个部门的意见。在研究1982年工作计划前，深入各团了解情况，对下面情况熟，决心大，决策准，效果好。

在干部选拔提升方面，听取来自各方面的反映，认真征求组织部门的意见，从不搞一言堂，不以首长身份去干涉具体部门的工作，集思广益，任人唯贤，不拘一格选人才。他是师长、师党委副书记，党性强，在司令部作战科党小组过组织生活，只要他在家，都积极参加党小组会或党支部会。1981年七八月份，他以普通党员身份参加司令部党支部发展党员大会，会议讨论两个发展对象的入党问题，姜培敏谈了对一个发展对象的看法，并找到组织科杨干事反映情况，说不能搞突击发展党员，要坚持原则，成熟一个发展一个。事后组织部门对司令部党支部提出了批评，严格控制党员发展的数量，严格按照党员的标准发展党员，一个支部一年发展1至2名党员。

姜师长以身作则在全师是出了名的，日常的衣食住行都严于律己，要求下面做的，他首先做到。机关出操，他年龄大，心脏还不太好，从来没有落过，除非病倒或出差，出差头天回来第二天准能在操场上见到他。

积极参加业务学习，提高自己的学识水平，是姜培敏孜孜不倦的追求。1979年，装备科工程师李作源讲授内燃机知识，涉及一些理论问题，姜师长求知若渴，不耻下问，有些问题拐不过弯来，他就反复请教，直到问题彻底弄懂弄清为止。

领导的模范作用是无声的命令，姜师长率先垂范表现在各个方面。他艰苦奋斗的作风树立得比较牢固，虽然肩上担负的任务繁重，工作和生活的环境异常艰苦，却从来没有流露过对艰苦的畏惧，而是以苦为荣，以苦为乐。去年节能月，他下部队，坚持走路不坐车，说坐车只能走马观花，了解不到很多真实情况，当领导的干事不能蜻蜓点水，更不能瞎指挥，打马虎眼儿，当“哼哈将军”。1978年布哈河大桥加固，他一直在现场指挥，脸晒得脱了皮。

群众观念非常强的姜师长，总是设身处地为基层干部着想。他是师财经委员会主任，在洛山基地，配备了三机一磨，想方设法改善人们生活，并解决了小孩上学坐车接送问题。有一部分1965年入伍老战士的随军家属和子女，生活存在问题，他力主办起缝纫社、茶园，能安排多少就安排多少，让家属每月挣上几块钱，能交上电费、房费也行。1977年，他到四十七团五连检查工作，连里做了四大盆菜招待姜师长一行，他就批评连干部为他搞特殊，并严肃指出下不为例，他适量地留了一点，让人把菜端回食堂。师常委开交心会，他说我是一名共产党员，党把这些人交给我，不以身作则干好工作，就辜负了党和人民的期望。

他荣立二等功，下面传说他要上调到铁道兵总部。姜师长立即辟谣，他说：“这事不可能，功是功，提升是提升，不能因为有功就提升。我是革命几十年的老同志，相信我有这个党性和觉悟。记功只能说明过去，要夹着尾巴做人，更要谦虚谨慎，再立新功。我本人就没有记功要提升的想法，大家也不要有这种想法。”

1982年1月16日下午，采访铁道兵十师管理科科长刘家英，他介绍说：

姜培敏师长不计较生活问题，从来没有到机关小灶食堂获取特殊的东西，或者超标准买过主副食品。姜师长每月38斤定量，都是按标准到小灶食堂领取粮票，再让爱人到家属队供应点买普通面粉和副食品。他吃饭不是大鱼大肉，吃得很简单，跟着家属过穷日子，买什么就吃什么。

他不请客，不送礼，不收礼。像他这个身份，师长是最大的，要在地方，请客就盛行了。两个姑娘结婚，谁也不知道，没有张扬。两个女婿，一个是工人，一个是复员兵，复员兵女婿没有父亲，家庭生活困难，姜师长家坚持不要彩礼。

勤俭节约成为姜师长的优良作风，他抓电、抓煤，强调冬季暖气不要烧得那么热，既省煤，又冻不着。原来办公室有几个灯，现在只剩下一个灯了，姜师长说，我们要求别人节约用电，自己先做个样子。白天，他就到里间的房子，因为里边有个窗子亮堂。

刚把家搬到青海时，姜师长选择原来知青点的一个猪圈，打扫后就住进去了。没有做一件家具，用的是原来的旧桌子、旧大立柜、旧沙发，居家条件连一个普通干部的家庭都不如。原来院子里有一间空房，师管理科请了个木工整修了房屋，就想让姜师长居住，他不同意，把这间房子用作招待所，仍然住在旧房子里。

姜师长的家属从来不提这些事，规矩得很，公务班、炊事班、警卫排的战士衣服破了，她就给他们缝缝补补，这些战士远离家乡，她像爱护自己的孩子一样，能帮什么忙就帮什么忙。

对公家的东西，姜师长一丝不沾，也不让家属孩子去搞任何特殊，他需要什么只是一句话，但他从来不说，也不允许别人说。

1982年1月16日晚，采访铁道兵十师四十九团新闻干事王桂林，他介绍说：

1981年8月，陕西关中西部和陕南地区连降大雨、暴雨。8月14日至23日连续降雨10天，降雨量为常年同期的4～6倍。由于连续降雨，水土饱和，再逢暴雨，致使山洪暴发，河水猛涨，山体滑坍，泥石俱下，酿成宝成铁路发生重大洪水灾害。8月19日，宝成铁路略阳至阳平关间首先出现险情，中断行车。8月21日，陇海铁路段、宝成铁路宝广段、阳安铁路相继发生严重水害，紧急封闭线路，“三线”均中断行车。在全长850公里的铁路线上，遭洪水袭击而发生灾害的有750公里。通往中国西北、西南的大动脉陷于瘫痪。铁道部迅速在宝鸡成立“铁道部宝成铁路抢修总指挥部”，下设秦岭、双石铺、宏庆、略阳、广元抢修指挥部，分段负责抢修。

在危难之际，各路抢修队伍从四面八方汇集灾害现场。铁道兵十师奉命进驻宏庆，从中间向南北两端抢修宝成铁路秦岭段中段16.7公里线路。姜培敏师长接到命令后，即刻亲自率队从青海昼夜兼程赶到抢修位置，冒着生命危险，在大雨和泥石流中探查险情，精心制订抢修方案，争取了宝贵的时间。

姜师长率领抢险考察组沿途调研，他们9月20日早晨8点出发，从陕西凤县坐汽车到县城北部的双石铺车站，由于洪水造成道路破坏，再往前汽车开不过去，只好步行。过了双石铺，有一段五十多米的坡路，坡度很大，显得很高，泥泞而且溜滑，单纯靠双脚走路无法上去，只能脚蹬手扒从河滩上往坡上爬。

于是，通讯员在前面拉，后面有人往上推，费了很大力气，姜师长等人才爬到坡上。

可是，前方又被一道险阻挡道，坡上没有了路，挡在面前的是一个大塌方，塌方量达几十万立方米。继续向前就必须从大塌方上翻越过去。连续多天的降雨，塌方泡成了烂泥塘。大家拄着树干，脚往泥里陷，步履维艰。开始姜师长不用人搀扶，一脚深一脚浅地与大家一起艰难前行，后来实在走不动了，才让别人搭把手，终于穿越了大塌方。

双石铺到宏庆12公里路程，中间要经过几座隧道，座座隧道都成了泄洪洞，泥水沙石俱下，路基淘空，挡墙开裂，轨道被毁，一片狼藉。隧道内漆黑一团，大家只能靠手电筒的光线摸索前进。70号隧道的进口成了烂泥潭，人从钢轨上过，一不小心就会从钢轨上滑下来，掉到烂泥潭里去。水把轨道下面淘空了，灌满了泥浆，深浅看不清楚，很容易伤人。有条贯穿西坡车站的隧道长960米，隧道内灌进了厚厚的泥沙和卵石，泥浆有一尺多深，出口处有300米铁轨被洪水掀起挤靠到了隧道墙壁边。

铁道兵十师抢险大本营设在甘肃省两当市宏庆火车站，穿过12座隧道才能到达宏庆大本营。在117公里处，原线通过嘉陵江左岸一级阶地后缘进入灵官峡峡谷。此处嘉陵江河床狭窄，河流蜿蜒曲折，形成“S”形急弯。灵官峡悬空26米，长42米，下面江水翻滚，大有当年抢渡大渡河的阵势。有一座凌空架起的独木桥，由一块块3米高木板遮挡，人在上面只能手扶着挡墙一步一步向前挪，忽闪忽闪的，弄得人头晕眼花。

第二天考察组到达了132公里处的九号桥，陶总和陆团长带着有关人员沿途勘察抢修工程，姜师长与其他人员继续前行探察铁路受损情况。他们一大早就背着干粮、馒头、饼干、水壶，拄着树棍子出发了。刚走出两公里，突然下起瓢泼大雨，没有避雨的地方，警卫员小赵给姜师长披上雨衣，他又拿下来了，递给别人穿，推来推去谁也没有穿，冒着大雨往前走。前面有一个十万多立方米的土石大塌方，大雨一浇，几百米长的泥石流地段成了烂泥塘，有的地方两三米深。从悬崖上走，抓住藤条，过不去就插上棍子，从稀泥上走，膝盖以下都是稀泥，一挪步就咕叽咕叽冒泥水。一个工点一个工点勘察，摆多少人力、用什么方案。来回走了20公里，最后返回到李家河车站。过嘉陵江9号桥时，雨一阵大一阵小，衣服全都湿透了，跑了四十多个工点，四个重点工程，回到宏庆已是晚上6点。他们一路边走边研究工作，一口凉馍，一口凉水，十分辛苦。

在那秋雨绵绵的日子里，姜师长天天在工地，走到哪里哪里就掀起热浪，战士情绪激昂。他跟大家一起打夯，一起搬石头、传石头，既是指挥员，又是战斗员。在135公里处大会战，姜师长从上午9点坚持到第二天凌晨2点，连续工作17个小时，一天最多休息五六个小时，晚上12点以前很少睡觉。

刚进驻抢险点时，东西带得不全，大都放在凤县，最糟糕的是忘了带盐。管理股长一片好心，提着麻袋要到附近的居民家去借盐。姜师长语重心长地说："这里是灾区，我们苦点，不能再去给群众添麻烦了。"部队克服困难，吃了一天水煮土豆，一天水煮白菜。

在姜师长的精心指挥下，抢修速度不断加快，提前22天完成了抢修任务。经中央军委批准，铁道兵司令部、政治部给姜培敏荣记二等功，并在北京铁道兵机关举行了隆重的授奖表彰大会。

1982年1月17日，采访姜培敏师长的爱人姜淑洪，她介绍说：

他（姜师长）头天回来，无论多晚多累，第二天照常出操，他没有把自己看成是领导，而是看作与战士打成一片的老兵。他对工作认真负责，事事抓落实，不见到好效果不罢休，这是他的个性。我有点怕他，但也心疼他。

我们1975年4月到青海乌兰，那时他还是副师长，管理部门从有利于他的工作和生活考虑，准备安排条件较好的办公室作为住房，但他坚决不同意。他偏偏选择了原来知青点的破房子，后来部队改做了猪圈，他说稍加拾掇就可以住了。门窗歪歪斜斜，简单地钉了钉门窗，用马粪纸糊了糊墙，就住进去了，一住就是八个年头。下雨天就遭罪了，屋外下大雨，屋里漏小雨，半夜里我和他上房盖帐篷布，大风吹跑了，屋里漏得一塌糊涂，狼狈极了。

咱铁道兵习惯了，师长也不应该非要住好房子。一次，我去家属队买粮，新管处一名战士帮我送到家，看到我们住的这房子感到很惊讶，他说："我们连长住得都比这好。"

说起家里的摆设，确实有些寒酸，有两个箱子是1966年在成昆线上做的，2元钱一个，单据贴在箱子上，旧了用铁皮包一下，一直使用着。他不让做大立柜，一个小柜还是在成都花38元买的，单据也贴在小柜上，年份是1974年11月20日。

我们的二女儿姜燕军这次结婚，一切从简。女婿的父亲原是作战科长，已病故。我们商量不请客，不收礼，不铺张浪费。我们告诉亲家母，女儿、女婿的婚事本着俭朴精神，家里人聚在一块庆贺，摆了个家宴，炒了四个菜，吃的面条，只喝了一瓶啤酒，还是我陪着喝的。

1978年冬，买的粉末子煤不好烧，在山东都是掺和些黄土就好烧了，可是我到附近的地里取了些黄土掺和到煤末子里，仍然不好烧，我有点犯愁了。恰好四十八团机关的一名干部来这里，他得知这个情况后告诉我，二郎洞有黄土，掺到煤里挺好烧的。后来，有个司机开车送人到师部，他顺便托司机给捎过来两筐黄土，卸到了我们的家门口。这下可惹了大祸，老姜看到门前堆的黄土，问谁的车送来的？为什么这么干？他听说是用公家的车拉来的，轻易不大发火的他，那天可是火冒三丈，我还从来没见过他发这么大的火。当时老母亲在，就劝了一句："就为了这么点泥巴，还用得着动这么大肝火。”他说：“你不用管！”他还当场批评了帮助拉黄土的杨参谋。火气过了后，他就叫我赶快到财务上去算账，给了四角钱。后来，在一次连以上干部会上，他为黄土的事还做了检查。

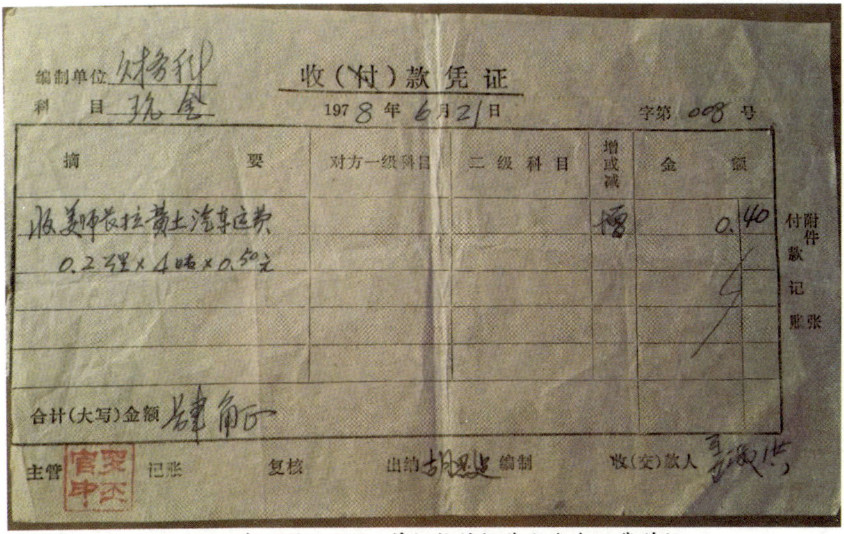

编制单位 财务科

科目 现金

收（付）款凭证

1978年6月21日　字第 008 号

摘要	对方一级科目	二级科目	增或减	金额
收姜师长拉黄土汽车运费 0.2公里×4吨×0.50元			增	0.40

附件 张　付款记账

合计（大写）金额 肆角正

主管　记账　复核　出纳　编制　收（交）款人

1978 年 6 月 21 日，姜师长付拉黄土汽车运费单据

1982 年 1 月 17 日，采访姜培敏师长，他介绍说：

一个领导干部品德的好与坏，工作成绩的大与小，不是靠自我感觉、自我评价来定论，而是要让群众来评价，来检验。群众的眼睛是雪亮的，判断是公道的，我们脱离群众会一事无成。

1981 年，我们铁道兵十师取得了几点成绩，都是与广大战士的努力分不开的，成绩首先应该归功于他们。

一、1981 年 9 月，在陇海铁路宝天段抗洪抢险中表现出色。主要是四十六团广大战士和领导出了大力，他们背负人民的希望，为国家分忧，为人民解难，当灾区需要他们的时候，一声令下就出发，指战员们星夜赶路，迅速赶赴现场，立即在宝成铁路秦岭段中段

16.7公里的灾害现场展开决战。要想在突发任务中速战速胜，各级干部的率先垂范作用最关键，无论团干部、师干部压力都非常大，抢险工程复杂危险，任务重、时间紧，如果上级交给的任务完不成，不仅影响抗洪抢险全局，还会给解放军丢人。为抗洪抢险出力，为解放军争光，成为参战部队的信念和行动。在这场抗洪抢险战斗中，整个部队思想工作受到了检验，拿了高分。段贵山由于劳累昏过去几次，他一直坚持二十多个小时不下火线，为铁道兵争了光。这次抗洪抢险一共奋战14天，有12天是冒雨施工。可见，在危难之际，部队召之即来，来之能战，战之能胜，部队和指战员还是有高度觉悟的，是能够经得住任何艰难险阻考验的，无愧于我是一个兵。

在这次抗洪抢险中，我虽然做了一些应该做的工作，党和人民却给了我不少荣誉，特别是兵部党委给我立了二等功，我受功有愧，这是大家的功绩，不是我个人的，我感到压力很大，把群众的功绩归到一个人身上，报纸发了以后，好多战友给我祝贺，我感到很过意不去。

二、装备管理方面成绩突出。在整编后就及时进行装备调整、集中，认识这个问题比较到位，行动迅速果断，取得的效果非常明显，总参授予先进单位。

三、拥政工作扎实推进。部队来到乌兰八个年头了，总的来看，到少数民族地区来修建铁路，是比较尊重少数民族风俗习惯的，人民群众对解放军是热爱的，解放军对人民也是热爱的，无论在天峻县还是在乌兰县都做到了这一点。

四、业余演出队代表铁道兵参加全军会演，为铁道兵争得了荣誉。

五、新管处变化比较大。指挥部交给我们时，这是一个烂摊子，潘副师长蹲点亲自抓，足迹遍布哈尔盖到格尔木653公里的线路，新线管理出现了新气象、新面貌。

1981年全师工作全面丰收，这些成绩不是个人的成绩，是师党委集体领导的结果，是司政后三大部门密切配合的结果，是各业务部门发挥积极性和主动性的结果。

我们这个班子，思想、表现、行动都是团结的，不管是新来的，还是原来的，都同心协力，步调一致，工作上不分彼此，互相补台不拆台，互相支持不挑剔。党委的集体领导在全师有影响力和号召力，在办公会议上决定了的，各司其职，分头去办，狠抓落实，速见成效，这种作风对下面影响促进很大。各团的领导班子也是比较整齐和富有战斗力的，大家积极肯干，自我加压，对全师保持好的形势至关重要，三年自负盈亏都在收尾配套中实现，这是很不容易的，如果大家不艰苦过日子，是无论如何也不行的。

在节约方面，部队从上到下都做得很好，基本消除了请客送礼的歪风，树立了廉洁奉公干大事的正气，国家有困难的时候，为国家省吃俭用多贡献，是我们当兵的本分，也是我们施工部队义不容辞的责任，这在一般单位不大容易做得到。

师机关能帮助师党委造舆论，树正气，歪风邪气抬不了头。部队散不散，主要看机关工作人员散不散，机关干部如果制造些不好的舆论，那对部队影响是很大的。机关的模范作用同样对部队影响很大，如早操制度到礼堂制度，都不可忽视，十师部队都是按照师的这种做法去做的，因而正气盛，邪气无生存土壤。

发扬民主，走群众路线，下面的意见我们听得进去，所以大家的劲头就很足。我们靠自己做出成绩鼓舞自己，先做出成绩，再争取领导支持，才有利于部队的建设。做不出成绩，光叫领导支持，领导怎么支持？不要叉着腰喊困难，无原则地要求领导支持，要挺着腰去干，干出成绩来，领导自然会支持。我们不但这么说，也都这么做。潘副师长勤勤恳恳，全身心投入工作；钱副师长肾脏有病，探假回来，下午就工作，在老家休假还了解工程进度和施工情况；陶学慈的爱人来信扯他的后腿，说再不回来要离婚，他认为部队的事是大事，家庭的事是小事，师参谋长不在家，不论行政工作、技术工作，陶学慈都一起抓，没有因为家庭的事影响工作。

在高原一年有一个月的休假，我从来没有休过假，实在是因为工程大，任务重，时间紧，脱不了身，就是休假也休不安稳。我们这一级领导人，党和人民给我们肩上压了重担，任务完成不好或出了差错，无法向党和人民交代，不尽职尽力是问心有愧的。我工作上按高标准要求自己，生活上用低标准约束自己，虽然住着漏雨的破旧房子，孩子的婚事一切从简，到家属队供应点买粮买副食不搞特殊，生活是苦了点，但心里却踏踏实实。

我是三上高原修铁路。第一次是1960年来到青海格尔木，当时我任铁道兵第十师作战科参谋。1963年第二次来高原，任铁道兵第十师四十六团副参谋长。1974年2月第三次来到高原，是第一批率领部队进驻青藏铁路施工现场，时任铁道兵十师副师长。

我是一个老铁道兵，自1954年改编成铁道兵，我24年没回过老家。第三次上高原修建青藏铁路，我们师承担了哈尔盖至连湖段396公里的施工任务，该段铁路海拔高，气候严寒，空气稀薄，条件十分艰苦。我刚把家安顿下，就深入关角隧道施工现场，一个月回来两次，每次住两天，一蹲就是九个月。海拔3760米、长度4010米的关角隧道是整个工程的咽喉项目，施工相当艰难。进隧道打火机失效，在洞内呼吸十分困难，干上十几分钟就要出来换换气，洞内臭水味道很厉害，轮着班干，我一早一晚都要进去察看，清理土石方2.6万立方米。1975年关角隧道大塌方，1500多立方米土石像山崩地裂似的从洞顶倾泻下来，塌方体长达52米，正在施工的127名干部和战士被封堵在隧道里。最后里外配合突围，没有发生伤亡事故。

在我将37年前采访铁道兵第十师师长姜培敏的日记整理出来时，眼里饱含着对“铁”师长姜培敏事迹所感动的泪花。自那以后，我再没有见到姜培敏师长。他的有关情况，我还是从多种渠道了解到的。

姜培敏是山东海阳人，1930年10月出生，14岁时就参加了八路军，任山东胶东军区党校通信员，1947年6月加入中国共产党。解放战争时期，历任山东烟台警备司令部三营八连班长，华东警备五旅十四团三营八连副排长、排长。1948年，参加福山县刘公岛和太平顶阻击战。1949年8月，参加渡海解放长山列岛战斗。中华人民共和国成立后，又任步兵一〇一师三〇二团警卫连连长、团军务股参谋。1953年1月，任中国人民志愿军铁道工程第十师二十九团二营七连连长。1953年1月，他先后任铁道兵第十师四十九团司令部作战股股长、第四十六团司令部副参谋长、第四十七团司令部参谋长，参加了黎（塘）湛（江）、鹰（潭）厦（门）、清（水）绿（园）、青藏等八条铁路的修建。1965年11月至1970年4月，担任铁道兵第十师四十八团副团长、团长，率部参加成昆铁路北段和中段的抢建任务。1970年4月至1973年11月，转战襄渝铁路建设，先后任铁道兵第十师司令部副参谋长和铁道兵西南指挥部作训处处长。1973年10月起任铁道兵第十师副师长、师长。

1982年12月，国务院、中央军委做出关于铁道兵并入铁道部的决定。1983年2月成立铁道兵指挥部，姜培敏同志任副指挥（副军职），1984年改任铁道部工程指挥部副指挥。在指挥部党委的领导下，他积极做好部队并入铁道部后的各项改革工作，认真组织企业经营和施工生产，全力推进全系统学习推广鲁布革工程管理经验，殚精竭虑，尽职尽责，锐意进取，勇于担责，为这支队伍立足市场，不断发展壮大发挥了突出作用。姜培敏还分别担任中国铁道企业管理协会、铁道工程企业管理协会、中国铁道建筑总公司企业管理协会的副理事长和中国火车头老年人体育协会铁道建筑总公司理事会主席，为企业管理现代化建设和企业健康发展做出了重要贡献。

1994年4月,姜培敏离职休养后,常常思念老部队,关怀老战友。他热情参加铁道兵战友的联谊活动，亲切看望转业、退伍到地方的铁道兵官兵，重返昔日战场祭扫烈士墓地。为了留存铁道兵的珍贵史料,他积极支持编辑出版《铁道兵不了情》《老板当过铁道兵》《全国铁道兵战友经济技术协作通讯名录》和《铁道兵历史文献画册》等书籍，还主持组织摄制了反映铁道兵战斗历程的纪实片《呼啸的军魂》，以传承铁道兵光荣传统，弘扬铁道兵精神。

骆驼·汽车·火车

远征探宝的骆驼时代

漫游在广阔的柴达木，随时随地都能感受到这片土地的变化，应该说，青藏高原的变化是巨大的，多方面的，然而，最深刻的变化是什么？

我曾经向许多“老高原”提出过这个问题，得到的回答几乎是相同的——交通事业的发展使青藏高原结束了与世隔绝的历史，为柴达木的大规模开发建设奠定了坚实的基础，这是柴达木最深刻的变化。有人说，中华人民共和国成立以来，柴达木经历了三个时代：1955 年以前，是远征探宝的骆驼时代；1955 年至 1978 年，经历了初期开发的汽车时代；1979 年，迎来了继续前进的火车时代。

柴达木，绵延的戈壁，被巍峨的雪山环抱，过去，几乎是一片与世隔绝的土地。茫茫的沙海中只有些小片绿洲，生活着为数寥寥的蒙古族、藏族、哈萨克族牧民，那些绿洲就像漂在无边大海中的孤岛。牧民们要想与外界联系，唯一的交通工具就是骆驼。骆驼被称为“沙漠之舟”，它对戈壁沙漠有一种特殊的适应性。它有四只大如蒲团的软蹄，适于在沙海里载重远行；它的眼睛由一圈长而密的睫毛保护着，在风沙弥漫中能辨别方向；它那高高耸起的双峰是储存脂肪的仓库，几天不吃不喝也可以维持生命。骆驼能在炎热的环境中长期生活的秘密，还在于它那1000平方厘米的鼻黏膜有奇特的功能，可以把呼出的近70%的水汽重新收回体内。郭沫若曾经写诗称颂骆驼是“沙漠的船”“生命的山”……

据史料记载，明朝正德年间，蒙古族首领俺达汗游牧柴达木，带来一批骆驼。柴达木生长着大量的白刺、坎巴、梭梭，这些沙生植物是骆驼理想的食物，于是骆驼便在柴达木繁衍开来，但是数量一直不多。直到1953年，由于开发建设柴达木和支援西藏的需要，几万峰骆驼一下子涌进了柴达木。当时骆驼队浩浩荡荡行进在青藏高原上，这大概是骆驼发展史上最壮观的场面了吧。

在格尔木，我们访问了当年西藏运输总队一大队二中队指导员马珍。这位老人看起来有些虚弱，可是一谈起骆驼，精神一下子就振奋起来。他说：“那时候，从香日德到藏北草原，1000多公里的运输线上，漫山遍野，到处都可以看到运粮的骆驼队，一路上洒下叮叮当当的驼铃声。一个驼工赶七八峰骆驼，一峰骆驼驮300斤粮食物资，还要驮上行李、帐篷、锅碗瓢盆和扫雪开路用的扫帚和铁耙子。每天，天不亮就起程，下午，高原上刮起大风或者骆驼走累了的时候，就找个避风的地方支起帐篷宿营。夏天，常常冒着风雨前进；冬天，经常与暴风雪搏斗。这样，我们三四个月可以在这条运输线上往返一次。在前后两年的时间里，我们这些驼工忍受着常人难以忍受的艰苦，步行上万公里，把几百万斤粮食物资运进西藏。柴达木成了支援西藏的可靠后方，骆驼为支援西藏做出了可贵的贡献但也付出了巨大的牺牲。”说到这里，老人的声音低沉了，陷入了痛苦的回忆：骆驼号称“沙漠之舟”，能适应沙漠，却不适应风雪高原的气候，更不习惯跋涉在坚硬的地面上，蹄子磨损得厉害。给骆驼的脚上套了“皮鞋”，时间不长就磨透了，蹄子鲜血直流，疼得骆驼一瘸一拐，步履维艰。

行进途中的西藏骆驼运输队

1954 年，我国大规模的经济建设开始了，石油地质普查大队进入柴达木。地质队员在荒无人烟的戈壁中找矿，骆驼是最亲密的伙伴，是沙漠里最理想的交通工具。它为地质队运送粮食、水和物资；当暴风雨来临时，人们紧紧偎依着骆驼才能够度过最困难的时刻。夜晚，骆驼卧在沙漠里，可以为人们围起一个临时性的安全宿营地。

柴达木盆地本来没有路，骆驼的脚下就是路。当时，乌孜别克族老向导阿吉老人就是骑着骆驼走遍沙海，帮助地质队探通了一条条道路，找到了一处处水源，探明了一个个矿点。

阿吉老人带领物探队员进入柴达木盆地

1982 年一个偶然的机会，我们在北京见到了辽河油田研究院副院长葛泰生，他是当年石油地质大队 101 分队的队长。他给我们讲述了一段关于骆驼的悲壮故事。

1954 年 6 月底，那是他们进入盆地后的第一次远征。葛泰生带着一支八个人组成的小分队牵着骆驼驮着淡水，从阿拉尔出发经过红沟子到茫崖去。阿吉老人是他们的向导。

第一天，他们到达红沟子，旗开得胜，发现了储油构造和油砂。

第二天，在油泉子又发现了大量的油砂和地蜡。

接二连三的胜利鼓舞着他们继续前进，可是危险也在一步步向他们逼近。小分队带的水只够用七八天，四天过去了，水已经消耗了一多半。沿途没有见到水草，白天烈日当空，烤得戈壁滩滚烫滚烫的，大地像蒸笼，热得人喘不过气来，每人每顿只能分到一杯水，大家的嘴唇都起了泡，裂开了大口子。

第五天过去了，水只剩下两桶，不过百十斤，人们的心情越来越沉重。

第六天清晨继续上路。走着走着，突然一峰骆驼倒在地上，呼哧呼哧地喘着粗气。它实在渴坏了，大家求驼工老李给它点水喝，可是水没有多少了，这点水关系着整个小分队的生命安全。大家只好忍痛把骆驼身上驮的东西卸下来，含着眼泪走开了。看到主人走了，那骆驼拼着命从地上站起来，踉踉跄跄地追赶上来，没跑出多远，又栽倒在地上。人们走远了，回头望望，骆驼又一次挣扎起来，艰难地向前追着，追着追着，又摔倒了。倒下去爬起来，追赶一段，又倒下去，再爬起来……看着这揪心的场面，泪水模糊了队员们的眼睛。那骆驼，拼着最后的气力，足足追了五六里路，最后一次倒下去，再也没有动一下。看到这情景，年轻的地质队员都失声痛哭起来。

第七天，清晨 4 点钟，小分队就趁着月光赶路了。刚刚走出一段路，骆驼一个个昂起了头，拼命奔跑起来。阿吉老人兴奋地大叫："这下可好了，骆驼闻到水草味了！"原来，骆驼对水草有一种特殊的敏感，几十里之外就能闻到水草的气味。果然，远方出现了一片碧绿的草滩，茫崖到了，人们不顾一切地向前奔去……

柴达木有史以来的第一次远征探宝，取得了显著成绩，发现了十多处油砂、地蜡和储油构造，为柴达木以后大规模的石油地质普查开了路。当人们回顾这些历史时，也永远忘不了那献出了生命的骆驼。

这以后，632、636、637、639 等地质队相继走进了柴达木。上千名地质队员在盆地里展开了大规模的矿产普查。纵横几千里的戈壁荒漠里，到处可以看到三五成群的骆驼队。地质队员们依靠骆驼，攀昆仑，进祁连，穿戈壁，下盐湖。在当时极其艰苦的条件下，只有骆驼才能担负起这项特殊的任务，帮助人们打开柴达木这座迷宫的大门。依靠骆驼的帮助，人们透过盆地荒凉、单调的外貌，看到了地下蕴藏的丰富宝藏，第一次认识了“聚宝盆”的真实面目。

初期开发的汽车时代

骆驼，为和平解放不久的西藏局势，建树了不朽的功勋。可是青藏高原的大规模开发建设靠骆驼是无法完成的。在打开柴达木大门的同时，汽车开进了柴达木。

1954 年到 1968 年，是柴达木公路交通大发展时期。国家投资 5600 多万元，派出成千上万的筑路战士和民工。他们坚持“就地爬行，先通后好”“因地制宜，就地取材”的方针，修成了总长 5000 多公里的五条干线和二十多条支线，全盆地形成了四通八达的公路网。

谈起柴达木的交通发展史，人们都忘不了慕生忠将军。尤其是在格尔木，慕生忠的名字更是家喻户晓。因为，将军的命运与青藏公路、敦格公路和格尔木，是紧紧地联系在一起的。西藏驻格尔木运输公司党委书记杨庆繁对我们说：“慕将军率领我们修建青藏公路、建设格尔木时的情景好像就在眼前。”

我们访问杨庆繁的时候，他正在家里养病，听说要谈慕生忠将军，他的兴致很高，一下子就从床上爬起来，讲起来就滔滔不绝。

格尔木是蒙古语，意思是“水汇集的地方”。1949 年以前，地图上能找到它的名字，可实际上它并不存在。因为这里既无城镇，又无村落，连个固定的帐篷都见不到，只有一些被新疆军阀盛世才迫害而逃亡到这里的哈萨克族牧民在附近的阿尔顿曲克草场上游牧，行踪飘忽不定。

慕生忠将军既是一名有威望的领导者，又是筑路工地上的普通工人。

有一次，沱沱河里修的过水路面被洪水冲毁了，一长串汽车被堵在河边。慕生忠第一个跳下水搬石砌路。来自各拉丹东的雪水，冰冷刺骨。在水里站一会儿，两腿就麻木了。工人们一再催促他："政委，你快上去吧！我们来干！"不管别人怎么说，慕生忠始终站在河水最深最湍急的地方，在雪水中干了近十个小时。过水路面修好了，汽车又继续前进了。慕生忠的双腿却肿得穿不进鞋了。大家心疼地说："政委今天可受苦了！"慕生忠微笑着说："我受点苦，可是价值大。今天 200 人干了 500 人的活。数学上 1+1=2，哲学上 1+1 就可能等于 3 或 4，甚至更多。在最困难的时刻领导者站在前头，一个人就能顶几个人用。这就是生活中的辩证法！"

青藏公路，就是在这样一种特殊的条件下以特殊的方式修建出来的。因为急需，当时修的只是一条简便公路。公路通车后，一边使用，一边整修，并进行过局部改建。为了从根本上改善公路通车状况，国家又决定从 1975 年开始，用十年时间对青藏公路进行一次全面彻底改建，加高加宽路基、添建桥涵，全部改建成二级沥青路面。

在格尔木和青藏公路沿线，我们曾多次访问基建工程兵某部。这支部队的一万多名指战员从 1974 年开始陆续进入青藏线，担负着格尔木到唐古拉山一段路的改建任务。这段公路全长 605 公里，80% 的地段在海拔 4700 ~ 5300 米之间的冻土地带，是青藏线上海拔最高、气候最恶劣、地质条件最复杂的一段公路。英雄的筑路部队经受了严峻的考验，为发展我国的交通事业做出了新的贡献。

改造青藏公路唐古拉地段　王精业摄

格尔木到唐古拉一段，每年冻结期长达 6 个月以上，为了赶工期，每年 3 月，筑路部队就冒雪上山，破冰动工，一直到 10 月底才撤回到格尔木休整。沿线天气变化无常，往往一天之内，会遭到狂风、暴雨、飞沙、冰雹和大雪的轮番袭击。有时正在施工，一阵雨雪袭来，战士们的衣服全被淋透了，但谁也不愿离开工地。有时正在吃饭，一阵冰雹砸下来，碗里一半饭菜，一半冰水。战士们就是在这种恶劣的气候条件下作业。

公路还要穿过上百公里的热融滑坍和沼泽地带，翻越九处冰丘、冰锥。在这样复杂的高原冻土地带铺设沥青路面，在我国公路建设史上还是第一次，世界上也属罕见。为了向人民交一条标准公路，筑路部队发扬为人民负责的精神，坚持科学的态度和严谨的作风，指战员们响亮地提出 ：“铺路十年八载，用路千秋万代。我们拿人民的钱修路，要让人民放心，要经得住历史的检验。”工程技术人员深入施工现场，不断总结经验教训，在实践中编写了数十万字的技术资料，提出了一系列特殊的规定和要求。主要领导干部像当年在炮火连天的战场一样，冲锋在前，亲自到风雪弥漫的筑路第一线指挥施工。

与青藏公路同时诞生的另一条公路是从敦煌到格尔木的敦格公路。它穿过柴达木腹地，纵贯浩瀚的戈壁，全长 670 多公里。

我们在兰州访问了带领筑路员工修通敦格公路的齐天然老人，他身体健壮，头脑清楚。老人兴致勃勃地给我们讲述了当年修建敦格公路的情景，回忆在修路中他与慕生忠将军结下的深厚友情。

1954 年 9 月底，青藏公路修到风火山。慕生忠将军乘车来到可可西里运输站。当时，齐天然是这个运输站的站长。吃晚饭的时候，慕生忠对齐天然说："我到北京向彭总汇报修青藏公路的事，彭总在地图上画了一条红线，要我们同时修通敦煌到格尔木的公路，这样从玉门运油要比青藏公路运油近 1000 公里。这个任务很重要，我想交给你去完成，不知你有没有这个胆量？"

齐天然很喜欢慕生忠这种军人性格，他毫不犹豫地回答："你敢把任务交给我，我就敢承担！"

慕生忠（右）和齐天然在修建青藏公路中交谈

“好，痛快，我就等你这句话。任务就砸给你了。但是丑话必须说在前头，只能前进，不准后退，你要是在哪里修不通了，就死在那里，我给你树碑立传，再派别人去接着修！”

“就这么定了！不把路修通，我决不回来见你！”

两人都有些激动了，高高举起盛酒的破旧瓷杯，“当”的一声碰在一起，“干杯！”两人同时仰脖一饮而尽。

当年 11 月初，齐天然带领四个人开了一辆卡车，经西宁、兰州，绕道到达敦煌。他们又从当地招了四十多个民工，便开始修敦格公路。实际上，这是一次探路，边探边修。

他们进到阿克塞一条山沟时，沟里横七竖八躺着八九十块大石头，谁也搬不动，他们想出就地挖坑埋石的办法。在数九寒天整整挖了 4 天，把大石头全部埋到地里头，汽车顺利开过了山沟。

上了当金山，遇到纷纷扬扬的大雪，山顶积雪很厚，汽车也开不动了。他们在雪地上支起帐篷，一边休息，一边研究对策。通讯员从河沟里提来水，让大家洗漱，人们洗罢后，把水往雪地上一泼，雪厚的地方立时变薄了，转眼又冻成了冰块。这无意中给了人们一个启示，如果把雪堆到中间，泼上水冻成冰，汽车不就好过了吗？于是有人堆雪，有人提水，硬是在雪地上开辟了一条长长的冰路，汽车终于开出了当金山。

到了大柴旦，一片无边无际的芦苇荡又挡住了人们前进的去路。他们没有带砍芦苇的刀，只好用铁锨铲芦苇，芦苇秆又粗又硬，铁锨卷了刃，震得人手虎口发麻，累得两臂酸软。他们凭着一把铁锨两只手，在芦苇荡中开辟出了一条长街，从此荒凉的大柴旦才陆续来了建设者，这里曾有一段时间成为柴达木工委和行署的所在地，是早期开发柴达木的大本营。

可是敦格公路还得通过盐湖呀！要在盐湖上修路，那是前所未有的事。齐天然带领大家闯进了察尔汗盐湖，溶洞成了他们的拦路虎。这里硬硬的盐盖下面，分布着无数上窄下宽的溶洞，从上面可以看到洞里的黄绿卤水，用钢钎向下一插却探不到底，水深至少有三米多。要是汽车不小心栽进大溶洞，就无计可施了。人们犯愁了，拿什么东西填平这些溶洞呢？

只见齐天然拿着一根撬棍，东敲敲，西戳戳，竟然掀起了一块二三十厘米厚的硬盐盖，人们茅塞顿开，就地取盐盖不是可以填溶洞吗！绝路逢生，大家的精神头又回来了。他们选择了一段溶洞少的地带，挖来了一块块大盐盖，垫起了一条盐盖路基，汽车终于开过了危险的溶洞区。人们高兴地喊叫：“我们胜利了！”

这天晚上，他们露宿在盐湖南岸。为欢庆胜利的时刻，煮了一大锅牛肉，每人倒上一大碗酒，划拳猜令，举杯畅饮。人们还唱起了家乡小调，笑声、歌声、猜拳声交织在一起，久久回荡在空旷的盐湖上。

齐天然带领四十多人，只用 14 天的时间，就修通了 670 公里的敦格公路，汽车开到了格尔木。他立即发电报给正在青藏公路前沿工地指挥修路的慕生忠，报告了敦格公路修通的喜讯，这时青藏公路已经快修到拉萨，慕生忠接到敦格公路修通的消息后，立即回电齐天然表示祝贺：“你们修通敦格公路，扩大了青藏公路的胜利，特予嘉奖，命令你们按原路返回敦煌。”

公路像柴达木的血管，修到哪里，哪里就出现繁荣。随着公路的延伸，戈壁中出现了一个又一个崭新的城镇，像撒在瀚海中的明珠——“石棉城”茫崖、“石油城”冷湖、“铅都”锡铁山……而那四通八达的公路又像一根根银线把撒落在戈壁滩上的颗颗明珠串连起来。青藏公路、敦格公路几条干线又把柴达木和祖国其他省区联系起来，柴达木荒凉死寂、一无所有的历史结束了。石油、化工、煤炭、建筑材料、电力、机械、汽车修配、皮革、食品等工业陆续建设起来。“聚宝盆”在社会主义祖国面前开始敞开自己的胸怀。

继续前进的火车时代

1979 年 7 月，青藏铁路一期工程胜利铺轨到格尔木，随后火车开到昆仑山下。人们高兴地说：“柴达木迎来了火车时代。”

把铁路修上世界屋脊，这是开发建设青海柴达木盆地的需要，也是支援西藏建设的需要。随着盆地里建设规模逐年扩大，汽车运输已经无法完全适应需要，国家每年给这个地区的建设费用，有将近一半是用来支付运费的。盆地里的石油正在勘探，察尔汗盐湖需要开发，锡铁山急需建设……柴达木需要铁路，青藏高原需要铁路，各族人民盼望铁路。

青藏铁路的修建已有过两上两下的经历。1974 年根据毛主席和周总理的指示，铁道兵某部第三次开进青海。就是这支部队，以革命英雄主义气概，筑成了高原钢铁大动脉。

许多连队住在杳无人迹的戈壁荒原上，战士们在简陋的帐篷四周砌起粉刷得雪白的围墙，上面写着豪迈的诗句：“身戴冰珠穿冰甲，风雪昆仑战士家。今日我吃千般苦，来年高原现彩霞。”

某团负责施工的 120 多公里地段，只有两处可供饮用的水源，施工用水、生活用水，全靠汽车从十多公里乃至几十公里外运来，真是水贵如油啊！战士们拿到一盆水，早晨用来洗脸，晚上用来洗脚，澄清后再用来洗衣服、打煤砖，他们风趣地把这叫作“一水四用”。

有个团住在海拔 3000 米的山沟里，战士们初来时，煮不熟饭，吃不上菜。大家就设法用钢板制成了大压力锅，修建了可以储存 8 个月蔬菜的大菜窖，办起了能生产十几种副食品的小作坊，盖起了能长出新鲜蔬菜的塑料棚温室。有的营区还建了篮球场、排球场，设置了乒乓球台，办起了图书室、俱乐部。施工之余，在昔日黄羊出没、狼群嚎叫的深山里响起了悠扬的歌声。战士们高兴地说："居高临下三千五，读书娱乐不觉苦。"

在关角沟，我们曾参观过铁道兵 48 团团史展览室，英雄连长邓广吉的事迹深深打动了我们，久久地镌刻在我们的记忆中。

邓广吉是四川人，瘦小的身材，看上去很单薄。1974 年，他随部队第三次来到青藏高原。在列车上，战士们议论纷纷，争得脸红脖子粗，有人说青海苦，有人说青海好。一个战士问邓广吉："连长，你这是三上高原了，你说说青海到底咋样？"当时邓广吉回答："青海的确很苦，可青海确实也是一个好地方。青海湖是全国最大的咸水湖，湖里面有个鸟岛，鸟飞起来能把太阳遮住。咱们要去的柴达木盆地里有几十个盐湖，盐湖里储藏的盐就够供全国的人吃 1 万年。锡铁山有铅有锌，大小柴旦湖从泥巴里能淘出硼砂来……你们说不修铁路，这些宝怎么运得出来？我们前两次上高原，铁路没修通，心里老觉得憋气。这次上去了，不把铁路修通，我决不下来！"

连队进驻柴达木盆地的东大门关角，这里海拔 3500 米，是个六月飞雪的地方。邓广吉带领全连指战员，抓紧高原短暂的黄金季节，修建房屋，安营扎寨，积极为施工做好准备。

一天，连队突击盖房子，邓广吉把袖子一挽，两手轮换着往墙上抹泥，挥动的时间太长了，突然觉得天昏地暗，一头栽倒在地上。战士们赶忙把他抬到帐篷里，可是邓广吉苏醒过来后，又回到工地。同志们劝他休息，他说，这是高山反应，没有啥了不起，我们这些"老铁"，有点头痛脑热，抗一抗就过去了。

邓广吉先后参加过七条铁路的建设，再硬的骨头他也敢啃，再危险的地方他也敢上，多次立功受奖，是有名的"铁连长"。前两次修青藏铁路，在锡铁山泉吉峡打隧道，邓广吉经常是几天几夜不下火线。工程下马时，邓广吉含着热泪说："我还要再来，总有一天要把铁路修上世界屋脊。"这一次，只有邓广吉自己清楚，他是带病三上高原的。

11月上旬，邓广吉的病情恶化了，上级领导机关决定送他到内地治疗，他三番五次推托。团政治部主任到连队来，邓广吉拉着他的手恳求说："我在这里吃点药会好的，我可以坚持，不要让我离开连队，连队缺乏高原施工经验。我上不了工地，在家出出主意也好啊！"

最后，组织上硬下命令让他离开连队，他才恋恋不舍地与同志们分别。临行的前一天，他让两个同志搀扶着走遍现场施工点，检查了连队的冬防，蔬菜的储备情况，看望了每个帐篷里住的战士。晚上，他建议指导员在他的病榻旁开了一次党支部会。会上，邓广吉把高原冬防工作中注意的问题一一作了交代。他提醒同志们，要抓紧把菜窖挖好，储备的冬菜要保证能吃到明年5月；在帐篷里生炉子、烧火墙，一定要防止煤气中毒；隧道施工，要特别注意安全……

他最终被送到四川住了院，可仍时刻不忘千里之外的青海高原。春节前一天，他看见爱人坐在身边给自己织毛衣，马上想起南方的天气都这么冷，高原上一定是冰天雪地了。于是挣扎起来，伏在床头给指导员写了一封信，问连队的冬菜储存好了没有？帐篷的火墙烧得热不热？冬季施工遇到什么困难？……他对看护他的四排长说："连里干部少，你赶快回去吧！告诉同志们，我很快就回青海，别看青海条件差，我还要和它碰一碰！"

他人在医院，心却一直没有离开高原。住院3个多月，他忍着病痛，先后给团、营、连写了24封信，提出了许多加强连队建设、搞好铁路施工的建议。

可是，邓广吉哪里知道，他患的是血癌，已经到了晚期，再也回不到青藏高原了。

在邓广吉弥留之际，部队领导问他有什么要求。邓广吉向组织提出唯一要求是，把他的骨灰埋在青藏高原上，他生前没有把铁路修通，死后也要看到铁路修上世界屋脊！

我们的铁道兵，就是由这些勇于为四化献身的英雄战士组成的。他们用汗水、青春和生命筑成通向世界屋脊的钢铁大道，在青藏高原播种幸福，为少数民族地区创造了繁荣，为柴达木迎来了春天。

青藏铁路第一期工程从青海省会西宁市到柴达木盆地南部重镇格尔木，全长814公里，其中有500公里穿越柴达木盆地，人们概括这段铁路所经之地的自然条件是四个字：高、寒、风、旱，铁路路基的绝对高度大部分在海拔3000米以上的地区，比著名的东岳泰山还要高出一倍。沿线含氧量只有海平面的70%左右。机械

火车开进昆仑山下的南山口车站

运到这里，功率要降低25%，人到这里，犹如坐飞机生活在高空，不劳动也会感到气短、胸闷、头昏、乏力。这里冬季长达半年之久，风沙长年不断。当时，高原的物质条件也是比较差的。

为了修建世界屋脊上的青藏铁路，五万多名铁道兵干部、战士和上千名科技人员，沐雨栉风，艰苦奋战了六个年头，终于在1979年7月把铁轨铺到格尔木，随后又加紧配套工程建设，1984年5月青藏铁路第一期工程已交付国家临时运营。

“四上三下”的真相

青藏铁路的四起三落

横跨世界屋脊的青藏铁路，被誉为惊世传奇的天路。始于青海省西宁市，途经哈尔盖、关角、德令哈、锡铁山、察尔汗、格尔木、昆仑山口、纳赤台、五道梁、沱沱河、雁石坪、唐古拉山口，进入西藏自治区安多、那曲、当雄、羊八井、拉萨。全长1956千米，其中海拔4000米以上的路段965公里，多年冻土地段550公里，翻越唐古拉山的铁路最高点海拔5072米，是全球海拔最高、最长和在冻土上路程最长的高原铁路，为中国新世纪四大工程之一，2013年9月入选“全球百年工程”，堪称世界铁路建设史上一座丰碑。

然而，青藏铁路的修建却历经半个多世纪，项目四上三下，反映了这一天路工程建设之复杂，之艰巨，之曲折。

第一次“上马”与“下马”，从1958年9月至1961年3月。

为了推动西藏经济发展，尤其加强西藏交通建设，1955年3月9日，周恩来总理主持国务院第七次全体会议，专门研究西藏问题。他强调指出：要发展，就要修路。以后，国家每年都给西藏以财政补助。这次会议讨论通过了《国务院关于有关西藏交通运输问题的决定》，明确指出，川藏公路和青藏公路的全线通车，是我们祖国建设事业中的重大成就之一。这两条公路的通车，对于密切西藏地方和祖国内地的联系、加强藏族同胞和其他各民族间的团结、促进西藏人民的经济和文化事业的发展，都有重大意义。为了加强西藏交通运输工作，国务院又作出了有关西藏交通运输问题的 7 项决定，对西藏经济发展具有重要意义。

青藏铁路第一期工程上马开工并提速，由两大动力所致。

第一是我国决定在青海省海晏县金银滩建设核试验基地 221 厂，急需铁路线作保障。1956 年，中央政府决定建设核武器研制基地；1957 年，在全国选址，最后确定在青海湖畔“金银滩”建设；1958 年 7 月，时任中共中央委员会总书记的邓小平代表中央批准了选址报告。

青海省海晏县金银滩建设核试验基地 221 厂

第二是 1959 年 3 月 19 日西藏发生叛乱。3 月 28 日，周恩来发布命令，解散策动叛乱的西藏地方政府。这就提出了一个严肃的问题，怎样巩固边疆？怎样保卫国防？西藏距内地那么遥远，交通不便，一旦发生什么问题，鞭长莫及。于是中央军委决定铁道兵开赴高原，建设青藏铁路。

坐落在海拔 3680 米、全长 4009 米的关角隧道，是控制全线工期的关键工程。这里地质情况复杂,多处断层切割,岩石松散破碎；同时，地下涌水量也很大，每昼夜多达 1 万余吨。这座隧道，1958 年 8 月西宁铁路局曾开工修建，工程进尺仅推进了三分之一，后因国家遇到严重的经济困难，于 1961 年被迫停工封闭。

1959 年 3 月，铁道兵十师转入青海，这是铁道兵第一次踏上高原，担负起泉吉峡东至格尔木段 178 公里铁路的建设任务。此时正遇到三年灾害困难时期，铁道兵指战员忍饥挨饿，粮食不够吃，就挖野菜甚至捉老鼠充饥；天寒地冻，他们就挤在一起相互取暖；战士们人拉肩扛，一米一米地修，用钢钎、铁锹一寸一寸地凿、一铲一铲地挖。他们以血肉之躯，挖掘泉吉峡隧道，在海拔 5000 多米的风火山建成了最早的冻土试验工程。为了减轻国家负担，他们在格尔木开垦了 3134 亩荒地，种菜种粮。

至 1960 年，格拉段已完成全线初步设计和部分定测，以及线路系统的部分施工设计；西格段中的西宁至海晏 97 公里于当年 11 月铺通，有铁路专用线 38.9 公里，沥青混凝土标准公路 75 公里。这段铁路为我国核工业发展做出了重大贡献。1964 年 6 月 6 日，全尺寸的聚合整体爆轰试验在 221 厂 6 分厂的工号前成功进行，标志着原子弹爆炸的最后一道难关被攻克。接着还有实弹总装和运输任务，第一颗原子弹分成两部分，分别用飞机和冷藏火车运输。从基地开出的火车沿青藏铁路海晏至西宁秘密前行，火车运行所需的煤经过认真筛选以防混入雷管等爆炸物，沿途经过地区跨越铁路的高压电线临时断电，检查火车的锤子换成铜制的以防产生火花……就这样，基地司令员李觉将军“照料”着原子弹到了罗布泊，直到送上铁塔。

1964年10月16日15时，中国第一颗原子弹准时起爆。一声巨响，中华民族挺直了腰杆。此后，221厂的科技人员再接再厉，仅用7个月时间研制成功核航弹，不到1年的时间研制成功核弹头，继而转入氢弹的研制工作。1967年6月17日，中国第一颗氢弹爆炸成功。从原子弹到氢弹，美国用了7年4个月，苏联用了4年，英国用了4年7个月，而我国只用了2年8个月！据资料记载，我国前16次核爆炸的成品都是在221厂加工、装配和启运的，并实现了武器化进程，生产出多种型号的战略核武器，其中国庆40周年庆典上通过天安门广场的东风3号弹头一度引起轰动。青藏铁路功不可没。

然而，始于1958年的“大跃进”，导致经济建设严重违背客观经济规律，铁路基本建设项目也因此增长过快，战线拉得过长，摊子铺得过大。

1959年，慕生忠受到错误批判，被撤销党内外一切职务。

1960年6月，青藏铁路工程局被撤销。

1961年3月，青藏铁路全线被叫停，青藏铁路工程被迫下马。

第二次“上马”至“下马”，从1962年2月至1972年。

当三年困难时期过后，中国经济开始恢复。青藏铁路第一期工程西宁至哈尔盖段181公里铁路，在第一次上马完成从西宁到海晏97公里铺轨任务下马后，又第二次上马，但建设规模不大，仅修建了海晏至哈尔盖段84公里的铁路，而且分两段修建的。第一段海晏至克土24公里的施工任务，由铁道兵十师两个团于1962年2月担负建设，1963年12月铺轨到克土后，部队调至河北准备参加京原线施工。克土火车站站址在青海省海晏县克土村，建于1963年。第二段克土至哈尔盖60公里铁路，由地方铁路工程局担负，于

1972 年铺轨到哈尔盖。哈尔盖镇位于刚察县境南部，距县府驻地 27 公里。人口以藏族为主，面积 0.2 万平方公里。辖公贡麻、亚秀麻、环仓秀麻、果洛藏秀麻、切察、察拉、塘渠 7 个村（牧）委会。

1958 年设哈尔盖区，同年改为哈尔盖公社；1962 年更名为哈尔盖乡，1969 年改为哈尔盖公社，1984 年又改为哈尔盖乡。2004 年，刚察县区划调整，撤销哈尔盖乡，设立热水镇。2006 年 8 月，热水镇更名为哈尔盖镇。

第三次"上马"至"下马"，从 1974 年 1 月至 1979 年上半年。

1973 年 7 月召开全国计划会议，安排青藏铁路哈尔盖至格尔木段 653.5 公里恢复建设，由中国人民解放军铁道兵负责施工。

《毛泽东文集》第七卷记载了毛主席在 1973 年 12 月 9 日会见尼泊尔国王比兰德拉时的讲话，当时毛主席已 80 岁高龄，尼泊尔国王仅 28 岁，毛主席曾深情地说："中国将修建青藏铁路，不仅要修到拉萨，而且还要与尼泊尔接轨，通到加德满都去。青藏铁路修不通，我睡不着觉。"

可见，青藏铁路在毛主席和周总理心中占有非常重要的位置。

毛主席的殷切期望为青藏铁路恢复和加快建设增添了巨大动力，国家建委于 1974 年 1 月 12 日在北京召开会议，决定青藏铁路再次开建，并强调要加强高原、冻土、盐湖三大关键技术的科研工作，解决施工中的关键难题，中国科学院挑起了这一重担。

1974 年 1 月 31 日，国家建委向中央领导报送了关于青藏铁路建设的初步意见，其主要内容是：青藏铁路于年内重新开工，1983 年到 1985 年建成通车；中国人民解放军铁道兵部队承担全部施工任务。

时任国务院副总理的李先念仔细看过这个初步意见后批示："似乎时间长了点，能否加快？"并将报告转呈周恩来总理。

已身患重病的周总理仍在操持国事，他在文件上批示“同意先念同志意见”，并在李先念同志写的“能否加快”四个字下面画了重重的箭头，指向报告上的附图。

1974年3月和1975年3月，铁道兵第十师和第七师共6.2万人，奉中央军委命令先后开进青海，开始了青藏铁路西宁至格尔木段的建设。

铁道兵第十师此次已是三上高原。他们接到命令后，于1974年2月派出先遣人员在青海乌兰设立指挥所，3月份部队陆续开始向现场开进，5月份部分工点开始施工。随后，师机关于7月20日由陕西安康出发，23日抵达乌兰。8月底，多数部队也按总的部署到达指定位置，七师于1975年3月开始陆续由襄渝线向青藏线转移，1976年连湖至南山口段施工全面展开。根据中央军委批复，同年10月，铁道兵西南指挥部改称铁道兵第一指挥部，由田仁明任司令员，苏超、康慨先后任政治委员，并从四川成都移驻青海乌兰（后又移驻格尔木）。

关角隧道在1958年到1961年间曾经施过工，仅修了三分之一，后因经济困难而停工封闭。因此，洞内积水深达3米，且多处塌方，人们把凿通关角隧道比作“从老虎嘴里拔牙”。打通关角山长达4006米的关角隧道，就等于打通了青藏铁路第一期工程的“咽喉”。

青藏铁路再次上马后，关角隧道洞内的地下水一昼夜最大涌水量达到1万吨；有一段岩石含有几种膨胀土，遇水就会膨胀。由于隧道位置在海拔3700米的高原上，空气稀薄，严重缺氧，在洞内施工时，连火柴都划不燃。人在里面工作久了，就会因缺氧而昏厥，一次最多昏倒过32人。

20世纪50年代，察尔汗盐湖上修建了一条“万丈盐桥”。

到了70年代末，铁道兵某部指战员又在察尔汗盐湖上建成了32公里长的铁路，架起了一道“钢铁彩虹”。

修建盐湖上的铁路，是一场特殊的战斗。

为了攻克盐湖南北两岸饱和粉细沙震动液化地段，铁路建设者自制了四台门架式震动挤密沙桩机，并研制出了三种新桩尖，装在沙桩机上，能够像尖刀一样直插地层深处。经过10个月艰苦奋战，他们在5.05公里长的饱和粉细沙震动液化地段，共打入挤密沙桩56077根，灌沙4.8万立方米，钻孔总进尺达13.6万多米。

就在铁路快要修到终点格尔木之前的半年时间里，经过利弊权衡，主要是550公里长的冻土地带修铁路技术难关没有攻克，最终又第三次下马。

青藏铁路第一期工程西宁至格尔木段终于在1979年9月铺通，1984年5月1日正式运营。到1983年底，铁道兵部队在风雪高原上连续奋战了10个年头，共完成路基土石方2315万立方米，桥梁8公里，隧道4.15公里，涵渠181公里，正线铺轨682公里，投资99342万元。

这不仅为青海省的经济发展增添了动力，而且为日后青藏铁路格拉段的建设准备了条件。

第四次“上马”，2001年6月29日开工，2006年7月1日全线通车。

在沉寂了十多年之后，青藏铁路复工建设再次提上国家议事日程，西藏的确需要一条铁路，需要结束无铁路的历史，这不仅是西藏人民的迫切愿望，也是全国各族人民的共同心愿。

1994年7月19日，江泽民总书记主持召开了中共中央第三次西藏工作座谈会，中共中央8号文件转发了座谈会《纪要》，应西藏自治区的请求，将“抓紧做好进藏铁路建设前期准备工作”写进

青藏铁路铺轨至格尔木庆典时刻

了文件中。

1997 年 5 月和 9 月，为了对青藏、甘藏、滇藏、川藏四个进藏铁路方案进行比较研究，铁道部计划司两次组织有关专家、学者召开专门会议。大家认为四种方案各有所长，但多数专家指出，从前期准备、工程难易、投资多少、工期长短和国家当前财力、物力的实际情况看，青藏线应为首选。

2000 年 3 月，九届人大三次会议提出了西部大开发的发展战略，提出把进藏铁路建设列为西部大开发的重点工程。

2000 年 11 月，江泽民又对建设青藏铁路作了重要批示，指出：修建青藏铁路是十分必要的，对发展交通、旅游，促进西藏地区与内地的经济文化交流是非常有利的。我们应该下决心尽快开工修建。这是我们进入新世纪应该做出的一个大决策，必将对包括西藏广大干部群众在内的全国各族人民带来很大的鼓舞。他要求国家有关部门要抓紧研究，对多个方案进行分析比较，以便党中央、国务院做出正确决策。

2001年6月29日，中央政府决定投资262.1亿元，修建青藏铁路格尔木至拉萨的第二期工程，并分别在青海省格尔木市和西藏自治区首府拉萨市同时举行开工典礼。时任国务院总理朱镕基为青藏铁路开工剪彩。

2002年5月，青藏铁路冻土试验全面铺开。青藏铁路建设面对的三大难题是多年冻土、高寒缺氧、生态脆弱，而多年冻土更是最难啃的一块骨头，青藏铁路的成败在此一举。中国科学院开展了“青藏铁路工程与多年冻土相互作用及其环境效应”重大研究项目，中科院兰州分院院长、冻土工程国家重点实验室主任程国栋院士成为领军人物。

昆仑山隧道于2001年9月开工，2002年9月26日顺利贯通。2003年3月22日，青藏铁路铺架顺利穿越世界上最长的高原冻土隧道——昆仑山隧道，被列为青藏线头号控制工程，设计采用了大量新技术、新材料、新工艺。采取湿喷混凝土临时支护并确保足够的支护强度，进行了仰拱作业桥的研制及配套施工技术研究，完成了样机制造，提高了仰拱施工进度，保证了施工质量。

2003年6月，世界海拔最高的唐古拉山车站开工。唐古拉站位于青海省格尔木市唐古拉山镇与西藏自治区那曲地区安多县的交界处，海拔5068.63米，是青藏铁路海拔最高的车站，也是世界上海拔最高的铁路车站。于2006年7月1日启用，为青藏铁路集团公司直属的客货两用无人车站，也是青藏铁路上最重要的观光车站。

2003年8月，青藏铁路铺架工程成功通过可可西里无人区。

2004年7月，青藏铁路正线铺轨450公里。

2005年8月，全线路基、隧道、桥涵等线下工程基本完成。

2005年8月24日，铺轨通过唐古拉山，10月12日全线开行。

2006年3月1日，货物列车工程运营试验。

2006年5月1日，不载客列车工程运营试验。

2006年7月1日上午11时05分，青藏铁路通车仪式在格尔木和拉萨同时举行，主会场设在格尔木，分会场在拉萨。中共中央总书记、国家主席、中央军委主席胡锦涛，在青藏铁路通车庆祝大会结束后，于格尔木火车站站台为青藏铁路首趟旅客列车开行剪彩。胡锦涛指出：青藏铁路是世界上海拔最高、线路最长的高原铁路，沿线高寒缺氧、地质复杂、冻土广布，工程十分艰巨。修建这样一条铁路不仅是对我国综合实力和科技实力的检验，也是对人类自身极限的挑战。从青藏铁路建设的伟大实践中，我们得到许多重要启示。第一，必须紧紧抓住发展这个党执政兴国的第一要务，不断增强我国的综合国力；第二，必须加快科技进步和创新，大力提高我国的自主创新能力；第三，必须发挥社会主义制度的政治优势性，

青藏铁路铺轨到拉萨

形成万众一心、共创伟业的生动局面；第四，必须大力弘扬艰苦奋斗、自强不息的精神，坚韧不拔地创造历史伟业。

打开尘封日记

采访日记实录

下面就是尘封 41 年的当年我采访青藏铁路的原始记录：

1978 年 11 月 6 日于格尔木铁道兵第一指挥部

指挥部许参谋做了较全面介绍。

青藏铁路建设领导小组成员：

组长：巴桑，西藏自治区党委书记（1985 年以前设有第一书记）、自治区革委会副主任；

组长：狄子才，青

张荣大常年采访奔波在柴达木大漠荒野，向瀚海招手致意

海省革委会副主任；

副组长：何辉燕，铁道兵副司令员；

成员：苏杰，铁道部副部长；

乔林，中科院高科技办领导小组组长；

呼占山，青海省军区副司令员；

高凤山，西藏军区副政委；

贾一民，商业部三线办公室主任；

罗志卿，国家计委物资局综合组副组长。

青藏铁路第一期工程西宁至格尔木段分两个不同年代修建，第一次是 1958 年 9 月开工建设，1975 年 1 月长 181 公里的西宁至哈尔盖一段建成通车，由于受三年自然灾害的影响，国家经济实力难以承受如此大规模的工程，再加上冻土、缺氧等难题一时尚无法攻克，1961 年 3 月，青藏铁路工程被迫下马。

1974 年 3 月，青藏铁路再次上马，继续修建的是第一期工程长 653.5 公里的哈尔盖至格尔木一段，并向昆仑山南山口总后油库延长 48.5 公里。除格尔木至南山口的设计没有确定下来外，其他路段都设计完成了。

高原来了铁道兵

哈尔盖至格尔木段全路正线土石方工程量 2139 万立方米；隧道 16 座，总长 4137 米（不包括 1961 年前的工作量）；桥梁 278 座，延长 7875 米；涵渠 571 座，横向总长 9392 米；车站 50 个，铁路房屋 32.4 万平方米；上道砟 132 万立方米。

概算投资 9.4157 亿元，加上原来复工前的 4051 万元，总投资 9.8209 亿元，平均每公里铁路造价 150.3 万元。

青藏铁路沿线海拔高，缺氧，工程量大，条件特殊，技术复杂，供应困难，沿线人烟稀少。

海拔高、缺氧是青藏铁路建设的最大拦路虎。哈尔盖至南山口大部分海拔在 3000 米以上，只有乌兰、察尔汗盐湖海拔在 3000 米以下，铁路轨面标高最高是 3700 米的关角隧道，最低的察尔汗盐湖为 2700 米。

根据科研部门研究确定，在海拔 3000 米、空气中含氧量 80% 的地区，人的劳动效率和机械效率都相对减少，人的工天定额为内地的 1.2，人的劳动能力降低 0.2。机械台班为 1.44，工效大大降低。

高原严寒季节长，昼夜温差大，正常施工季节短，哈尔盖至南山口段烤火期都在半年以上，天峻县 259 天，9 月 20 日到来年 6 月 5 日。哈尔盖到吉尔蒙、天峻、关角沟，6 月份下雪是正常现象，关角沟有时 7 月还可能大雪纷飞。格尔木气温稍高，但昼夜温差大，有大约 208 天低于零摄氏度。

关角以东年平均降雨量为 310 ~ 365 毫米，年蒸发量为 1624 ~ 1829 毫米，这一地段相对比较湿润。关角以西年平均降雨量为 140 毫米，年蒸发量达 2453 毫米。格尔木及察尔汗年平均降雨量仅有 39 毫米，年蒸发量却高达 2834 毫米。

哈尔盖至南山口有 350 公里为无水区，有的地方水质不良，不能饮用，两个铁道兵师用 112 辆汽车拉水供部队生活和施工用水。

哈尔盖至南山口 2 ～ 5 月为风季，8 级以上大风至少有 70 天。

青藏铁路第一期工程哈尔盖至格尔木段，从 1973 年下半年开工，到 1978 年 9 月的 5 年中，完成投资 4.90586 亿元，为概算投资的 52%，主要工程综合完成设计数量的 72%，累计成形路基 649 公里，到 10 月底基本全部成形，仅剩 2 公里。铺轨 414 公里，完成总量的 63.4%。希里沟以东已有 246 公里上过一遍砟，其中上过二遍砟的有 144 公里，按要求应上三遍砟。

5 月至 10 月为高原施工比较好的季节，部队集中优势兵力实施夏天突击施工，冬季以土石方和上道砟为主，部队在这里吃了不少苦。

为了加快施工进度，克服沿线缺水和沙漠里找沙石料困难的问题，工程实行小桥涵拼装化、预制件工厂化，取得了一定经验。1977 年共拼装中小桥 19 座，278 米；涵渠完成 212 座，2224 米。

铁道兵十师五十团首创小桥涵拼装化，平均 8 小时拼装一座小桥或涵洞。四十六团刷新纪录，用 20 天时间拼装了 37 座涵洞，平均 6 小时拼装一座。为了保证铺轨进度，铁道兵十师四十八团在 1978 年实施了冬季涵洞拼装，取得了很好的效果。原设计 8 米以下小梁在现场施工，后改为工地成品厂生产拼装件，用铺轨机架梁，边实验，边施工，效果很好。

土方机械化施工全面展开，到 1977 年底完成 1792 万立方米，其中机械完成 1747 万立方米，达到 97.5%。为了减少人工作业，一次成形，铁道兵七师在土方作业中创造了纵向取土法，后来又发展成扇形取土法，路基基本上一次成形，又对路基的密实度有很大好处。

为抓好道砟机械化生产，铁道兵七师在泉水梁建了砟石场，铁道兵十师正在察汗诺建砟石场，道砟要求 3 ～ 5 厘米大小。

由中国科学院牵头，各单位参加，开展了风火山、清水河防腐实验，在这里混凝土半个月就脱皮。还在察尔汗盐湖开展了溶洞处理实验、机械增压匹配实验等。

铁道兵首长要求1980年实现青藏铁路铺轨到格尔木，除格尔木和希里沟两大车站外，线路要达到移交程度。

1975年4月5日10时40分，关角隧道出口发生大塌方，里程503公里+528米～503公里+556米，全长28米，塌方体堆积长度52米，塌方量约2000立方米。正在施工的四十七团一营（主要是二连）127名干部战士被堵在洞内，其中有连排干部7名、师作战科工程师1名、战士119名。经过14个小时奋战，于6日零时30分打通小道坑，凌晨1时5分，127名干部战士全部脱险。造成事故的原因，既有当年施工遗留的种种隐患，也有复工后出现的一些纰漏，如此大的塌方没有发生伤亡事故已是不幸之中的万幸了。

当前存在的几个问题：

一、生活困难比较多，各种物资供应都跟不上，主要是蔬菜供应满足不了需要。青海省已做了安排，这个问题有望得到缓解或解决。

二、由于高原施工对机械损伤大，迫切需要增加一些机械配件，以适应机械修理配套急需。

三、解决运输保障问题，现在全面展开施工，近万台机械投入作业，每天用油几百吨，供油出现困难。水泥、钢材、木料、炸药运输量较大，供应不上，影响了各方面的施工。只要保证原材料运输及时供应，完成施工任务不成问题。

四、经过医学科学院调查，高原缺氧，劳动强度大，加之防病和生活方面的原因，人员发病率比较高，心脏病等占了相当大的比例。机关比部队情况好，连队情况比较严重，有的发病已两三年以上。

对待这一地区高寒缺氧的特殊情况，各部队采取了一些措施应对，有针对性地开展了防病教育，加强生活改善，用福利费买点面粉、奶粉，或买点药，能解决的尽量自己解决。

在高原工作，干部有休假，假期一个半月，时间还是短了些。常年在高寒缺氧的环境中从事强度大的劳动，艰苦程度可想而知。现在从司令员到排长假期都是一样的，应该职务和年龄有所区别。按干部复员条件，70% 的干部都超龄，在这种特殊地区施工周期时间长，不可能大批复员转业，否则会造成人才和劳力青黄不接。只有通过提高参战部队所有人员的健康水平，工程才能得以顺利进行。

五、部队文化生活枯燥，看不上电视，只能放个电影。《人民日报》《解放军报》《青海日报》分发到部队机关要四五天，下到连队长达十多天，新闻都变成旧闻了。中央文件来得也很晚，这都是邮政和交通落后造成的。

1978 年 11 月 8 日　于格尔木铁道兵七师师部

据介绍，从 10 月份进入冬季施工，进驻 25 个连队，千方百计保铺架和上道砟。察尔汗盐湖溶洞溶溏已处理完成 1.9 公里，能干的工作尽量朝前干。

茶卡支线开挖 16 座涵洞，干完 5 座。格尔木至南山口段，10 月份主要进行房间冬防和备沙石料。

铺轨月计划 25 公里，只完成 22.7 公里，没完成的原因有三点：一是加水耽误时间过长，一台大的，一台小的，两三个小时加一次，拉到泉水梁用小机车倒一次水，也要两个小时，机车来回连加带卸就要四个小时。二是铺轨机作业存在一些问题，影响了进度。三是前方铺架坡度达 12.5‰，三四个小时拉一趟轨盘，机车只有两台，一天能拉四五趟就算不错了，由于机车加水跟不上，有时只能运两趟轨盘。

师部下了紧急通知，负责铺架的各级领导全部到位，师副参谋长刘奎挂帅，深入现场抓进度。指挥部的一位唐工也在现场办公。由于各项措施跟上，迅速提高了铺轨进度。

道砟生产投入大兵力，10月份人工打砟1.896万立方米，完成总任务量的172%，捡拾卵石没有计算在内。泉水梁砟场10月份生产700立方米，砟场设备设计有些问题，把碎石机又抬高了，漏斗篷架上面的钢轨正在搭建。片石开采面11月5日正式投产，将成为冬季施工的重点。

11月重点抓质量，三十三团抓得比较好，团、营领导经常到连队督促检查，不合格的严厉制止并改正。三十四团也从严抓质量。两个团在10月份都分别召开现场会，严格执行工程各个环节的质量标准，尤其道砟质量抓得比较好。

1978年11月10日　于铁道兵七师三十四团

由参谋长王谊强、副总工程师李志贤、参谋熊立坤、仓库主任熊立同、技术员米成生介绍情况：

介绍的第一个情况是察尔汗盐湖地质。

一、北岸平坦，地层属第四纪湖相沉积及地表风细沙，地质学上叫振动液化粉细沙地带。个别地段是黏沙土，局部有中沙及粗沙透晶体。地下水位为0.5～0.7米，矿化度为120～140，每一毫升有120～140克，根据饱和粉细沙颗粒级配组成，属于容易发生液化范畴。地层松软，承载力极低，1976年开了几台推土机进去，越陷越深，垫了三车大原木才把推土机拖出来。地面就像杂技表演踩晃板一样来回晃动，不到半米下面全是水，含水量相当高。如抬高路基五米时，尚不能清除振动液化，只有采用加密地基，提高地层密度，才能解决列车振动液化问题。这一段饱和粉细沙振动液化地段长1.9公里。

铁道部铁科院对此研究十多年了，这种铁路路基在天津遇到过，就像捣混凝土一样，反复振动挤密。铁科院和部队一起革新，根据外国一个图像放大，按比例搞了个锥头式桩机，技术员陈经易攻破了这个难关，加工的桩机比门架式的沉桩机提高工效70%。现在又改进成加护罩锥头式桩尖，工效进一步提高。

二、往南盐溶路基，全长1.76公里，盐湖北部溶塘区系盐湖北部边缘的下层低矿化度承压水向上渗透溶解盐层而形成，溶塘直径为3～15米，水深0.05～0.3米，溶塘区边缘局部有薄层盐岩所盖，厚度1～3米，浅水埋深0.25～0.5米，第一层隔水顶板2～3.2米，盐盖下有晶间卤水，卤水以下有沙砾石，黏沙土形成隔水顶板，相当密实，顶板是靠地下水顶着的，被称为“盐桥”，是浮在卤水上的。

西边的达布逊湖补充盐湖地下水，达布逊湖含盐量比世界上的“死海”还要高，使其浮而不沉。

南边的团结湖，北边的协作湖，是季节性湖泊。清水河是长年河流，还有泉吉河、格尔木河。盐溶地段的暗洞、明洞，采用灌沙、挖盐、填沙砾石等方式处理。

三、再向南为盐岩路基，全长31.94公里，地形平坦，地表寸草不长，属于微地貌，一般厚15～18米，两端较薄处0.5～1米。结构较松散，盐岩下部为互相沉积的细沙。地表盐壳厚度为0.2～0.3米，呈波浪状，地下水位0.3～0.5米。干燥季节盐壳稍湿松软。夏秋季因湖水补充，盐壳潮湿。雨季地表泥泞可达1.5～3米，成为烂泥塘。冬天才是真正的施工季节。

四、盐渍土地层全长14.49公里，该段地形平坦，地表橘皮盐壳，厚度0.2～0.3米。干燥时坚硬，泛潮时尚松软。地下水深1～2米，除盐壳外，下部1米以上土层含盐量为78%，部分地段属于振动液化地段，地下水深 1.5 ~ 2 米。需要向地下打沙桩，夏季无法施工。有一次收工发现在原来的路上出现了一条河，起名“收工河”。天暖泛潮，夏天从东北方向向南边流，只有冬天地冻硬了才能施工。

五、亚氯、亚硫酸盐渍土，全长 23.05 公里，地表盐壳厚 0.1 ~ 0.25 米，有水就隆起，不能用这种东西填路基，只能用西岸盐渍土填埋。

部队从 1977 年 4 月开进察尔汗盐湖特殊路基施工，四营十六连、二十连首先接受打沙桩的任务。在伏沙梁、三道梁，一遇风就沙石弥漫，春夏为风季，搭的帐篷要用盐块垒防风墙。刚进去的时候，机械没有办法运，就化整为零，靠人工搬运进去。天气比较冷，脚踏卤水，一步一个坑，不到一个星期，就架起了发电机和桩机。试桩时，桩尖易断，沉桩速度慢，半个月是停停打打，一天干不了半天的活。

铁道部铁科院年过半百的杨灿文工程师，铁道兵铁科所技术员史月鹏，还有铁道兵七师三十四团技术干部以及修理连战士、职工组成三结合小组，在上级党委的支持下，日夜进行攻关。杨灿文不顾高原缺氧，天天深入工地，晚上灯下查资料，白天和大家一起研究桩机结构。营房没有电灯，就点蜡烛翻阅资料，在床上绘草图。他们用小钢锯锯钢筋，经过反复摸索试验，做成了实用振动液化地段限位式活瓣桩机，并再接再厉，向新的高峰攀登。

职工谢理荣在大家的帮助下，每天深入工地，终于找到了制作护罩锥头式桩机的方案，经过大家分析讨论，适应该地质条件的挤密桩机研制成功，反复挤压成桩，攻克了盐湖修铁路的最大难关。谢理荣负责制作桩尖，没有较合适的作护罩的材料，他想方设法，用汽车半废轴代替，没有锯床便用小钢锯锯，终于改革成功了。这在国内是比较先进的，谢理荣也荣立三等功。技术员陈经易也花费了很大心血。整个桩尖改革只用了一个半月。

天津塘古是一次成桩，不适应察尔汗盐湖的条件，要反复挤压成桩，将门式振动沉桩机改成门式振动挤密沙桩机，沉桩速度加快，密实度加大。

8月，团党委号召优质高产，计划打沙桩7500根，大家克服从10公里远处运沙的困难，完成计划的149%。两个连队、三台桩机在施工现场，举行了月产万根沙桩誓师大会。广大指战员头顶烈日，迎风斗沙，奋战一个月，打沙桩11711根，一举完成了盐湖北岸的沙桩工程。部队又根据盐湖南岸饱和粉细沙系季节性控制的情况，抓紧冬季施工大好季节，继续组织高产。广大指战员不畏天气严寒，有时卤水溅满手脚，身上衣服都结成冰衣，手冻得红肿，都不叫一声苦。拉沙车辆陷进沙坑，指战员就肩挑人抬将材料运进工地。当时盐湖周围白雪皑皑，冬季沙桩施工工地大生产热气腾腾，拼命加巧干，超额完成了任务。特别是正值新时期总任务宣传教育阶段，干部战士干劲倍增，今年5月份完成沙桩10150根，创造了新纪录。一个连队、两台桩机计划月打沙桩7000根，实际完成总任务量的145%。

南岸运沙距离五六公里，6月14日就完成了南岸沙桩任务。十六连连续作业，投入格尔木车站沙桩施工任务，共打沙桩3579根，到今年7月20日，盐湖打沙桩任务保质保量全部完成，提前了41天。下雪路面结成冰，汽车行驶打滑如扭秧歌。他们说："就是上冰山，也要把沙料运到工地，决不耽误一分钟。"5月份，配二连拉沙5191立方米，完成计划152.8%。配三连拉沙4872.5立方米，完成计划143.3%。配二连司机班长周长银，离沙场65公里，连队要求拉三车，他中午带着馒头路上吃，一天能拉五六趟。

超盐渍土地区建成的铁路防腐桥，是我国的第一座。1977年夏天，十九连接受了这项科研任务。他们和铁道部铁科院科研人员一起，边安家、边科研、边施工，基根卤水加流沙像泥浆一样流淌，挖了东边埋西边。指战员们日夜奋战，蹚水挖基，胶鞋陷到泥坑拔不出来。流沙挖不起来，就用手抠、脸盆端，手被卤水腐蚀出一道道血口，他们也不叫一声苦。连长郭学灿身患冠心病，高原缺氧使他动步就喘不过气来，他仍坚持跟班作业，常常是战士一身汗，他却一身泥。加上当地蚊子、牛虻成群，伸手一抓一把。在这里连个安家的地方也没有，吃不好饭，睡不好觉，眼见郭连长一天天消瘦。他总说“小意思”。在连长郭学灿的带动下，加快了桥基开挖任务的完成速度。

超盐渍土地区矿化水浓度高，腐蚀性强，具有化学腐蚀和物理性破坏，不能采用一般建筑材料。科研人员经过十多年观察，只有矾土水泥能抵抗住这种化学腐蚀和物理性破坏。矾土水泥是一种水化热很高，又很集中，容易产生晶型转化，影响混凝土后期强度的混凝土，一般建筑物是被禁用的。如何确保混凝土质量，主要问题是降低混凝土内部温度。他们在科研人员的指导下，采用水灰比为0.4的小体积现场浇注混凝土。通过反复摸索，发现钢模板比利用沥青砖作外模散热性好，可是当混凝土内部温度在50摄氏度以下时，不能使钢模和沥青砖模散热都快，他们掌握了矾土水泥的特性，摸索出矾土水泥混凝土施工方法，加快了桥基混凝土浇灌速度。

混凝土需要大量的淡水养护，可是部队生活工程用水要到20多公里外的地方拉，经常供不应求。为了保证工程质量，他们宁愿脱一层皮，也不让混凝土有一丝裂纹。百年大计，质量第一。人们带着一身卤水下班，舍不得多用一点淡水冲洗，便用毛巾擦一擦了事。日复一日，有的身上被卤水腐蚀得红肿，痛痒难忍。桥基做完后，还要采用沥青砖、玻璃布、环氧树脂防腐层，特别是煮沥青砖不是个好活，铁锅里沸腾的沥青冒着黑烟呛得人喘不过气来，站在上风头捞砖，无头风又当面吹来，捞一锅砖便全身落满了烟灰。他们硬是凭着无所畏惧的精神，保质保量按时完成了小桥科研任务，57号小桥长14.48米，终于建起了能抵抗化学腐蚀和物理性破坏的防腐桥。用大量的水养护并没有产生温差应力裂纹，相反会早脱模。普通水泥制成的混凝土，三四年就腐蚀成了细泥。部队在1977年夏天修的14.48米长的盐湖小桥和一个涵管、一个涵洞，快一年半了没有腐蚀一点皮。

制作沙桩机可借鉴的只有几张照片，看起来很简单，但研究限位、锥头、加护罩就费了很大的劲。谢理荣搞加护套是经过大家讨论的，十六连、十九连、二十连、修理连许多人都积极参与，纷纷出谋献策。陈经易往回走的路上还在思考桩机改革，不小心掉到水坑里，回来后穿着湿衣服开始画草图，简直到了痴迷的程度。铁道部科学研究院铁道建筑研究所工程师杨灿文，铁道兵科学研究所技术员史月鹏，设计院二总队技术员金世泽，到食堂排队买饭也在争论，思绪十分投入，炊事员用铁勺敲打饭盒子提醒他们也全然不觉，直到有人推他们这才反应过来。

察尔汗盐湖挤密沙桩工程协作小组成员安明信副股长，连续五六个晚上说梦话："桩尖！桩尖！"团副参谋长王德安，眼上长翳状胬肉，他每天天不亮就爬起来，在房子里来回转，这位1947年入伍，战争年代和敌人拼三棱形刺刀的老战士，突发奇想，提出把桩尖改成三棱形桩尖，瞬间让人们顿悟。十六连排长庄茂迎提出桩尖加护罩，使改革更加完美。6月28日晚，协作小组召开攻关科研会，干部、科研人员、战士二十多人参加，采纳了科学合理化建议，攻破了挤密沙桩的各项难关，大大加快了工程进度。

盐溶路基还填工程也是一块硬骨头。十九连班长俳根录是学雷锋积极分子，每人每天要求挑四立方米盐渍土，他连续18天每天挑

16 立方米，比计划翻了四倍，肩膀脱了三层皮。全连处理还填路基，共挖岩盐 24349 立方米，填沙砾 23772 立方米和卵碎石 5362 立方米。

在察尔汗盐湖就地取材修建青藏铁路路基

1977 年 8 月，一台桩机需要 14 个人施工，十六连把两个班改为三个班，昼夜连轴转。中旬有一天，三班 7 个人中病倒了 3 个，战士谭建仁被枕木砸破脚，他看到人手不够，就又上工地装沙，班长不让他装，他去开电动机。班长盛进友看到人手少，他一边指挥一边装沙，从凌晨 4 点到下午 1 点半，打沙桩 75 根。有时来了电影也不看，说不完成任务不下火线，拉多少沙，就打多少桩。

察尔汗盐湖有硬如花岗岩的岩盐，有氯化物和硫酸盐渍土，有无数的地下溶洞，这是我国铁路建设史上首次遇到的。

察尔汗盐湖是我国最大的食盐产地之一，是据今三四十万年前形成而基本干涸的封闭汇水盆地。察尔汗盐湖空气干燥，年降水量 25.06 毫米，年蒸发量 3489.17 毫米，这是盐湖干涸结晶的主要因素。它的西边有含盐量比“死海”还高的达布逊湖，南边有团结湖，北面有协作湖，还有常年性和季节性的湖，它们终年不断地补给地下水，是巨大的盐盖和晶间卤水以及隔水顶板组成的浮“桥”，盖在地下水上，从而形成了世界上著名的“盐桥”。北岸湖盐可以食用外，其他湖盐晶间卤水中富含钾、镁等贵金属。随着国民经济的发展，钾、镁盐液体矿必将大规模开发利用。由于长期受自然力的影响，盐湖地质结构极其复杂，由北向南有行走困难的饱和粉细沙振动液化地层，形态有溶陷性、溶洞性、溶孔性的盐溶地层，有呈巨粒、粗粒、中粗粒状，结晶结构较致密、坚韧的盐岩地层，有如同稀泥和遇水隆起的盐渍土地区，均属不良地质地段，共长97.71公里。

1978年11月12日　于铺架队

贺照清介绍：

铺架队从厚日车站接手工程，1978年4月1日正式开工，到11月11日已完成正线铺轨183.6公里，站线铺轨16.4公里，架桥90孔，都是在师、团、指挥所的领导下进行的。三十一团的工作由王参谋长、薛副参谋长负责，他们深入现场、了解实际，抓深抓细。过去在襄渝线铺轨，已时隔多年，大部分战士退伍，真正干过铺轨的只有少数人，干部基本上都参加过铺轨。指挥所的领导做示范，传帮带，加快了工程进展，不到一个月的时间，就顺利开展铺轨架桥，整道查线。

青藏铁路铺轨困难比较多，9月份以后困难更加突出，从连湖到平爽区间44公里，坡度12.5‰，曲线多。9月初，午夜后气温已降到零下。44公里只有一个给水站，前方铺架仅有2台机车，每天需要70多吨水，需求量大。崔副团长、薛副参谋长、黄工抓得很紧，搞了一个前方临时补水站。9月份正线铺轨32公里，10月份铺轨25公里，架桥23孔。

青藏铁路铺轨忙

赵海青介绍：

1978年2月28日搬到希里沟，部队誓言为修通青藏铁路，为四个现代化增砖添瓦，全线大干快上。十六连连长熊勤根以身作则，日夜坚持在工地，有一次连续37个小时不下火线，掉了好几斤肉。6月份昼夜温差达36.7摄氏度，他白天黑夜都测量轨缝伸缩情况。

原十九连连长徐金水，铺轨以来没缺过勤，废寝忘食。从4月到6月，风沙弥漫，高原的风比刀子还厉害，他和战士们谁没有脱过几层皮？人称徐连长是“铁打的汉子”。他荣立过三等功。

排长陈汝均吃苦耐劳，不计较个人得失，馒头揣在兜里，饿了边吃边干。他的排是勤务排，出公差1000多次，随叫随到。机车上煤通常都是急活，要用筐往上抬，他不管分内分外都抢着干，满身都是煤灰。修建连湖大桥时，最初捆一次梁花了37分钟，当捆第二批梁时，他亲自指挥，五六分钟就捆一次梁，7个小时就完成了任务。他连续两年被树为标兵，大家都竖大拇指。这个人胸怀宽广，好多人都提拔了，他从1970年就当排长，从不计较个人地位和得失，就是一个心眼——为修铁路出大力、流大汗。

53岁的行管处副处长张福荣，一直住在车皮上，后勤运输、车站编组、前方铺架的机车，都是由他调度，他始终坚持在施工现场。他上个月脚踝崴了，有淤血，还是一瘸一拐地到工地，5月份创了4.8

公里高产，他说只要有轨就往前铺。

副排长吴玉泰，1971年入伍的老战士，无论任务多艰巨，他都千方百计去完成。一次靠机油润滑，他竟用钢锯片锯了一块短轨。

十六连新兵龚兴银，预备党员，每天捡废铁丝再利用，从7月份一共捡了200多公斤。

十八连新战士张斌，1978年入伍，星期天从未休息过，闲不住，不是帮厨，就是搞这搞那。他们是卸道岔料的，有一次发生溜车事故，他奋不顾身用撬棍支住车瓦，避免了一场重大事故。

副参谋长薛楹介绍：

如果有轨料，人再多一点，早就完成任务到航垭了。机配组只有二十多人，人员明显不足；一个连队一百多人，全营533人，部队劳动力太少。但是，战士有拼命精神。4～8月铺轨每公里66工天，架一孔桥43.3工天，工效比较高。4～6月正常情况下每天平均铺1公里，架桥0.4孔，始终把工程质量放在第一位，质量第一，安全第一。开始对轨缝掌握得不太好，一时没有经验，青藏高原天气冷，轨缝伸缩性大，不适应铺25米轨。根据实际情况，严格要求，谁铺的不合格谁返工。技术干部跟班，做到心中有数，架梁、施工单位技术人员都有详细记录，互相监督。

每月营里都组织质量检查和评比，安全和节约作为铺架的首要任务来抓，从来没有发生过重大质量事故。铺架速度同施工部队及各方面工作都有密切关系，谁少干了都会影响工程进度，关键在于团结协作、互相配合，形成一个有机的整体。连、营、指挥所的配合是比较好的，营里主动去完成任务，把各项工作当作分内事，及时解决施工过程中的矛盾。从8月份后，机车给水问题影响施工，为了争取时间用汽车拉水，并安装了抽水机。

干部模范带头作用比较好，特别是连队的干部都有考勤制度，干部到工地和战士一起干。1950 年入伍的薛工长，工作责任心很强，他只要听清楚了，困难再大也能完成。5 月份铺轨到白沙沟，中桥要钉道岔，晚上要摸黑搞完，无论白天黑夜，只要有任务就上，对待工作从不马虎。

黄天锡工程师介绍：

每年新兵进、老兵走，除了工作外，要培养新兵成为熟悉的操作工，专业性比较强。联合性机械化作业，努力培养专业人才。

铁道兵、铁路局要协同干一段成一段，成一段交一段，交一段使用一段。现在如果多少年不使用，就会影响铁路质量，提前交给地方使用是有好处的。首先要求铁路局有准备，充分利用现有的线路。这段铁路没有多少大的桥涵工程，都是小的，铁道兵可以迅速撤到别的新线上，不是让铁路闲在那里。

哈尔盖至格尔木段不是铺轨完不成，也不是吃力，关键是国家分配车辆和材料存在问题，施工部队希望国家择优供应，每个月供应 300 车皮灰枕的料，保证钢轨数量，就完全有条件完成铺轨。材料保证不了，只能是等待。

运输距离长了，哈尔盖至平爽 400 多公里，机车陈旧，运输状况差，机车问题很突出。施工部队都希望搞快一点，主要是材料供应问题，解决好这个问题，工程提前是有希望的。

崔副团长介绍：

和新管处配合得好，始终态度积极，措施得力，以铺轨为重点，问题解决得既快又好，前面有困难，后方千方百计保铺轨。

张副参谋长勤勤恳恳，新管处积极配合，对施工促进很大。

黄工根据过去的经验，搞了轨排固定器，效果很好。

战士情绪高昂，谁也不甘心落后，你追我赶，以苦为荣，谁都想多干。我们的战士能打硬仗，能打苦仗，能打恶仗。后方生产多少轨排，前方就铺多少里程，抢任务、多铺路，两个铺架连队赛着干。一天铺上两三公里还是不费力的，一昼夜包括架桥铺 1.5 公里至 2 公里，从容不迫，基地也可以生产 2 公里以上轨排。

当前突出的问题是材料运不进来，去年铁路用料作为三类运输，第一类是运救济物资，第二类是一些重点厂用料。青藏铁路每月需要进料 400 车皮，包括 300 车皮灰枕、60 车皮钢轨、40 车皮配件和扣件及其他配件。年度安排铺轨 180 公里，南山口 20 多公里，茶卡支线 40 多公里，明年任务比今年任务多，按今年供应情况完成明年任务困难很多。

师副参谋长刘奎介绍：

铁道兵七师原在襄渝线铺轨，铺轨是个综合成绩。生产轨排，铺到线路上，今年完成任务是与各方、各单位的支援，运输单位的支持分不开的。

西安铁路局宝天段搞电气化，1981 年才能完成，1 天有几个小时封闭施工，剩余 20 小时过 380 个车皮。西安红旗水泥制品厂生产轨枕，据说预应力钢丝靠天津供应，天津机械坏了，又供应不上。铁道兵在成都养马河桥梁厂也是因钢丝缺少生产不出灰枕。现在师团抓灰枕的人，都靠成都、西安、包头、广元、宝鸡、西宁等地，不敢有半点松懈。今年搞得好，新管处配合是很重要的，沿线十师都给予帮助，团结才能很好地完成任务。

1976 年秋冬，燃料紧张，全师最紧张的时候只有两三百吨油。

今年 4 月份以前，上半年钢轨和配件都基本上到全了。下半年

8月份以前，轨料就到齐了。从铺轨基地可以看到，国家形势好转得很快。养马河还有六万多根灰枕，主要是车皮的问题。明年不担心指标不落实，担心材料运不进来。

铺架队指挥机构比较精干，基本上是师团营精兵强将组成。现在是十六连、十八连、十九连、二十连各出五十多人，组成两个铺架队。经过技术革新，铺一公里铁路可以节省14根灰枕。冬季高寒，机械开动有很大困难，过去6小时灌120根，现在80分钟灌120根，不是忙料，就是忙水。

施工部队有信心，250公里不是了不起的事情，关键是运输。新管处的机车存在问题，线路长、运输远、运量大，上砟整道，光七师就是50万吨道砟，全部要靠机车拉运。

一个连队承担二三十公里的养路任务，时间长了就把不住。安排设计标准做好移交，促进部队抓紧时间施工，也能腾出兵力往前赶。现在有月铺轨50公里的能力，由于其他原因只能平均完成25公里。青海资源丰富，青海省应该早搞计划修支线，免得到时候再报就会影响铺轨的建设。

十八连刘松（战士、团员）、二十连贾存太（战士、党员）、十六连陈玉华（副排长、党员）参加座谈。

刘松介绍：

铁路铺轨到德令哈，地方一个工人抱着孩子前来参观，惊叹说："铁道兵的确辛苦啊！"我说："我们想到革命前辈，觉得做得还不够。想到下一代，我们心里是甜的。我们搞岔线，干的都是扛挑的重体力活，辛苦为荣，劳动为荣，当铁道兵光荣！"

社会主义都是干出来的，发扬火车头的精神，高山峻岭挡不住我们的去路，大家勇往直前，信心十足，目标就是早日建成青藏铁路。

干部战士心一起，
天寒地冻志不移，
总任务牢记心间，
再大困难不稀奇。
领导前面把头带，
发扬我军好传统，
吃冻稀饭和咸菜，
战士心里无埋怨。
一心想着现代化，
再冷不能停铺架，
心里想着总任务，
钢轨枕木并列高。

指导员罗文立、副指导员黄勇根，大家称他们是战士的贴心人，施工现场天天能见到，晚上查铺又查哨。

1974年老兵班长彭明禄，是一名党员。工作勤勤恳恳，任劳任怨，立四次三等功。

陈玉华介绍：

在高原铺轨比较艰苦，开发柴达木盆地，火车是开路先锋。早晨六七点钟，零下十五六摄氏度。刮风时就在零下二十多摄氏度，生活艰苦环境差，部队求战情绪很高。有的连续干三十多个小时不下线，掀起冬季施工高潮，把行动和实现总任务联系起来，把本职工作同四个现代化联系起来。铺架的快慢事关大局，大家豪迈地说：“天上雪花飘，身上汗水滴，越是夜深月西斜，越是铺架忙。为了实现总任务，干部战士同心干。”

每个连队都抢着干，大干流大汗，心中装着总任务。工地上吃不上热饭热菜，大家都不说任何怨言，“叫哑了嗓子不如干出个好样子。”排长是全排最辛苦的一个人，每天要干十几个小时，当兵十多年，多干一点就对国家和铁路建设多做一些贡献。人的精力是有限的，要让有限的精力为人民服务，搞社会主义不大干是没有前途的，要拿出真正的劲头，要有主人翁的态度，建大厦有自己的一份，激发我们的干劲。

现在越来越冷了，二排副排长吴存太，29 岁，1971 年的兵，湖南人，党员。他说，不到航垭不回家，10 月份要让他走，哪个连队多干了都不行，自己多干一点光荣，都有争做贡献的思想。一组轨排 22 分钟就可以铺完，零下十四五摄氏度还大汗淋漓。

建连湖大桥，大家顾不上按时吃饭，当时正在压道，指挥所要二排换班，他们坚持要求干完。在泉水梁排与排之间竞赛，副班长齐保恩受伤，七天后要求出院，再三劝他休息，他硬是回到工地，他觉得少干活浑身就不自在。一过德令哈，条件越来越艰苦，叫谁在家烧水，谁都不愿意，都乐于在工地上修铁路，看着铁路向前伸展，甭提心里多舒服啦！

1977 年穿的大头鞋都坏了，前面破了，后面露着脚后跟，明年才能换。谁不手裂、脚裂，没有人叫苦。

1971 年入伍的党员战士邓文清，是二等甲级伤残，右手两个指头没有了，仍然什么活都抢头干。

从铺架以来，1969 年从山东入伍的修理工闫龙宾，哪里危险，哪里苦，就到哪里。

1978 年 11 月 14 日　于三十一团一营二连

晏有根介绍：

今年3月13日试车，没生产过轨排，一排轨排14.8吨。正处在老兵退伍，新兵尚未补入的困难期，充分发挥老同志的作用，变被动为主动。

3月份一个工班生产800多米轨排，5月份后新兵补入，一个连分了一百多个新兵，老兵只有70人，于是以老带新，给新兵讲修建青藏铁路的重要意义和实现四个现代化的关系，提高了为加快青藏铁路出大力流大汗的积极性。

党员副班长李笑天，干的是烧铆固浆的活儿，被硫黄气味呛得喘不过气，吃不下饭，但全然不顾。从3月到5月，有时天不亮就起床，提前两个小时上工地，眼都熬红肿了。

1976年从甘肃入伍的副班长杨朴，担任检查员。他严格把关，每个螺帽都要上紧，有的扣件质量不合乎标准，决不凑合使用，坚持精益求精，质量第一，自己把不好关，就会给后面的施工造成重重困难。有一次为了打一个道钉，从上面摔下来，今年受伤就好几次，受伤不下火线，上半年荣立三等功。6月份铺轨突破40公里，杨朴所在的一排三班就完成20公里，他们班负责散枕、匀枕、吊装轨排，只有8个人，工作连贯性强，拼命创高效。

8月至9月，师里提出大战40天，三季度超二季度，保证完成年度计划。争时间，抢速度，10月份铺轨完成18公里，两个连队完成40公里。群众性抓质量，大大加快速度，最高工班能生产11组轨排，1725米。

二排长唐德良严把扣件摆放关，包括胶皮垫摆放都一丝不苟。有一次昏倒在工地上，大家将他扶起来，他喝了一杯热水，又继续干活，合格率达到95%以上，荣立了三等功。

5月，营里开展流动红旗竞赛，二连夺得红旗。四连从1971年就开始生产轨排，他们完成任务也很出色。五连是机械连，4月份开始生产轨排，去年8月从格尔木转战过来时，天气寒冷，条件艰苦，打土坯，建营房，一个人一天最多打到360块，有的跪在或坐在地上打土坯，胳膊累得红肿，手都磨得脱了皮。

电工六班班长马成章，领导着一帮新手，他言传身教，有的是手把手地教，人人都能单独工作，三四个人还掌握了修电动机的本领。修理班班长黄清齐，是修电机的高手，他将一台产于1965年应该报废的电机修好了，派上了大用场。

一排副排长谢厚亮主持排里的工作，负责压风机、电葫芦、卷扬机使用与维护，机械运转一直比较好，工作大胆，经常跟班到工地。有段时间压风机班班长病了，他跟班作业，认真负责，个人荣立三等功，全排也荣立三等功。

老职工万登舟是抗美援朝的老战士，贵州人，五十多岁了，家属身体不好，家庭生活有不少困难。他长期跟随部队作业，天天坚持和战士一起干活，他是锻、钳工，培养了很多徒弟，被评为模范共产党员，第二季度还荣立了三等功。

二排长杨仲伦，1965年的兵，潜心钻研业务，工作大胆细致，处处以身作则，成为全排学习的榜样。他有贫血病，家里还困难，今年要退伍，他始终跟班作业，只要一天不走，就站好最后一班岗。

五连张副指导员，认真做思想政治工作，努力做好后进战士的传帮带。有一名战士组织纪律观念单薄，外出不请假，受到了纪律处分。张副指导员反复做工作，促进其转化。这个战士表面上服从，心里不服处分，后来不起床，不吃饭，还没好气地说："处分一次我不怕，我等着接受更多的处分！"张副指导员不怕碰钉子，反复找他长谈，终于感化了这个战士，他接受了处分，表示今后好好工作，现在由后进逐渐向先进转变。

原来连队炊事班存在不少问题，经常让战士吃剩饭和夹生饭，累了一天的战士们意见不小。张副指导员到炊事班帮助工作，一个一个地解决问题，食堂大变样。现在小作坊可以随便拿出几种像样的菜，自制酱油、豆瓣酱、豆腐、酸甜辣咸菜，还养了14头猪，改善了战士的生活，成了先进炊事班。

三连在时间紧、任务重的情况下，既千方百计完成任务，也想方设法保证安全生产。在群众热情高、干劲大的时候，要坚持科学施工，避免乱干、蛮干。特别在老战士快退伍的阶段，思想容易出现波动，新同志刚到连队对施工技术不熟悉，容易发生事故。为此，连队经常进行安全教育，及时提出有效防范措施，把小事当大事抓，苗头当事故抓，无事当有事抓，绷紧安全弦，及时消灭思想和实际中的安全隐患。

自1952年改编为铁道兵施工连队以来，在抗美援朝中参加过铁路抢建，在国内参加过鹰厦、包兰、三茂、贵昆、成昆、襄渝等铁路建设。在担负各种大中小桥隧道、土石方、铺架等施工中，没有发生过伤亡事故，曾获得广州军区安全奖。

干部自觉做到三带头：带头关心和爱护战士，带头把好安全关，带头执行规章制度。坚持干部跟班作业，哪里最容易出事故，干部就出现在哪里；哪里最危险，干部就在哪里以身作则。只有把群众充分发动起来，人人防事故，才能使安全工作有牢固的群众基础，安全措施才能落到实处。

1978年11月15日　于基地

王工介绍：

明年铺轨267公里，从锡铁山后连接茶卡支线42公里，南山口30公里，战线不包括格尔木10公里，这个月肯定到航垭。铺到航垭出了3400米，然后铺石砟专用线，再有多少轨料就生产多少轨排，明年9月24日、25日铺轨到格尔木，以实际行动迎接青藏铁路哈尔盖至格尔木段完成铺轨庆祝大会。

以目前铺架和生产能力，完成267公里铺轨任务问题不大，关键还是进料及时不及时。最好明年上半年进完轨料、灰枕。宝天铁路是全国铁路的“盲肠”，受水害影响大，冲垮两座桥，经常封闭不通车，运往青藏铁路的各种急需材料更是受限，想快快不了，想多多不了，急得人团团转。这一段铁路没有保证，今年七八月受影响最大。明年是青藏铁路建设关键年，任务重，要保证在6月底前把材料运进来，考虑到资金周转问题，一季度可以少进一点，二季度要多进，过了6月计划就落实不了了。包头、西安、成都都驻有催货人员。

四连连长陈明显介绍：

截至今年11月15日，全连在青藏线生产了103.44公里轨排。连队反复提醒，烧铆固浆要搞好配比，用料要过磅，搅拌要均匀，掌握火候，火大了就糊了，火小了就不均匀。实行专人放沙，专人捣浆，专人插螺杆，最快40分钟完成一组，15日搞了13组零3排。大干了还要大干，轨排生产和铺设的散枕、铆固、匀枕、放大小胶皮垫、配钢轨、放扣件、打风板、抢修吊装轨排等环节，环环相扣，哪一环卡壳都要影响工作。13吨重的轨排，放扣件要抬40多筐。一个关键：严把烧铆固浆质量关，给战士们讲清操作规程。两个重点：一个是铆固，现在质量上很好，另一个重点是配钢轨，两根扣错不能超过3毫米，缩短轨不能超过5毫米。三快：匀枕要快、要对头对线；放扣件要快；打风板要快。打得紧不紧，要看与弹簧是否压实，92%合格，上月达到97.8%的合格率。

干部跟班作业，抓好各道工序。排长吴德福第二天要转业，头天还在传帮带。三排副排长丁明玉实践经验比较足，他的排主要负责配轨、放扣件、打风板。一班长党员叶银松，干理发、起重、轨排、房建都是行家里手，人称连队的“七十三行”。四排十一班战士严永智，是1978年入伍的山东藤县兵，一上工地就像“蜜蜂采蜜”忙个不停，8月份在铆固浆时烫了一下，三天后伤还没好利索就上班，把破筐、烂铆固桶捡回来修理，筐子用铁丝加固，桶让焊工焊好，修旧利废，省工省钱。

1978年11月16日　于铁道兵十师师部

副总工程师陶学慈介绍：

这条高原铁路，是一条战备线。对开发和建设柴达木盆地意义重大。

铁路穿越八个农业区，两个丘陵区，一段山区，三段沼泽地，十五处冲积扇，两处沙漠路基，三处路基还填地段。地形比较平坦，天棚至察汗诺山势陡峻，河床自然坡度大，线路在沟里面回旋展现，穿过海拔3700米、长4040米的关角隧道。主要工程量为路基、土石方1368万立方米；隧道9座总长4722米。当年关角隧道施工标准低，现在基本上要重新搞，2622米是铁道兵十师施工的；涵梁、涵渠365座，总长6335米；桥梁215座，总长6180米；道砟85.248万立方米；铁路房屋14.4万平方米；轨排289.1公里。预算4.7亿元，劳动力需1952万工天，劳动力缺口很大。

为了不使战线拉得太长，铁道兵十师担负的路段部署了两期工程，一期哈尔盖至希里沟249.7公里，二期希里沟至连湖146.7公里，投入5个团的兵力、师直直属营、8个土方机械连，主要机械有306台，包括推土机、铲土机，17个汽车连，共1429辆汽车。哈尔盖建了一个铺轨基地，希里沟6公里处建了一个成品厂，生产桥涵拼装件。

有一个连队担任风火山实验工程，全段管区长、任务重、时间紧、劳动力缺口大。上级要求1980年以前完成任务，自然条件比较差，重点、难点工程矛盾比较多。

关角是西进的咽喉工程，非常艰难。关角离哈尔盖160公里，劳动力缺口500万工天，运输力紧张，西北修路要靠外地运进，有些地方水也要往里运。

开工以来的主要情况，奉军委、铁道兵党委命令，部队从1974年3月、8月分期分批开进青藏线，1975年4月襄渝铁路完成移交后，其余部队全部开进青海。几年来，在铁道兵党委、指挥部、省委、各部委以及沿线人民大力支持下，铁道兵十师牢记毛主席、周总理指示精神，边转移边安家，做好施工准备，紧抓重点工程开工，摸索高原施工经验，完成年度计划的108%。

1975年，第一期哈尔盖至希里沟段全面展开施工，全年完成综合计划的103%。1976年，在施工部署更加科学、合理，仍以哈尔盖至希里沟段为主，同时做好第二期施工准备。“四人帮”横行最严重的时期，大好施工季节，材料运不进来，无奈被迫停工停运，全师仅完成年度计划的77.5%。

1976年10月，粉碎“四人帮”后，形势大为好转，全师干劲很足，重点工程是攻克关角隧道，全面展开第二期施工，综合完成年度计划的117%。

1978年形势更好，师里要求一季度实现“开门红”，二季度实现任务过半，三季度完成80%以上，争取提前一个月完成年度计划。上半年最佳施工期只有5～6月两个月，受全国大好形势的鼓舞，1月份以来，月月超额完成计划。哈尔盖至希里沟段大部分上了二遍砟，上三遍砟40公里，没上碎石砟的90公里，全部剩余工程数量按工天算还有5.55万工天，要干到1981年年底。

原先关角隧道施工质量不好，封闭13年后重建，困难重重。

这里氧气比较稀薄，高寒荒凉，打开封闭的隧道塌方严重，积水深2米多，都是坐着木排进去的。因水浸泡时间长，造成病害隐患多，处理难度大。

原按蒸汽机车设计，现在按电气机车设计，断面大，重新打墙，地面加深。拱和墙发生开裂，地下岩石膨胀，最高凸起56.6厘米，必须全部处理，如果施工质量不好，火车经过上面就容易压裂。1977年主要由四十七团一营、二营开始精心施工，都是三上高原修铁路。土石方机械化施工关键要发挥人的作用，健全规章制度，加强司机的培训，督促熟练掌握操作要领，施工大有起色。1975年7月掀起土方施工高潮，214台机械一个月完成土方215万立方米，平均1台机械月产1万立方米，31台机械单机月产2万立方米，23台机械单机月产115万立方米。

今年铺轨主要是铁道兵七师。德令哈至连湖12万立方米土石方，部队集中82台机械，两个月全部完成，专业化、机械化是提高劳动生产率的主要途径。

小桥涵拼装，是施工部队和设计院合作的。1975年筹建了成品厂，广泛地采用拼装构件，拼装桥23座，涵洞161个，生产7800余块构件。拼装比就地浇灌省工一半，整个桥节约务工30%，涵洞省工20%，可节约投资30%左右，施工的时间可以大大缩短。组拼一座20米以内的小桥用7个小时，组拼一个15～20米的单孔涵洞，一般需要5个小时。

管理反映出几个方面的问题：

一、进口的机械配件比较缺乏，由于磨损大、燃料燃烧不完全，造成部件磨损。

二、柴油、机油缺乏，高原机械磨损比较严重，应该保证柴油、机油的供应。

三、移交问题，责无旁贷地做到移交标准，千方百计地搞好移交质量，可能有很多具体问题。根据摸底的情况看，哈尔盖至希里沟一段，希望1980年年底移交，施工力量可以早一点抽出来，担任其他业务。地方路局要早一点组织人员到位。第一期工程机械防护，第二期打井种树。

复员战士从哪里来回哪里去，很多战士富有施工经验，在边疆修一条好铁路，留一部分有技术的人。部队要求强烈，如果这个问题解决了，对铁道兵是一个促进。

施工部队涌现出许多优秀集体。五十团十三连在1975年至1977年，配属科研单位担任风火山冻土试验工程项目，这里海拔4750米，含氧量只有60%。作为一个战斗在风火山上的尖刀连，现在转战石砟厂装片石，又成为能打硬仗的突击队。四十八团后勤处军需股在高原特殊情况下，为部队全方位服务。五十团一连是硬骨头式的连队，思想作风、完成任务、副业生产都比较过硬，去年出席青海工业学大庆会议。进入青藏线，月月年年都能完成任务。在河滩上开荒16亩，3年生产蔬菜40多万斤。

优秀个人好事说不完。修理营二连材料员黄进智，是1970年的老战士，他苦心钻研，利用业余时间撰写了一本配件工作手册，对做好修理工作有很大的帮助，荣获二等功。五十团汽车三连修理班班长唐廷海，发现几十台翻斗车启动总成坏了而停止工作，他苦心钻研，经过几十次的试验，解决了关键问题，用很小的代价，把35台翻斗车修好，节约1万多元。

1978年11月17日　于修理营

营长赵熙学介绍：

全营广泛开展收旧利废工作，完成大、中修机械145个标准台，大修汽车150台，制作配件47112件套，翻新轮胎2592条，修旧价值8万元，品种四十多个。

今年抓的几项工作：

一、狠抓各项制度的落实。从1977年以来，全营建立了以岗位责任制为中心的9项制度，包括岗位、生产管理、质量检查、设备管理、技术管理、登记管理、经济核算、材料供应交旧制、安全生产。

二、营里每半个月召开一次工程联会，连里一月一次。

三、建立健全了15笔账登记统计。

四、狠抓质量。过去质量存在不少问题，通过5月以来大抓质量，车辆修理水平提高了，没有一辆返修的，健全了制度，建立了技术档案。

五、实施四化修理。即组织科学化、操作机械化、质量标准化、经验他有化。调整了工序，保证了流水线的正常作业。

全营有工程机械86台，10立方压风机2台，8立方压风机1台，修理设备245台，车床45台，钻床23台，磨床33台，镗床11台，刨床11台，铣床9台，汽车8辆，吊车8台（日本吊5台、捷克吊3台），工具车1台。固定资产450万元，材料150多万元。

去年提前两个月完成年度计划，今年将提前一个月。

1974年进口日本180马力的D80−12A 100台，用了一年多，目前只有三分之二的设备还可以使用。因高原风沙大，缺氧负荷大，造成活塞、活塞环、钢套等损坏严重，国家没有进口配件，坏一台停一台，还有三分之一处于带病状态。1976年，师里要求制作通用大配件，经过半年多努力，基本得到解决。宣化机械厂出产的装载机18台，干了不到一年活，就趴窝了。于是想方设法改装了底盘，在240公里线路上调用11台装载机铺砟，保证了机械施工。

三连有一个修理排，开展40多种修旧项目，到工地上把废件运回来修复利用，通过焊、补、喷、镀、镶、配、铆、校、改、涨、缩、粘，把废物变成宝。修理营为会战开绿灯，当好机械的医生，随到随修，急用先修，保证时间，昼夜抢修。还派出三个修理组，到工地现场修配机械，广受欢迎。

今年会战期间，有3台D80-12A的发动机总成需要修理，三连分两台，一连分一台，三昼夜就抢修好了。高原施工使用机械容易发生缸裂，一是机械疲劳作业引起的，二是温差大冻裂的。他们修复了7台发动机。1977年至1978年间，他们修复了48辆大梁受损的解放牌汽车，1977年，修复解放牌汽车缸体42个。

1978年11月18日　于四十九团

总工程师陈演武介绍：

哈尔盖车站到黄玉车站正线47公里，刚察站和黄玉站站线2.2公里。有中桥7座，沙流河桥群5座，每座桥梁高16米，有15个孔、20个墩台，土方23000立方米；小桥18座，涵洞33座，正线土石方76万立方米。还修建了房间10000平方米，给水设备一处，车辆设备两处。哈尔盖至希里沟、厚日车站的铺轨正线长260公里，架梁187孔，车站13个，站线累计22公里。

铺轨要过关角隧道，过去部队没有搞过，1975年三个月、1976年两个月、1977年6月到年底，总共只有一年时间。受“四人帮”的干扰破坏，轨料供应运进非常困难，大都在冬季铺架，气温零下25摄氏度至零下40摄氏度，要通过关角沟的灯泡线，大大小小的隧道9个，曲线半径300米，坡度达12.5‰，大“S”形曲线4个，可见地势之险峻，施工之艰难。

施工部队千难万险无阻挡，明知山有虎，偏向虎山行。从关角出口到察汗诺40公里，地形比较复杂，哈尔盖海拔3200米，到了关角就上升到海拔3700米。哈尔盖至吉尔蒙80公里，5公里沼泽地，7、8、9月气候比较好，其他时间寒冷，9个月为冬季施工，风沙大，9月至翌年4月为风季，太阳一落山就冷，温差大。

为了边疆的建设，青藏铁路要快上。1974年3月设防，机关7月上来的，1974年、1975年比较好，1975年6月以前下部基础工程就完成了，7月5日开始铺轨，当年铺轨90公里，架桥40孔。1976年8至10月铺轨29.99公里，架梁83孔。1977年7月至12月底铺轨134.152公里，架梁186孔。1978年完成站线，关角沟架2.4米的梁6孔，3.4米的2孔，4.5米的14孔，6.7米的4孔，可谓桥梁林立。

原来战士睡在闷罐车里，刮风下雪都在干。按规定，有6级风就不能铺轨，在保证安全的前提下，仍然顶风冒雪干。

已55岁的副师长宫兆德抓铺架，一直吃住在铺轨基地，有时睡在车上，或住在连队，总是走在最前面，亲自跟车调度。关角沟6号桥，长150米，宽25米多。部队搞了塔架，上上下下36.5米高，登高练习架桥，宫兆德副师长都在现场。

桥在灯泡线之内，半径300米，桥梁落不到实处，发生偏离，副处长杨明华一直在现场参战。1977年9月22日至27日，二营架桥，预应力钢筋混凝土梁，跨度23.8米，使用双臂式架桥机，由于灯泡曲线弯度大，架桥机不能将梁抓紧准确放在桥墩首端，偏离线路1.7米。为了解决这个问题，采用正常拨道、精确计算的方法，落一架梁，就拨一次道，终于把桥梁准确压放到墩台上，整整用了5天。哈尔盖至关角140多公里，在“四人帮”横行时期，技术管理制度被破坏，只抓进度，不重质量，发生了沙流河事故，20个混凝土墩台强度不够，推倒了7个台、2个墩，加固了1个墩、3个台，基础最多抬高1.1米，病害工程被排除。机械化养路30公里，其余是人工养护，到1979年哈尔盖至黄玉段就可以竣工。

团宣传股长覃新炎介绍：

四营十六、十九连生产轨排，十八连装卸，二十连机械保障。去年10月以来，一个工班生产27排到30排，最多生产101排。十九连是先进单位，连长戴桂福、副连长陈保方经常跟班作业。53岁的营长张义仓，坚持跟班指挥和作业。二营在架布哈河桥梁时，十连有一个修理班，架6孔梁，电焊工人手少，一直坚持到完工。二营营长马万才有关节炎，走路都很困难，但他经常坚持在第一线。副团长林云秀一直抓铺轨，把饭送到工地，第一口饭还是热的，第二口饭就成冷的了。

今年8月26日至9月23日的28天中，抢运1.4万立方米石砟。62号司机张立责，车况差，共拉192趟。50号车何志之拉208趟，等于13个车皮的列车拉运量。

十一连5班、7班开展竞赛，5班11个人每天装7辆汽车，最多装35辆。施工难度较大的是沙流河桥群，他们破除高原不能加快施工的魔咒，始终紧抓架桥路基的施工。

团副参谋长罗東玉介绍：

铁道兵四海为家，艰苦为业，这个团曾参加过抗美援朝，哪里有任务就往哪里去，营、连安家半个月就可以展开施工。劳动力只有900人，原来1000多人。常年在山沟、草原、戈壁艰苦奋斗，精神是非常高尚的。铁道兵服役期短，技术力量薄弱，真正掌握技术不是很容易。部队现在是少休息，多干活，5月至10月，每天不止干八小时，往往干十多个小时。

几年来，部队就很少午休，为了赶任务只好加班加点。施工采取打歼灭战，日夜奋战，最低温度零下38摄氏度，劳作在荒野上，吃住在铺轨车上，大家冻得受不了，就到草原上来回跑。排、连干部能看图、能组织，干部都是实干家。在技术管理上，提高技术人员的积极性，不能靠莽干，要科学实干，充分发挥技术人员的作用。连队现在恢复了技术课，铁路建设是一项综合性、技术性很强的工作，要努力过好艰苦关、劳动关，铁道兵的技术干部个个都是多面手，一专多能。收尾工程比较长，超过了主体工程的工作量和时间，1975年就完成了主体工程，两年搞配套，还没有达到设计水平，尾工比较大，要交付国家正式运营，还要一段时间。

1978年11月19日　于四十九团二营

副营长李成香，副教导员侯振水，技术员刘金坤、马荒林介绍：

来到青藏高原第一次架桥，过去没有干过这种工程。按照设计要求，移梁很困难，经过工程师计算，可以落。第一次担任铺轨架桥，23.8米的梁，机上人员不熟悉，两边要增设平台，要打枕木叠三四十米，工期紧，天气冷，架桥难度相当大。

负责架桥的做了钢塔架，开展现场练兵，先锻炼胆量，为提高技术打好基础。在平原登几十米高没有什么感觉，但是在高原登高几十米就头昏眼花，高原高空作业加大了难度和风险。负责移梁的技术骨干和电焊工，都是各连队挑选的，4个连队4个班，大家晚饭后就组织练习，前前后后练了十多天。

铺轨施工既紧张又艰难，白天黑夜连轴转，晚上冻得打哆嗦，战士们顺着路基跑，出出汗暖和暖和。饭还没有到口，就冻成了冰疙瘩。指战员们面对高原缺氧和零下二三十摄氏度的严寒无所畏惧，最多的一天铺了四公里轨道。

有时机车燃料煤冻成了一大块，没法加煤催火，便用少量炸药炸成小块，以解燃眉之急。路面打滑时，就往轨道上撒些沙子防止打滑。

营长马望才介绍：

关角沟架的桥，比较高，难度大。开始练习作业，干部带头有组织地进行锻炼，挑选的都是身体比较棒的小伙子。34米高的钢塔，上午练四次，下午练四次，实练了较长一段时间，在架桥之前又重新检查了身体，认真做好安全措施。战士先扒着软梯爬到台墩帽上，一般人爬到这么高往下看就会头晕眼花腿打战。墩台上都有干部精心组织，各个工序密切配合，环环相扣，步步为营，一片片80多吨重的梁准确到位，一气呵成。

1978年11月20日　于四十六团

团副总工程师邓蓉生介绍：

1974年2月份设防进点，6月份就开始施工。7月份部队陆续进驻，8月份全部从襄渝线转到青藏线，黄玉车站至天棚车站68.8公里，5座车站、9座大中桥、23座小桥、32座涵洞，路基土石方146万立方米，总投资2770多万元，到现在已完成2000万元。

到1975年8月，下部建筑主体工程基本完成，11月铺轨进入管区。1976年下半年铺到希里沟至连湖段新区，新区42.4公里，有4个车站、一座大桥，一座中桥，其他为小桥涵，新老区共110公里，相距300公里。

这里最高温度24摄氏度，最低零下31摄氏度，有5个月属于正常施工，其余是冬季施工。风沙季节比较长，12月青海湖结冰到第二年4月，天天刮七八级风，时间长达110天。原来安排6个月施工，很难完成全年任务，就把冬季当成施工的好季节，完成任务有了保障。

二营修建5孔长90.56米的勒蒙河大桥，因天冷气温低，沙石料都要加温，共捡拾牛羊粪几万斤，在3月份把桥修好了。四营抢修津河桥群，3座中桥，1座大桥，大桥长124.6米，共319.59米。

布哈河大桥长282.5米，10孔23.8米预应力钢筋混凝土。布哈河常年流水不结冻，夏季施工难度大。从1974年底就筹备，1975年3月由二营开始施工，团里组成工作组协助，突击下沉井，挖基础，在洪水到来之前把基础打好。这条终年不冻的河，水量比较大，流速快，矿物质多。砂卵石透水性很强，用抽水机抽沉井处的水，一个沉井最多用到三十多台抽水机，每台每小时抽水250立方米，仍然抽不干。沉井离地面9米，最后从铁道兵调来舟桥潜水员下水放炮，再用挖掘机开挖，用高压风水管冲沉井四壁，终于在6月以前完成沉井工程。部队加班加点，昼夜不停，比原来施工组织设计提前了8个月，完成11孔沉井、10个墩、2个台，到9月5日完成大桥主体工程，用了5个月零5天的时间，平均每成桥米83工天，达到定额的146%。

据测算，铺轨前工程量约占总量三分之一，铺轨后工程量约占总量三分之二，要施工三四年才能完成，而且战线拉得长，包袱背得重，收尾工程比较大。需要上道砟9万多立方米，一个连队就要负责一二十公里。

部队战斗力强，困难无阻挡，三营十一连25年无重大事故，荣立集体二等功。机修连一排，1978年1～9月，检修机械80多台（次），完成定额的102%，修旧818件，制造钢套压力机，产值29万元，人均5000多元。

1978年11月21日　于四十七团

总工程师丁明德介绍：

地处天峻县的关角隧道，长4006米，海拔3700米，是我国目前海拔最高的隧道。

先前铁路局完成1470米，其余是由此次移师高原的铁道兵完成的。1977年8月5日主体工程整体道床完成，16日铺轨通过。

原来用片石砌边墙，一部分用水泥，那时缺乏长远规划，加之隧道封闭十多年，损坏非常厉害。原设计用蒸汽机车牵引，新规划考虑电气化，断面高度不够，要往下挖掘。长期积水，泥浆很厚，要往下挖2.7米，边墙还要加深，进口处有两个大塌方，复工处理相当费力。

原先设计存在问题，对地质状况分析不足，中间404米由于蒙脱土遇水和空气，膨胀系数达49%，道床膨胀最高300厘米，边墙拱大量开裂，拱顶折断，拱面向内移40～60厘米，这纯属地质原因造成，怎样处理？一时找不出办法。

铁道兵向中科院搬救兵。中科院土壤研究所、长江办事处和贵阳地球物理研究所迅速派专家赶赴现场，最终决定深挖膨胀土，将边墙和拱顶全面整修，提高混凝土等级，相应增加水泥用量，加大了厚度，问题迎刃而解。团里专门组织了工作组，投入一、二、四营两个连和四十七团三个连的兵力，严把施工质量关，来不得一丝一毫的马虎。

关角海拔高，最低气温零下35.6摄氏度，最高气温25.6摄氏度，全年有287天平均气温在零下0.7摄氏度至2.5摄氏度，绝对最低气温零下46.1摄氏度，地面以下30厘米从11月至来年5月冻结，最深达3米。8级以上的大风34天至120天，6月飘雪，7月挂霜，一年四季经常是雨霜暴雪不断，风云突变。高原缺氧，在洞内施工，相当于5400米海拔的含氧量，要是通风一停就出危险，空气不流通，人容易晕倒。昼夜干，人的体力消耗很大。

1976年3月、4月，关角出口方向打到1443米的地方，泥土加石头哗啦啦往下流，一般支撑都不行，必须及时往外扒运落下的泥土和石头。一营二连采用打钢钎的办法，在4米高处搭排架，把泥石托住，以保证开掘进度。

1976年11月，关角工程深入到1800多米的地方，一个顶部往下掉拱石，一下子塌了七八千立方米，搞扇形支撑顶不住，影响了工程进度。领导和群众群策群力，在前进中力克困难，采取铆杆支撑的办法，解决了大问题。打到出口2000米处，一股地下水成了拦路虎，战士拿着洗脸盆往外泼水，用草袋子把水堵到一边，集中力量搞好四周，然后采取快速施工的办法，把泉眼打上混凝土。进口处昼夜涌水量1985.2吨，出水1290吨，整个施工期间，进口用抽水机抽水58万立方米，出口抽水26万立方米，总涌水量334.7万立方米，抽水占25.4%。洞内缺氧曾造成众人晕倒二十多次，有一次就晕倒了24人，有的只好戴着氧气袋施工。

1978年11月21日　于关角

四十七团二营营长魏振忠介绍：

1974年11月份开始清理进口处，这段1640米的工程量虽然不大，但对施工影响很大，客观困难很多。1958年铁路局干过，下马仓促，洞封闭不好，塌方很厉害，可乘竹排进去，这样的情况怎么施工？洞内严重缺氧，塌方面积大，火柴也划不着。一开始进洞，水面接触到拱角，清理难度大，最深的达到5米多，需往下挖1米。洞口、斜井都需要清理，3处塌方，拱顶离塌方最顶处达28米，光木料就用了200多立方米。清理工作量相当于打1200米的新隧道。

清下道坑时，原来空间高2.8米，塌方后只剩下1米高，只能进去两个人，铁锹锯掉了一段，挖上四五锹就连累带憋使人上气不接下气，只好钻出洞外换换气，然后再换两个人进去。机械用不上，打边墙时，只能人拖着筐子往里拉运沙石料。随时都有塌方的危险，但战士们毫无怨言和畏惧。

九连副指导员池含义介绍：

自己原来是六连的二排长，全排担任下道坑的清理工作。以前挖掘的283米全都塌方埋实了，越往里面清理越困难，开始斗车可以进去，后来就施展不开了，锯掉20多厘米的车斗方能推进去。大水漫到膝盖，抽水机将洞内积水一节一节往外抽，战士穿着湿裤子干活，一出洞就结成冰筒。全连组织精干兵力，由班长、排长带领，突击清理塌方。塌方属于上道坑，此处严重缺氧，积水臭气熏人，烂木头的味道更是刺鼻，有人就晕了过去。像这样的隧道内地会干得很快，但这里海拔高，气候恶劣。里面的氧气含量仅相当于洞外的三分之一，一根木头重几百斤，往里抬需尽快支撑起来，边清理边支木架，把沙石料运进去灌注，最多时每个工班只掘进五米。

杨副团长介绍：

关角隧道从1961年因故停工至1974年复工，封闭长达13年。石质不好，塌方严重，进口处是最难的地段，有小塌方15次，3000立方米以上的两次。1号塌方72米，4389立方米；2号塌方52米，3800立方米。最深积水3.1米，四股泉水流淌。第一期工程踢三脚，关角是第一脚，一号塌方刚进去815米，又遇到一个塌方点，六连处理的。2号塌方离洞口1900米，尽管是高原缺氧，战士们谁都坚持干十几个小时以上，处理塌方最高爬到28层的支撑木上。战士们在洞内晕倒多次，六连王友友有心脏病，推着车倒下去就牺牲了。各级领导深入现场，组织指挥，营里干部在工地上吃住，在搞整体道床时，连夜突击，干部战士齐上阵。

1978年11月21日　于关角出口

四十七团一营营长郝具祥介绍：

当时副师长徐志超、指挥部赵总、师部胡副总、副团长阳天树，都来到关角施工现场，与施工部队齐心协力要把关角咽喉打通，让毛主席、周总理指示修建的青藏铁路早日建成通车。

四十七团十七连连长陈超，在掌子面察看，由于风压不够中毒倒下了，面色发绀，口吐白沫，被五连电工发现，想尽一切办法抢救才清醒过来。第二天，连长陈超又拄着耙子进洞，领导叫他休息，他说："我是连长，战士在上面呢，我能待得住？"

到任务重的时候，副师长徐志超说："到这里来，是师里交给我的任务，你们报告的情况我相信，但我要亲自看一看才能心中有数。"他不顾别人劝阻，钻到洞里去实地察看。师部胡副总说："我是管技术质量的，我要亲自看，亲自决定。"师团领导这种率先垂范精神，鼓舞了士气。

1976年6月至9月，关角工程连续组织了大干四个百米的劳动竞赛，在内地这点活算不了什么，可是在高寒缺氧的关角，突击四个百米并非易事。师里组织了九期劳动连，参谋干事当连长、指导员，率领直属单位人员参加劳动，锻炼了机关干部，也为施工部队带了个好头。

一连套拱，一个月完成115米，连排干部跟班作业，跟战士一起干。连长赵华章和指导员彭德福在工地上交班，这个不上去，那个就不下来。

四十六团十八连指挥员樊江汉，对自己要求严，对部队要求也严，担负下道坑掘进任务完成得比较好。

三营十二连四排，担任倒砟，三个班倒600斗车。

五连三班，负责高压风管、水管，平导1700米，打整体道床要把管子挂到两米以上的道床上，要保管子不漏风，架管子、接管子一丝不苟，施工到哪里，就架到哪里，非常辛苦，获先进班集体二等功。

1978年11月22日　于关角沟四十八团

总工张德泉介绍：

南山关角隧道出口1.7公里到洛北段26.7公里，工程量南山、二郎、洛北三个车站。洛北远期开放，隧道明洞8个，长1160米，大桥1个、中桥6个、小桥23个，共30个桥梁，涵洞32座，正站线土石方300万立方米，挡土墙5900立方米，房屋28幢，2183平方米，铺石砟4.1万立方米。迂回展线半径小，坡度大，关角沟展线35公里10座中桥。隧道多，桥梁高，深挖高填工程量大，附属工程多。

新区德令哈至连湖50.77公里，比较平坦，穿越十多公里的沼泽地，挖填11万立方米，180万立方米土石方，中桥2个，小桥5个，涵洞49个，其他拼装房间10767平方米。道砟8.3万立方米，车站4个（德农、马兰、戈壁、连湖）。

这里最低气温零下40摄氏度，空气含氧量减少17%，每年大风季节长，施工大好季节为6～9月。1974年由陕西转到青海，1975年开始搞主体工程，1977年8月以前主体工程基本完工，10月25日铺完轨。1977年3月份到希里沟至连湖段，今年第一季度完成46个涵洞的拼装，今年9月20日过新区铺轨，整道上砟。到

10月底，综合完成计划1085万元投资。新区当年施工、当年铺轨，工期比较紧，一季度46个涵洞全部拼装好，共用34天。沼泽地还填5万多立方米砂卵石，5个土石方机械连会战，完成了50公里土石方任务。

参谋长苟文贵介绍：

部队到二郎洞处，除两个养路道班是邻居外，荒无人烟，面临怎样生活、怎样施工等问题。教育部队树立扎根高原、建设边疆的思想，知难而进，加速开发柴达木，当好开路先锋，为高原人民修铁路，比较深入人心。为了使部队生活得好，搞“五个一”。高原施工要尊重高原的客观规律，调查研究气候地理情况，进行分析、认识，动脑筋想了不少办法。无霜期三个月，年年搞冬季施工，1975年完成任务最好，完成投资1400万元，小桥涵拼装全面开花。

1976年不是材料不足,就是生活有困难,是施工低潮期。打倒“四人帮”后，施工形势迅速好转，全团大发动，没有挡铺轨的道，小半径、大坡度，请地方铁路局老师傅帮助整道养路。

1976年到新区，罗副团长去的，海拔较低，沼泽地带施工条件困难，冷冻、热熔。克鲁可湖湖滩，湖水水位下降，面积小了，形成沼泽，常年不能进车，必须在冬季冻结后才能施工。除此以外陷车，推土机进不去，来到青藏线真是多灾多难，1977年又发洪水，每个连队都被分割包围。

还填10万立方米，只完成5万立方米。一百多米的桥，仅完成综合量不到10%。在这种情况下,把重点转到新区,集中力量还填。今年最低气温零下44摄氏度，迎着困难上，上半年就要完成任务，抓住一季度大好施工季节，冰冻三尺好作业，搞了还填和桥涵拼装，机械化联合作业，施工打主动仗、进攻仗，上百台机械在百里战场上打了土方、拼装大会战，两个月就一举拿下了120多万立方米土石方，20多万立方米附属土石方。

干事刁学钢介绍：

梁忠孟是雷锋式的好干部，记一等功，1976年2月牺牲。他于1975年4月来到高原，身体不适应，患心脏病、高血压、糖尿病，决定叫他留在内地基地，但他坚持要到高原，看着地图对同志们说："新青铁路就是那么一点，西藏还没有铁路，我们要为祖国铺满铁路网，铁道兵一定能做到。"他第三次来到高原，到连队跑了半个月，熟悉了情况，病严重了，叫他到乌兰住院，他不去，就在卫生队住下了，坚持就地治疗，以便身体恢复后继续工作。住院期间还一直忘不了工作，就到附近连队去，虽然是住院，但仍指挥战士工作。

今年1月至6月，沼泽地要达到铺轨程度，要把机械运到现场，3月底要把新区搞定，混凝土能否达到标准，5个机械连涵洞是进度的首要问题。1月20日进行拼装，如何保证质量是个大问题。3月上旬就完成了拼装，5月份完成了填土石方3万立方米，要求3月20日完成，狠抓组织指挥，提前一个月完成。天气再冷，也是大好季节，时间性很强，化冻时挖，上冻还填，机械进去，时间一过就不行了，冬天是冻路，夏天成了"橡皮路"，突击完成了沼泽地的工程量，又用两个月把新区路基搞好了。

1976年7月、8月，把大填方拿下来，路基底部最宽100多米，从别的地方运进土石料，用铲运机往上拉。机械营二连，接直线10多公里，降坡380多米，要在关角沟展现4个灯泡线，铁路出南山口，直线不到20公里的地段上，降坡383米，铁路4个灯泡线，11次跨关角沟，最高的桥近50米，坡度12.5‰，深挖方、高填方。6个隧道桥，洛北车站，南山劈了半片山，最大的坡度，最小的半径，最高的填方，最高的桥梁。26 公里洞道，300 万立方米土石方，1 公里 12 万立方米土石方。二郎洞一号挖明洞，山体下滑，有一个排在里面，老战士把新战士往上推，只有一个出口的地方，最后两个老战士被砸伤，有 17 个人出来。

1975 年为土方工程高潮期，1976 年为收尾期。1976 年为石方工程高潮期，1977 年为收尾期。

现在，整个青藏铁路第一期工程已进入高潮阶段。

现场采访报道

青藏铁路第一期工程进入施工高潮

联结我国西北和西南边疆少数民族地区的青藏铁路，第一期工程铺的路轨已经过了青海省的海西蒙古族藏族哈萨克族自治州的首府德令哈，距这期工程的终点格尔木只有 180 公里了。

最近，记者从青海省会西宁市出发，经过青海湖北岸的哈尔盖，横穿柴达木盆地来到格尔木，看见千里施工线上，一派紧张、繁忙的景象。尽管高原上已是冰天雪地，戈壁滩上朔风呼啸，但是铁道兵指战员仍冒着零下一二十摄氏度的严寒，争分夺秒地上砟整道，铺轨架桥。

青藏铁路第一期工程从西宁往西到格尔木全长 814 公里，其中从西宁至哈尔盖的 181 公里，已在 1975 年 1 月建成通车。

从哈尔盖至格尔木一段工程是从 1974 年开始施工的，到 1978 年底，已铺轨 482 公里，其余地段路基已基本成型。

青藏铁路沿线经过的地方是我国少数民族的重要聚居区之一。这条铁路穿过的青海柴达木盆地，有丰富的石油、天然气、有色金属、盐、化工原料等资源。修通了这条铁路，对于繁荣西北、西南少数民族的社会主义建设事业，增强民族团结，巩固边防，都具有十分重大的意义。

从哈尔盖至格尔木段铁路在海拔 2700 ~ 3700 米的高原，空气中含氧量只有海平面的 70% 左右。人在这种环境中施工和生活，容易产生头昏、乏力、食欲不振等高山反应。由于缺氧，燃料燃烧不充分，机械的功率也比正常情况下降 20% 以上。这段铁路还有 32 公里修在盐湖上，这在我国和世界的铁路建设史上都是罕见的。铁道兵在青海各族人民的大力支援下，以“铁道兵前无险阻”的英雄气概，战胜了高寒、缺氧、风沙、盐湖筑路等恶劣的自然条件，克服了人烟稀少、生活艰苦、技术复杂等重重困难。粉碎“四人帮”后，工程进度加快，两年来铺轨 360 公里，相当于前两年铺轨里程的三倍。

为了解决青藏铁路施工中碰到的盐湖和冻土地质地理、建筑工程与材料、高原机电和通信信号设备以及高原气象、高山病防治等一系列科学技术新课题，中国科学院、铁道部、一机部、铁道兵领导机关等组织了全国 68 个单位进行了青藏铁路科研大会战，上千名科技人员来到这里，与铁道兵指战员、铁道部第一设计院第二勘测设计总队的设计人员紧密配合，攻克了高原铁路建设中的若干技术难题。

1983 年青藏公路由砂石路面改建为黑色路面，民工正在清理路基　王精业摄

“青海城头空有月，黄沙碛里本无春。”这是古代诗人笔下的青海高原。如今，随着青藏铁路的逐段通车，青海

湖畔、戈壁荒原，出现了一座座新的工厂、矿山、市镇，火车给草原运来了机械，给牧区带来了繁荣，给柴达木送来了春天。仅西宁至哈尔盖段通车四年来，就运进运出了310多万吨物资，相当于77万多辆次载重四吨汽车的运货量，这对于正在兴建的黄河上游青海共和县境的龙羊峡水电站、青藏公路黑色路面的改建工程、青藏铁路继续西修以及发展青海湖北岸的工农牧业生产，都发挥了重要的作用。

1979年1月6日

青藏铁路已铺轨到锡铁山矿区

列车穿越青藏铁路锡铁山隧道群

青藏铁路已在今天铺轨到柴达木盆地的锡铁山铅锌矿区。至此，青藏铁路第一期工程已经铺轨703公里，离第一期工程的终点格尔木,只剩下111公里了。从哈尔盖至格尔木一段工程全长653.5公里,目前已完成了到锡铁山的铺轨任务,其余路段的路基也已基本成型。

锡铁山铅锌矿坐落在柴达木盆地中部,是我国大型综合有色金属矿区之一,素有“铅都”之称。这个矿区的铅锌矿储量比较大,品位比较高。除铅锌金属外,还有12种伴生元素,是我国少有的大型多金属富矿。但是过去由于没有铁路,无法大量开发利用,只是由青海省海西蒙古族藏族哈萨克族自治州在这里办了一个小矿,用手工开采。采出的矿石,要用汽车运输600公里到兰新铁路线上的柳园镇,再转运出去。现在,铁路修到锡铁山,就为大规模地开发利用这里丰富的铅锌矿藏提供了便利条件。

锡铁山铅锌矿区海拔在3000米以上,峰峦突起,沟壑纵横,地形复杂,在这里修铁路,要开凿隧道群,工程比较艰巨。铁道兵某部指战员发扬革命英雄主义精神,顽强地与高寒缺氧的自然条件和险峻的地形作斗争,打通了总长度为1800米的隧道群,把铁路顺利地修到了锡铁山。

1979年4月25日

察尔汗盐湖架“彩虹”

察尔汗盐湖,是柴达木这个聚宝盆中的一颗璀璨明珠。它的面积达5856平方公里,湖内汇集了约600亿吨以氯化物为主的近代盐类化学沉积矿,是我国最大的钾、镁盐矿。

在盐湖上修铁路,我国还是第一次,在世界上也是罕见的。

察尔汗盐湖海拔2680米,这里年平均蒸发量大于降水量140多倍。有人做过试验,铁筒里盛上两米深的水,一年内就能全部蒸发干。据地质工作者考证,距今三四十万年前,湖面就已经干

火车穿越察尔汗盐湖

涸，形成了一层鱼鳞状的坚硬盐壳。几十厘米厚的盐壳下面，是深达一二十米的结晶盐和晶间卤水。实际上盐壳是浮在水上面的。与32公里宽的盐湖路基相连的南北两岸，还有大片盐渍土和饱和粉细沙震动液化地段。盐湖及其两岸的这些地段，统统属于铁路建设上的特殊不良地质地段，它们的总长度将近92公里。

铁路能不能通过察尔汗盐湖？早在60年代，中国科学院盐湖研究所、铁道部科学研究院、铁科院西北研究所和铁道部第一设计院等科研设计单位，就组织专业人员深入盐湖，进行了长期野外考察和科学研究，从理论上肯定了在察尔汗盐湖上修建铁路的可能性。但是，铁路要顺利通过盐湖及其南北两岸，还有一系列技术问题有待进一步研究解决。

1974年，随着青藏铁路第一期工程恢复建设，盐湖特殊路基被列入青藏铁路重点科研项目之一和第一期的重点工程。数以百计的科研、设计人员和铁道兵某部指战员，先后来到察尔汗盐湖。

盐湖上，寸草不长，鸟飞不过，连空气也带咸味。盐对衣服、被褥和帐篷的腐蚀很厉害，用不了多长时间就变得像纸一样脆。胶鞋几天不穿就变形，新鲜蔬菜放在地上就能腌成咸菜。住帐篷，夏天热得像蒸笼，冬天冷得像冰窟。吃水要用汽车到五六十公里外去拉。尽管生活这样艰苦，大家却非常乐观，以艰苦奋斗为荣。

征服盐湖的战斗，是一场比意志、比勇气、比智慧的顽强战斗。

在盐湖南北两岸的饱和粉细沙震动液化地段，地层软似海绵，用竹竿往里一插，就是一两米深。稍遇震动，就变成小米粥一样的稀糊糊。

这段路基，要经受住火车通过时的强大震动，就必须加固基底。科研工作者决定往地下打挤密沙桩。就是用沙桩机把沙砾灌入地层里，铸成一排排沙柱骨架，使火车震动力分散到密实的沙柱上，消除因震动引起的液化现象。

国内没有挤密沙桩机定型设备，他们学习外地在淤泥里打沙桩经验，自制了四台门架式震动挤密沙桩机。但由于这里的地质条件不同，沙桩机的桩尖在往返挤压时，活瓣容易脱落。为了试制出适合这种地层的新桩尖，科研人员和铁道兵指战员齐心协力，废寝忘食地去攻克这个难关。经过不断改进，反复试验，他们终于研制出了三种新桩尖。这种新桩尖十分锋利，装在沙桩机上，能够像尖刀一样，直插地层深处。

胜利鼓舞了大家，工地上沸腾起来。各施工连队密切配合，开展了“一条龙”竞赛。打沙桩是“龙头”，汽车运沙是“龙身”，沙场装料是“龙尾”，首尾呼应，两次创造了月打万根沙桩的高产纪录。经过 10 个月的艰苦奋战，铁道兵部队提前 41 天完成了挤密沙桩工程。

闯过饱和粉细沙震动液化地段的难关后，盐湖北部边缘还有一段长 1.76 公里的溶洞区，又挡住了前进的去路。这一带，分布着数以千计的溶洞，铁道难以通过。

溶洞是由于盐湖北岸边缘渗入地下的淡水，在还没有变成饱和卤水之前，向上渗透，在岩盐上溶蚀成的。它的形状像一个倒放的喇叭，上小下大。要处理这些溶洞，必须先摸清楚溶洞分布情况。明洞好找，要找没有露出地表的暗洞可不容易。根据这种情况，他们就在岩盐层里“扎干针”,加密钻孔,这样一来把大的溶洞都找到了。

填补溶洞，是一件非常麻烦而细致的工作。对那些岩盐覆盖较浅的溶洞段，采取切除“脓疮”的根治办法把盐层全部挖掉，然后换填上卵石。有一段长600米的溶洞区段采用了“修补术”，将盐壳扒掉一层皮，见一个溶洞就用卵石灌满堵死。担负这项任务的某团十九连的战士们，穿上高筒水鞋，泡在腐蚀性很强的浓卤水中，手持钢钎铁棍，七八个人并排一行，像探地雷那样一寸一寸地向前探，再小的溶洞也决不放过。这个连的战士，就是用这种认真负责、一丝不苟的精神，用钢钎铁棍，在这段600米长的溶洞段，像梳头发一样来回“梳”了三遍，把所有的溶洞都找了出来，并加以处理。铁路终于闯过这一关，修到了32公里宽的盐湖上。

湖面那层盐壳硬得像铁板一样。根据试验，就地用盐块筑成的铁路路基，承载力更大，跑火车完全没有问题。可是，用什么办法把坚如花岗石的盐壳破碎，再用它筑成路基呢？

英雄的铁道兵专啃“硬骨头”。某团机械连几十台筑路机械一齐上阵。但推土机使出九牛二虎之力，只能在盐壳上刮出一道道白印。打眼放炮，一炮也只能崩一个鸡窝洞。指战员们又把推土机改装成松土机，效率提高了。可是，松出的盐块太大，筑成路基密实度不够，怎么办？连长蒲善业就到盐湖公路的道班去请教，他从养路工人的经验中了解到，对付盐壳，不能硬推，只能水攻。因为盐层遇到水，就会变得疏松。但是，盐湖上水贵如油，从哪里去找水呢？只好炸开盐壳取卤水。在那些日子里，盐湖上天天刮起五六级大风，卤水刮到战士们的脸上，皮肤立即红肿；溅到衣服上，就像刷了一层白漆。当战士们和大风、卤水打交道的时候，盐湖上恰好下了两场难得的及时雨，战士们抓住这个好时机，冒雨作业，连续奋战了七天七夜，把一段最难修筑的岩盐路基筑好了。

参加建设青藏铁路的铁道兵部队和工程技术人员，就是用这种顽强的革命精神，克服重重困难，把铁轨铺过了盐湖，创造了许多感人的事迹。他们的名字，将同雄伟的“盐湖铁路”一起，载入我国铁路建设的光荣史册。

1979 年 6 月 24 日

青藏铁路铺轨到西藏门户格尔木

青藏铁路的建设者于今天下午 2 时把钢轨铺到了第一期工程的终点站——昆仑山下的格尔木车站。

这条横贯青海省的铁路干线，东面与兰青铁路接轨，南面、西面、北面分别同青藏公路、青新公路和敦格公路相连，成为联结我国西南、西北边疆少数民族地区的交通大动脉。

青藏铁路从西宁到格尔木的线路，是从青海东部富饶的农业区

青藏铁路一期工程在格尔木举行通车典礼　王精业摄

穿过青海湖北岸的辽阔草原，横越被称为“聚宝盆”的柴达木盆地。青藏铁路对于发展青海的畜牧业和农业，特别是对开发柴达木的盐、有色金属、石油和天然气等丰富资源，提供了有利条件。这条铁路对于繁荣它所经过的青海省海北藏族自治州和海西蒙古族藏族哈萨克族自治州的经济，加快那里的社会主义建设，增强民族团结和巩固国防，都有重要作用。青藏铁路修到格尔木后，还使通过青藏公路运往拉萨的物资减少了40%的汽车运输里程，这对促进西藏自治区的各项建设事业也很有意义。

第一期工程铺轨完成后，铁道兵指战员还要建筑车站房屋、安装营运设备、通信信号以及其他附属工程。在此以前，这条铁路已逐段开始办理货运业务，并正在积极筹办旅客运输业务。

1979年7月28日

戈壁新城——格尔木

在柴达木盆地南缘的戈壁滩上，莽莽昆仑山下有一座新兴城市，这就是青藏铁路第一期工程的终点——格尔木。

格尔木，是随着祖国西北、西南边疆交通运输事业的发展而诞生和成长起来的一座新城市。从这里有青藏公路东去西宁，南通西藏，有敦格公路北达甘肃的敦煌，有青新公路抵新疆。国家民航总局还开辟了格尔木—西宁和拉萨—格尔木—兰州的空中航线。青藏铁路第一期工程铺轨到格尔木后，这座高原城市进一步成为联结青海、西藏、新疆、甘肃四省（区）的交通枢纽。

1949年前，格尔木还是哈萨克族、蒙古族等牧民放牧牲畜的草场。雪山、戈壁、盐湖把这里与外部世界隔绝，芦苇和沙柳丛生，野兽出没，风沙弥漫，乱石纵横，满目荒凉。

50 年代，修建青藏公路的筑路大军赶着大群骆驼，来到了格尔木。领导修筑这跨越“世界屋脊”的著名公路的是慕生忠将军。他带着大家在格尔木建设了第一座楼房，栽下了第一棵柳树，人们为了纪念这位创业者的功绩，把这座小楼命名为“将军楼”，把这棵柳树叫作“将军柳”。随着青藏、青新、敦格公路的通车，一批又一批建设者从祖国各地来到戈壁滩上安家落户。他们用辛勤劳动的汗水，浇灌着祖国这块荒凉而富饶的处女地。经过二十多年的开拓，今天的格尔木，已经建成一百多万平方米的房屋，在宽阔的柏油马路两边，种植了几十万株白杨垂柳，形成了“半城绿树半城楼”的、拥有 11 万人口的戈壁新城了。

如今，这里有 26 所中小学，6 家医院和 40 多个卫生所；设立了百货商店、银行、邮电局、书店、文化馆、影剧院、饭店和旅社；驻有为开发柴达木丰富资源和建设铁路服务的科研、设计单位和地质勘探队，兴办了装机容量 9000 千瓦的水电站和钾肥厂、砖厂、石灰厂、水泥厂、皮革厂、汽车修理厂等 30 多个小型厂矿企业；在城市近郊，建起了以知识青年为主的拥有几万亩耕地、生产粮食和蔬菜的国营农场。西藏自治区在格尔木设有汽车运输公司和后勤供应基地，从内地运进自治区的建设物资和人民生活资料，87% 经过这里转运进藏。

青藏铁路第一期工程铺轨到格尔木，这里的建设又翻开了新的一页。目前，国家正在格尔木以北几十公里的察尔汗盐湖上筹建一座生产氯化钾等产品的大型工厂，附近的其他丰富的资源也将逐步被开发利用。

1979 年 7 月 28 日

铁路修到“世界屋脊”

——记青藏铁路的建设者

王震副总理在担任铁道兵司令员的时候曾经说过，什么是铁道兵的最大幸福？就是把铁路修到喜马拉雅山，在祖国建成四通八达的铁路网。

为了在称为“世界屋脊”的青藏高原上修建一条铁路干线，把青藏高原和祖国内地连接起来，铁道兵某部艰苦奋战了六个年头。

现在，青藏铁路已经跨过青海湖北岸的茫茫草原，横贯浩瀚的柴达木盆地，铺轨到昆仑山下的新城格尔木了。

打通关角山

青藏铁路所经之处，不仅气候恶劣，地质情况十分复杂。从哈尔盖到格尔木的 600 多公里线路，有一半是修在沙漠和戈壁滩上；要跨越 32 公里宽的察尔汗盐湖以及盐湖两岸约 60 公里长的盐渍土和饱和粉细沙地段；铁路还要穿过我国目前海拔最高的一座长隧道。这些工程，有的是在我国铁路建设史上首次遇到，在世界上也属罕见。

巍巍关角山像一座天然屏风，横亘在天峻大草原和柴达木盆地之间，是通向柴达木的“东大门”。打通关角山长达 4006 米的关角隧道，因此成为青藏铁路第一期工程的“咽喉”。

关角隧道在 1958 年到 1961 年间曾经施过工，后因各种原因而停工封闭。因此，洞内积水深达 3 米，更给施工增加了难度。人们把凿通关角隧道，比作“从老虎嘴里拔牙”。担任隧道施工的铁道兵某部，从师长到团长，都轮流到工地蹲点。干部、战士们争着完成最危险、最艰巨的任务。

某团一营副营长苌根京患有矽肺病，上级不让他再进隧道。可是，为了摸清洞内情况，给制订施工方案提供依据，他第一个划着床板，带上手电，冒着洞顶不断掉下土块和石头的风险，进入又黑又深的隧道里去调查情况。

有一次，距隧道出口一百多米的地方突然发生大塌方。1500多方土块和石头从洞顶倾泻下来，把正在施工的127名干部、战士封堵在隧道里。狭小的洞内顿时烟尘弥漫，一片漆黑，呼吸十分困难。地下水排不出去，水位不断上升。在危急关头，跟班作业的八名党员干部立即聚集到一处，在漆黑的洞里开了一次紧急的支委扩大会。会议作出两项决定：一是做好思想政治工作；二是派人找寻横通道，组织同志们突围出去。

当时，横通道也被塌方堵死。许多战士争先恐后地要求承担打通横通道的任务。最后，党支部决定，由干部、党员和老战士组成突击组，承担这项最危险的工作。

新战士们也没有停止战斗。新战士多吉才让，在伸手不见五指的隧道内，摸着把施工工具一件件地收起来捆好。抽水机司机覃达树怕地下水泡坏机器，把100多公斤重的电动机摸着卸下来搬到高处。有人说：“死活还不知道，忙这些干啥？”他回答说：“就算我牺牲了，也要保护好机器，留给以后进来的同志使用。”

经过洞内洞外战友们近15个小时的奋战，终于在52米长的塌方体上部挖出了一条小小的通道。先让洞内的所有战士全部撤出险区，副营长吴德安、副指导员吴扬然等党员干部最后才从洞内出来。

在这样的干部、战士面前，还有什么艰难险阻不能战胜？还有什么高山、戈壁、沙漠、盐湖能挡住铁道兵前进的步伐呢？

技术专家们的心血

火车开过海拔 3680 米的关角隧道

在修筑青藏铁路第一期工程艰苦卓绝的斗争中，还有大批从事科研、设计工作的工程技术专家们。他们和铁道兵指战员一起，并肩战斗在工地上，为给子孙后代留下一条好铁路，倾注了大量的心血。

我国最大的盐湖——察尔汗盐湖，是青藏铁路第一期工程必经之地。这里有一处叫作饱和粉细沙震动液化地段，离地面 10 米以内都是粉末状的细沙粒，经过长时间盐水浸泡，结构松软，就像棉花包一样；受到震动，立即变成稀泥。别说火车过不去，就是人走在上面，稍一晃动，也会陷下去。

科研和设计部门经过大量调查研究，决定往松软的地层里打进几万根沙桩，灌入几万立方米的粗颗粒沙砾，以增强地层的密实度，提高承载力。

为了搞好这项试验工程，铁道部科学研究院铁道建筑研究所副研究员杨灿文，从北京赶到盐湖工地。4 月的盐湖，成天刮着六七级大风，夜里寒气袭人。年过半百的杨灿文和铁道兵的干部、战士们一起，住在帐篷里，过着同样艰苦的生活。白天，他迎着风沙上工地，亲自指导试验。夜晚，他在帐篷内掌灯熬夜，查阅国内外资料，研究施工中碰到的问题。他本来患有胃病，加上这里高寒、缺氧、干燥引起的高山反应，使这位老科学家的两眼渐渐深陷下去。

一天，吃罢午饭，杨灿文又发高烧，部队的医生急忙给他打针服药，要他好好休息。这时，有人报告工地上打桩机出了故障，杨灿文急忙从床上爬起来，一拐一拐地走到工地。团副参谋长王德安发现他站在打桩机前，劝他回去休息。杨灿文指着在“万丈盐桥”上来往奔驰的汽车，激动地说：“你看，公路上一天跑着多少辆汽车啊。人民在盼望着这条铁路，我们得加快速度呀！”

从 1977 年 4 月到 8 月，杨灿文在盐湖上度过了一百多个紧张的日日夜夜。他同其他科研人员、铁道兵指战员一起，胜利地完成了挤密沙桩的试验工程，在海绵般的粉细沙地层上筑起了一条坚实的铁路路堤。这项试验研究成果，受到全国科学大会的奖励，在我国铁路建设史上写下了新篇章。

铁道兵某团副总工程师陈孔安是 1975 年来到青藏高原的。他对全团负责施工的 120 多公里线路进行仔细踏勘和深入调查以后，发现有些地方的施工设计不合理，加大了工程量和投资。他决定向部队领导和设计部门提出自己的建议。

当时，正是“四人帮”掀起“反击”恶浪的日子。有人说：现在又在反“复辟”“回潮”了，你可得当心点啦。有的说：我们是施工现场的技术人员，只要按图施工就行了，何必为变更设计去担风险，自找苦吃?

陈孔安想，是的，照图施工，既省事，又不担风险。可是，能眼睁睁看着国家的大量资金被淹没在不合理的设计方案中而无动于衷吗？能眼看着战士们的辛勤劳动被白白浪费而不闻不问吗？他鼓励同志们说："我们多吃点苦，战士就会少吃好多苦；我们多担点风险，国家就会少花好多钱。"

为了把饮马峡车站的正线缩短46米，减少一座桥梁，少挖十万多土石方，陈孔安和同志们先后七次深入现场，反复测量、计算和比较，提出了一个比较经济、合理的方案。为了减少从红铁山到欧龙山一段原来设计得过于密集的桥梁和涵洞，在连续两年的雨季里，他带领有关人员冒雨守在工地，察水情，测雨量，向设计部门提供了第一手的可靠资料。为了缩短战士们铺路基底砟的运输距离，陈孔安同另一个工程师、一个实验员，背上铁筛、磅秤和资料袋，冒着风沙的扑打，忍受着烈日的炙烤，在戈壁滩上步行了八天，终于找到了一处离铁路最近的石砟场，使运砟距离比原设计缩短了12公里。

几年来，陈孔安和团里其他工程技术人员一道，提出了67项变更设计的方案，经部队领导机关和设计部门采纳后，共为国家节约投资180多万元。

青藏铁路第一期工程是科学与劳动、智慧与勇气、实事求是的态度与艰苦奋斗的精神相结合的结晶啊！

在黄沙滚滚的工地上，我们遇到一位两鬓斑白的老战士，他是指挥部的副总工程师孙仲彻。他从铁道兵组建时起，就参加了这支部队，为中国的铁路建设奔波了大半生。今年他已年满60岁，仍然精神饱满、兴致勃勃地战斗在风雪高原上。当我们称赞他的这种革命精神时，孙仲彻同志说："我要像一支蜡烛，燃烧到最后，把一生都贡献给铁路建设。"

铁道兵是一支为人民造福的英雄部队，他们正是发扬了这种可贵的“蜡烛精神”，用汗水、青春和生命筑成了通向“世界屋脊”之路，正在为青藏高原播种幸福，为少数民族地区增添繁荣，为柴达木送来春天。

1979 年 7 月 29 日

火车开进柴达木

柴达木，这个全国人民十分熟悉的名字，随着一条钢铁大动脉——青藏铁路的通过，将引起人们对她更多的关注。

打开“聚宝盆”

柴达木盆地就像一个椭圆形的盆子横躺在青藏高原的北部。它的四周，被终年积雪的昆仑山、祁连山和阿尔金山所包围，是我国三大内陆盆地之一。和盆地广漠、荒凉、单调的外貌相反，地下汇集着种类繁多、储量惊人、品位极高的金属和非金属矿产，被地质学家们冠以“聚宝盆”的美称。

提起柴达木的宝，首先要数盐。柴达木这个名字是蒙古语，翻译成汉语就是“盐泽”。盆地里共有 32 个湖泊，其中 24 个是盐湖。据地质部门探明，光是氯化钠（食盐）的储量就达 500 多亿吨。我们访问了开发历史最长的茶卡盐湖，盐厂党委书记杨永康告诉我们，这个盐湖面积有 105 平方公里，盐层的厚度为 8 到 15 米，含氯化钠达 95% 左右，从湖里采出后，只需简单冲洗一下，便可食用。经过 200 多年的开采，只不过在盐湖的西北部挖了一个角。而且已经采过的盐层，5 年后卤水又结晶成盐，长出新的盐层，真是取之不尽、用之不竭啊！

由于茶卡盐湖的资源丰富，开采容易，每生产1吨盐的成本只要5元多，比海盐、井盐、矿盐的生产成本要低得多。可是，过去没有铁路，全靠汽车外运，每吨盐运到西宁，运费就要花60元，比生产成本高出10倍以上。现在，青藏铁路已从盐湖北面经过，直接通到盐湖的茶卡铁路支线今年就可以通车。将来，火车的运费只相当于汽车运费的十分之一。轻工业部门已决定把茶卡盐厂的生产规模从现在年产30余万吨扩大到50万吨，以后再扩大到年产100万吨。

柴达木还有许多宝石山，锡铁山就是其中之一。这座山名为锡铁，实际上矿石含的是铅锌。锡铁山铅锌矿以储量大、品位高、矿体集中、埋藏浅、开采方便而著称。随着青藏铁路修到矿区，一个现代化的包括采矿、选矿、冶炼的有色金属联合企业，将在柴达木盆地诞生。

三个时代

柴达木，是蒙古族、藏族和哈萨克族居住的牧业区。少数民族牧民说，中华人民共和国成立30年，牧区的交通工具跨了三大步：1949年初期，是用骆驼和牦牛的时代，以后进入了汽车时代，现在又跨入火车时代了。

我们访问了盆地东部的天峻县。县革委会副主任索南杰同志对我们说：50年代初那几年，天峻县的唯一运输工具是牦牛，全县每年外运的上百万斤畜产品，靠牦牛驮出去。牧民和干部吃的粮食、用的工业品，全部用牦牛从200多公里外的湟源等地运来。一头牦牛只能载重100斤，往返要走一个月，还得有人跟着放牧、照料。

那时，全县的青壮年劳力，70%都投到运输上，根本无力发展畜牧业。1956年以后，牧区才有了公路，汽车代替了牦牛运输，节约了大批劳力，用来投入畜牧业生产。但公路里程长，汽车的运输量也有限，畜产品仍然不能及时全部外运，造成羊毛变质发黄，皮张变硬。特别是活畜运出更为困难。

“火车一到，这一切都开始改变了。”索南杰同志兴奋地说。1976年底，青藏铁路修到天峻草原，火车运来了廉价的砖、水泥等建筑材料，县里正在修建一座冷库，计划在今年内建成后，全县每年需外运的5万多头牛羊，就可全部在最肥的季节屠宰冷藏，然后有计划地用火车运出，仅减少损耗一项，每年即可增产牛羊肉三四十万斤，而且新鲜卫生，保证了肉的质量。索南杰在结束谈话时，向我们建议说:“牧区经济文化落后，一个重要原因是交通落后。铁路修通以后，草原上的新鲜事很多，你们去看看天棚公社吧。”

天棚公社就在铁路旁边。我们驱车在平坦的大草原上奔驰，看见一条条漫长、笔直的渠道，好像天上的银河降落在大地。今年天峻县遇到了1949年以来最严重的干旱，5月底牧草还未返青，但水渠流经的地方，却呈现出一片绿色，白云般的羊群，都跑到这儿来喝水、吃草。公社负责人说，过去全社只有一条水渠，自从铁路修到草原，火车运来了水泥和钢筋，从1977年开始，新修了3条干渠和许多支渠，共可灌溉3万亩草原。现在配套工程还没有全部完成，但今年已灌溉了草原1万亩，每亩产草量要比没灌溉的增加一倍以上。

离北京近了

“铁路把柴达木和祖国各地连接在一起，我们离北京近了。”柴达木人在谈起青藏铁路时，异口同声地这样说。

的确，伴随火车到来的是一派蓬勃的建设景象。在铁路沿线，新的城镇正在建设，新的工厂、学校、医院、商店不断出现。在海西蒙古族藏族哈萨克族自治州首府德令哈，火车站的货场上十分繁忙。这里整齐堆放着从东北、广东和金沙江林区运来的圆木，从甘肃、四川运来的水泥、沥青，从全国许多钢厂运来的各种型号规格的大批钢材。据青藏线新建铁路管理处统计，从 1978 年 1 月到 1979 年 4 月，火车已给这个自治州运来了工农牧业机械设备、化肥、建筑材料和生活物资 4 万多吨，运出畜产品、农副土特产品及食盐等共 3 万余吨。

青藏铁路第一期工程的终点格尔木，1949 年那会儿还是哈萨克族人的牧场，到处长着高高的芦苇和丛丛红柳。青藏公路通车后，才逐渐形成一个比较大的居民点。铁路西进，给这里带来了新的繁荣，如今，格尔木是连接青海、西藏、新疆、甘肃 4 个省（区）的交通枢纽，发展成了拥有 10 余万人口的戈壁新城。县委书记程步云说，火车没通以前，从内地运来一块砖，相当于买 3 斤面粉的价格，吃 1 斤蔬菜，要花买 1 斤肉的钱。国家每年在格尔木地区的建设投资，至少有一半花到了汽车运输费用上。现在火车到了，格尔木的建设步伐就要大大加快了。他还告诉我们，不少“老柴达木”原来想调回内地工作，现在看见铁路通车，柴达木大有发展前途，都安下心来，准备为开发柴达木贡献力量。

1979 年 7 月 31 日

青藏铁路开始客运

今天傍晚，横贯中国西北的柴达木盆地的青藏铁路上，第一列客车满载数百名牧民、农民和工人从德令哈车站出发，驶往青海省会西宁。

德令哈是海西蒙古族藏族哈萨克族自治州首府，也是柴达木盆地政治、经济、文化的中心。柴达木盆地面积 20 多万平方公里。

青藏铁路从西宁至格尔木全长 814 公里，目前客运旅程从西宁至德令哈段共 523 公里。预计明年全线就可以开办客运。

从德令哈到西宁，目前客运试运行时间约需 17 个小时，而乘长途公共汽车需要 2 天时间。

柴达木出产的丰富的盐类资源和毛皮等畜产品和现在源源不断地支援柴达木建设的各种建筑材料、机械设备以及生活物资等也用火车大量运出运进盆地。

1979 年 10 月 20 日

青藏铁路开进柴达木的第一趟客车　王精业摄

青藏铁路茶卡支线铺轨完成

青藏铁路茶卡支线，已在今天铺完了轨道。今后，柴达木盆地茶卡盐湖出产的著名青盐，将可用火车大量运出。

茶卡支线，从青藏铁路乌兰县境的察汗诺车站出岔，往南直达坐落在茶卡盐湖岸边的茶卡盐厂，全长 42 公里。

修建这条盐湖支线，主要是为了大力开发茶卡盐湖丰富的氯化钠资源。茶卡盐湖，是柴达木盆地众多盐湖中开发最早的一个，以产食盐为主。盐湖面积约 105 平方公里，盐层厚度达 8 ~ 15 米，含氯化钠 95% 左右，从湖中挖出的盐块，稍加冲洗就能食用。据有关部门初步勘探，茶卡盐湖的食盐储量有 4.5 亿吨，可供全国现有人口吃 100 年。

铁道兵某部从今年 2 月起来这里施工。他们集中力量打歼灭战，采用机械化作业，加快了施工进度，提高了铁路质量，尤其可贵的是争取了时间，做到当年施工，当年铺轨完成，当年就可以使用。

1980 年 11 月 30 日

茶卡盐湖盐场有机盐堆积如山

火车穿过戈壁滩
——格尔木开往哈尔盖的首次旅客列车运行记

1月13日，格尔木火车站像过节一样热闹。成群结队的少数民族牧民和开发柴达木的建设者们兴高采烈地从四面八方汇集到这里，准备乘坐由格尔木开往哈尔盖的首次客运列车，来一次幸福的旅行。

青藏铁路第一期工程西宁到哈尔盖早在1975年建成正式通车，哈尔盖到格尔木全长653.5公里，于1979年9月完成铺轨，近两年加紧建设收尾配套工程。格尔木是柴达木盆地南部的新兴工业城镇。在崭新的火车站里，我们访问了铁道兵青藏铁路新建铁路管理处副处长孙文藻。他说，为了满足柴达木各族人民早已盼望的乘坐青藏铁路火车的强烈愿望，铁道兵克服了许多困难，今天终于开行了临时客车，各族群众能坐上火车回家过春节和家人团聚，真是喜上加喜呀！

下午1点30分，682次列车从格尔木车站准时开出。火车在戈壁滩上飞奔，整个车厢充满了欢声笑语。我们在车上新结识了一位汽车司机，他叫于志辉，是1959年进柴达木盆地的。他激动地告诉记者，二十多年来，他的足迹几乎遍布柴达木盆地。他开车运过察尔汗的钾肥、大柴旦的硼砂、锡铁山的铅锌矿石、茫崖的石棉、木里山的煤、茶卡的盐。柴达木是名副其实的聚宝盆。过去由于交通不便，无法大力开发，如今火车开进来了，可给咱柴达木插上了金翅膀，为四化作贡献的时候到了，我决心在柴达木干它一辈子！

在第六车厢，我们遇到了青海省共和县石乃亥公社的二十多位藏族牧民，他们是刚从西藏游览朝拜回来的。一位叫桑青的生产队长高兴地说，中华人民共和国成立三十多年来，牧区的交通工具跨了三大步，咱牧民的日子越过越舒心了。明年，我还准备坐火车到北京、上海、杭州逛逛呢！

在这趟列车上，我们还碰见了三位藏族和一位蒙古族列车员。这四位生长在柴达木的少数民族姑娘，从来没有坐过火车，现在居然成了柴达木第一代人民列车员。她们自豪地说：“我们一定不辜负各族人民的期望，建设好柴达木，为四化贡献自己的青春。”

14 日上午 10 时许，682 次列车预期到达哈尔盖。

1982 年 1 月 18 日

妇女节前夕被誉为“青藏线上三朵雪莲花”的三名少数民族女列车员受到表扬

三八妇女节前夕，被旅客们赞誉为“青藏线上三朵雪莲花”的少数民族优秀女列车员刘惠芳、钱永红和图秀英，受到了铁道兵青藏线新建铁路管理处客运队的表扬。

藏族姑娘刘惠芳、钱永红和蒙古族姑娘图秀英，生在柴达木，长在柴达木，过去只是在电影中看见过火车的样子。自从火车开进柴达木，她们不但见到了，坐上了火车，更想不到的是，1981 年高中毕业后被招收到客运队工作，成了柴达木第一代少数民族列车员，姑娘们心里甭提有多高兴。

为尽快掌握业务知识，她们早起晚睡，专心学习。当班时虚心向有经验的同志请教，轮休日也在家里抱着书本看，只用一个多月时间，就把全部业务内容背得滚瓜烂熟。去年，客运队对全队 100 多人进行了三次全面业务考核，她们三人都获得优良成绩，刘惠芳每次都夺得全队第一名。她们三人虽然都能说一口流利的普通话、青海话和本民族语言，但想到柴达木是个多民族的地区，要为沿线旅客服务得更好，需要多懂得几种少数民族语言。于是，她们互教互学藏语、蒙古语，向别人学习哈萨克语的日常用语，几个月后，就能用新学的少数民族语言同旅客交谈了。

青藏铁路沿线地区平均海拔约 3000 米，冬季长达半年多，数九寒天滴水成冰。在这条线路上当列车员很辛苦，擦地板要用开水，厕所要及时冲刷，不然就冻结堵塞了。老式车厢里没有乘务员室，乘客一多，列车员就要一连站几个小时。三个姑娘不畏艰辛，一直兢兢业业地做好本职工作。每当车门一开，她们就站在门口迎送旅客，扶老携幼，帮助提行李。列车开动了，她们热情地用各种语言向旅客们宣传旅行常识，介绍当地风土人情，车厢内勤打扫、勤擦拭，始终保持清洁卫生，使她们工作的车厢成为温暖舒适的旅客之家。

千里行程一路春，不同民族一家亲。每当旅客们遇到困难时，这三名女列车员总是热情相助。有一次，钱永红和图秀英值班时，发现哈萨克族旅客则那里汗八十多岁的母亲患了重病，她们就细心地照料这位老妈妈，端来开水和热腾腾的饭菜，一勺勺地喂她。

三名列车员参加工作一年多来，进步很快，去年受到客运队的嘉奖，今年 1 月、2 月，又都被评为优秀列车员。

1983 年 3 月 6 日

青海省授予铁道部第一勘测设计公司第二勘测设计总队“精神文明先进单位”称号

铁道部第一勘测设计公司第二勘测设计总队科技人员，近几年在我国铁路建设中，以顽强拼搏、不断创新的精神，完成了勘测设计青藏、新（乡）菏（泽）、侯（马）月（山）等铁路中的 84 个科研和技术革新项目，降低工程造价 1 亿多元。他们承担的青藏铁路一期工程设计，去年被国家验收委员会鉴定为质量优良。最近，这个总队被青海省授予“精神文明先进单位”称号。

这支铁路勘测设计专业队伍中的知识分子工作积极性高，与总队党委重视落实党的知识分子政策有关。近几年，总队党委对在“文革”中及以前受到错误处分的85名知识分子逐个复查，平反；对申请入党的知识分子积极培养，这几年吸收了42名知识分子入党，占知识分子总数的10%；提拔67名优秀知识分子担任总分队及科室的负责人；为51名知识分子的农村家属解决了城市户口；先后调整了175名知识分子的住房；通过调入调出，解决了一部分知识分子夫妻长期两地分居问题。

总队的工人很尊重知识分子。去年，有一批职工从青藏线转移到新菏线工地时，几名青年工人将自己连夜排队买来的卧铺票让给工程技术人员，青年工人们说：“他们一到工地就要投入紧张的工作，让他们休息好，我们累一点心里也高兴。”

他们在各自的岗位上努力工作，工作出色，为祖国的铁路建设做出了积极贡献。

1985年8月9日

放歌青藏铁路

坐上火车去拉萨

2006年7月1日，世界屋脊上的青藏铁路正式开通运行，从此西藏结束了没有铁路的历史。十年间，带火了西藏旅游业，坐上“天路”列车去拉萨，成了风靡中外的一种时尚。

清晨我站在青青的牧场
看到山鹰披着那霞光
像一片祥云飞过蓝天
为藏家儿女带来吉祥
黄昏我站在高高的山冈
看那铁路修到我家乡
一条条巨龙翻山越岭
为雪域高原送来安康
那是一条神奇的天路
把人间的温暖送到边疆

从此山不再高

路不再漫长

各族儿女欢聚一堂

……

这首情深意浓、催人奋进的《天路》绝唱，我不仅喜欢听，也喜欢唱，而且只要音乐声起，我都浮想联翩、心潮澎湃，这是因为我与铁道兵有段不解之缘，与青藏铁路有段不解之缘。

据统计数据显示，2015 年，西藏接待国内外游客达到 2018 万人（次），旅游收入 282 亿元，分别是青藏铁路通车前的 11 倍和 15 倍；同年，青海接待国内外游客 2315.4 万人（次），实现旅游收入 248.03 亿元，分别是通车前的 3.6 倍和 7.3 倍，均实现了前所未有的增长与跨越。

对此，我这个在青海工作了 20 年的“老高原”，也感到欢欣与鼓舞。

我与青藏铁路有缘

1965 年 9 月，我从山东淄博奔赴青海格尔木，当了八年半军垦战士，历任连队排长、一团宣传股新闻干事、师部宣传科新闻干事，28 岁时被提拔为副团级师部宣传科科长。

1974 年 3 月，我被借调到新华社青海分社帮助工作，1975 年 8 月正式调入青海分社当记者，至 1986 年 1 月。1986 年 2 月，调到新华社青岛支社，历任副社长、社长，高级记者，直至 2005 年 4 月退休。

我在新华社青海分社从事记者工作 12 年，把大部分精力投入到了青藏铁路第一期工程、青藏公路黑色路面改建工程和格尔木至拉萨输油管线工程这三大“天路”的新闻采访报道上，也可以说是新闻界全面采访报道三大“天路”的记者，因为当时是新华社独家采访或公开报道格尔木至拉萨输油管线和青藏铁路第一期工程建设的媒体。我几十次到柴达木采访，四进西藏承担大型工程报道，在柴达木油田、盐湖、矿山、青藏铁路、青藏公路、格拉输油管线，以及高原地质勘探队和广大牧区草原，都遍布我采访的足迹。

特别是在37年前，我有幸参加了青藏铁路第一期工程哈尔盖至格尔木段建设的新闻报道，共采写对内外新闻报道四十多篇。

在持续五六年的时间里，我不仅仅历尽艰辛报道了铁道兵修建青藏铁路第一期工程的惊世壮举，更主要的是在铁道兵胜利完成青藏铁路西宁至格尔木第一期工程后，奉党中央和中央军委之命整建制转业这一历史性转折中，我所采写的数十篇青藏铁路的新闻报道和文章，无形中成了记录这支英雄部队最后辉煌历程的光彩一页。

我为能够奉献给英雄的铁道兵一曲永恒的赞歌而自豪。

1986年，我从新华社青海分社调到新华社青岛支社工作后，经常回忆在青海工作20年的方方面面，也时刻惦念着那条缓建的青藏铁路何时启动建设。

2001年6月29日，青藏铁路格尔木至拉萨段开工的新闻播发后，令我兴奋不已。身处沿海城市青岛的我，曾一度萌生重返青藏铁路采访的念头，但因事务繁忙，年龄也大了，没有如愿。

但是，我十分关注青藏铁路格尔木至拉萨段的建设情况，许多新闻报道我都反复读过，细细品味。

2006年7月1日，青藏铁路全线建成通车，不仅满足了高原各族人民的夙愿，也了却了包括我这名新华社记者在内的众多与青藏铁路有不解之缘的人的心愿。

争乘头班车进西藏

在青藏铁路通车前的一个月，应中共格尔木市委、市人民政府邀请，由留在格尔木的战友、全国劳动模范——青海瀚海集团董事长李和印鼎力支持，我们组织了山东知青40年重返格尔木的活动，无论在重视程度上、代表团规模上、活动的安排上，都是前所未有的，充分体现了当地政府和人民以及留在高原的战友对山东知青的关心和友情。

我们本想到格尔木活动三天后，再乘坐青藏铁路开通的首班列车，去拉萨一趟，这会为我们此次青藏行带来更大的喜悦和意义。可是，订购火车票却成了大难题，青藏铁路开通的首班列车车票根本买不到，之后也是一票难求，我们这个80多人的访问团订购车票就难上加难。负责我们旅行的青岛铁路国际旅行社费了九牛二虎之力，直到一个月后的2006年8月27日至9月9日，我们才完成了这次青藏行。

我是山东知青四十年重返格尔木代表团的团长。

此次活动引起新闻媒体广泛关注，山东电视台、青岛电视台、青岛广播电台、青岛早报、青岛广播电视报等派出八名记者随团全程采访报道。青海日报、西宁晚报、西海都市报、格尔木日报、格尔木电视台等媒体也派记者追踪报道。

2006年8月27日上午，青岛火车站广场成了战友汇集的海洋，他们与前来送行的众多亲朋好友热烈地交谈着，新闻记者穿梭于人群中忙碌地采访，其他的旅客都被这热闹的气氛感染了，纷纷投来好奇的目光。

8时45分，火车启程了。这些年过半百的战友早就把年龄抛在脑后，歌声笑语荡漾在车厢内，说不完的知心话、讲不完的老故事、叙不完的老感情，人人仿佛又回到了 40 年前十七八岁的年龄。沿途经过潍坊、淄博、济南，都有战友上车，所以一到这些车站，大家都主动下车迎接战友入队，那种战友重逢的纯真喜悦难以言表。

在经过几天几夜的长途跋涉后，山东知青 40 年重返格尔木代表团的 80 多名战友，于 8 月 30 日早晨 8 时乘坐的西宁至格尔木 909 次列车徐徐驶进格尔木火车站，列车还未停稳，重返故土的山东知青们按捺不住激动的心情，纷纷趴在车窗上，寻找熟识的面孔，寻找当年留下的串串足迹。都兴奋地高喊：格尔木——我们又回来了！

战友们对意想不到的隆重欢迎场面惊喜过望。留在格尔木的知青组成锣鼓、秧歌队，使格尔木火车站变成了欢乐的海洋。市政府秘书长前来欢迎我们，瀚海集团董事长李和印、格尔木市人民法院原院长石忠州、市工商联秘书长申国良代表留守格尔木的山东知青上前热情相拥，敬上青稞美酒，敬献洁白的哈达，整个车站人声鼎沸，激情回荡，老知青们见面后，泪流满面，诉不完别后衷肠。

青海军垦战友 2006 年 8 月回访格尔木纪念合影

青藏铁路，我永远爱你

2006 年 8 月 31 日，是我们山东知青代表团来到第二故乡格尔木的第二天，代表们在上午参观了市容之后，普遍感到在我们的记忆中几十年前那个建筑落后、市容较差的旧格尔木已今非昔比了。无论城市基础设施建设还是城市规模，都完全超乎我们的想象。我们当年在这里工作的时候全城只有两条正规路，路边也只有杨树，可现在道路纵横宽阔、绿树成荫、鸟语花香，城市布局也很独特，已经变成了一个令人耳目一新的城市。

尤其，这次我与八十多名战友重访格尔木，在离别二十多年之后再次来到青藏铁路线上领略天路的万种风情，别有一番滋味在心头。

2006 年 8 月 31 日下午，我们来到南山口火车站参观，这里是青藏铁路第一期工程和第二期工程的分界点，它见证了二十多年来青藏铁路格尔木至拉萨段缓建与建成的历史。我站在横跨铁路的大型拱门一侧，目视一辆从远而近的货车飞驰而过，我的情绪似打开闸门的洪水倾泻而出，我失声地哭了，扯开嗓子喊道："青藏铁路，我永远爱你！"

雪山草地，白云辉映

雪域高原是一个神奇的地方，千里青藏铁路线的神奇让人神往。

蓝天白云是雪域的一景。坐青藏铁路列车，西宁至格尔木段是夜间行车，而格尔木至拉萨段就是在白天行车了。在格尔木至拉萨途中，偶遇天空密布黑云，但多数是湛蓝的天，雪白的云，在内地见不到这样的好天气。

我们领略了黑云压顶的恐惧。突然天空大变，云忽高忽低，黑云团团聚来，有的翻滚、有的奔跑，瞬间黑云布满天空，密不透气，云像灌了铅，天似扣上了锅，大雨瓢泼而下，倾打在车窗上，让我们的心紧缩着，要是这样的天在野外，那才叫“上天无路，入地无门”，用两个字形容——恐怖！可是，我们在车厢里却没有这种感觉。

雨过天晴，在阳光的照射下，一幅蓝天白云的水彩画美轮美奂。在离天最近的地方，天空蓝得那么清澈，既高远又深邃。云是一片一片，一缕一缕的，时而如一条飞龙凌空而动，时而又变成各种鸟兽穿梭往来，不断变化出千奇百怪的造型。这里是如梦似幻的仙境，是充满神秘色彩的天堂。

美丽的青藏高原，湛蓝的天，雪白的云

雪山草原又是青藏高原的另一神奇。列车一会儿行驶在气势恢宏的高架桥上，一会儿又穿行于绵长的隧洞中，当上升到海拔4767米的昆仑山口，高耸的雪山，让人不禁为之放歌。万山之祖昆仑，绵延千里，冰封雪锁，仿佛玉龙横卧。6178 米的主峰玉珠峰巍然矗立眼前，在这里常能遇到闻名遐迩的昆仑六月飞雪。在青藏铁路西侧的当雄高原背后，是念青唐古拉山脉高峰集中区，四座 7000 米以上的山峰紧密相接，其中一座是主峰，周围还聚集着 30 多座 6000 米以上的雪峰，雪山美景，叹为观止。

青藏铁路横贯昆仑山和唐古拉山间的可可西里无人区，它被称为世界第三大无人区，荒凉、原始、生存环境严酷，但却充满生命活力。

青藏铁路拉萨河大桥到了，人们都兴奋起来。拉萨河大桥是青藏铁路重点工程之一，也是青藏铁路和拉萨市的标志性工程之一。大桥距青藏铁路终点拉萨火车站约两公里，距拉萨市中心约五公里，大桥全长 928.85 米，最大跨度为 108 米。大桥设计结构新颖，融民族特色与现代风格于一体，大桥通体为白色，连续的拱形犹如一条飞扬的哈达。造型优雅的桥墩，犹如盛开在河面上的雪莲。大桥与举世闻名的布达拉宫、拉萨火车站遥遥相望，成为圣城拉萨一道壮丽的人文景观。

伴随着《天路》优美的旋律，列车缓缓停靠在拉萨河畔的终点站——“日光城”拉萨。巍峨的布达拉宫就耸立在对面的红山上，金顶在夕阳下闪耀着光芒。

重返青藏高原：让我三次挥泪

常言道：男儿有泪不轻弹。

依我说：只是未到激情时。

我自信属于硬汉一类，有九年的青海军垦战士的磨炼和三十多年新华社记者生涯，所经历的艰难困苦不计其数，但一直不屈不挠，拼搏奋进，很少有望而却步甚至伤心落泪的时候。

然而，2006 年 8 月 27 日至 9 月 9 日，一次盼望已久、刻骨铭心的青藏高原故地重访，骤然改变了我的这一形象。当我们站在四十年前牺牲的战友王世新烈士的墓前，当寻找到三十多年前喜结良缘的洞房，当走近二十年前结下不解之缘的青藏铁路时，禁不住三次泪流满面。

虽然转眼六年过去了，时至今日回想起这段往事，眼眶还是湿润润的。

第一次挥泪：站在四十年前牺牲的战友王世新墓前

1965 年至 1966 年，山东 8000 余名知识青年，从黄海之滨、齐鲁之邦的青岛、济南、烟台、淄博、潍坊、德州、济宁、枣庄八大城市奔赴青海高原，其中青岛知青占到一半。那个年代，描写新疆生产建设兵团的电影《军垦战歌》感动了中国几代人，《边疆处处赛江南》《送你一束沙枣花》的美妙歌曲在全国到处传唱。在西去青海的专列上，一批又一批的军垦战士一遍又一遍地高唱这些红歌，可能他们中的不少人是受这些歌的鼓舞到青海去的。

青海为什么组建军垦，又为什么以招收山东知青为主？这在一些文件中得到了回答。1964 年 12 月 14 日，青海省人民委员会向国务院呈送了《关于设置农业生产建设师的请示报告》，报告写道："为了加强社会主义经济建设，解决粮食自给，巩固战略后方，我省拟设置农业建设师三万人（不包括家属），开发和利用以我省海西柴达木为中心，包括海北、海南一部分地区的可垦荒地和地下资源。"国务院于 1965 年 3 月 22 日，以（65）国农办字 91 号文，向青海省人民委员会作出批复："国务院同意你们开发海西柴达木等地区的意见，请立即着手进行规划。1965年先接受和扩建格尔木劳改农场，办好基点，为今后进一步开发做好准备工作……”批复还说：“农场工人来源，主要是安置退伍兵和城市青年……”青海省生产建设兵团筹建处从1965年8月开始，就组织了赴山东工作组，在山东省人委领导下和济南、青岛、烟台、潍坊、淄博、济宁、德州、枣庄八个城市“安置办公室”的组织下，全面展开了招收城市知青工作。当时青海省生产建设兵团除了接收部分西宁知青外，百分之九十八的知青来自山东。

青海省生产建设兵团几经易名，先后改为中国人民解放军生产建设兵团农业建设第十二师、兰州军区生产建设兵团农建第四师、青海省农建师、青海省格尔木农垦总场、青海省格尔木农垦（集团）有限公司。

自20世纪70年代末，山东知青陆续离别高原回到故乡，战友们始终忘却不了曾经燃烧过激情也留下不少酸甜苦辣的那片故土。40年前来到柴达木的时候，有不少人仅有十六七岁，而如今已近花甲之年。随着时间的飞逝，战友们倍加珍视在特殊年代和特殊环境中凝聚成的军垦战友情。每逢相聚时，大家无论从事何种职业、无论状况如何，只以戈壁战友相待，显得无拘无束无隔阂，这种情感甚至在我们的后辈中传承。多年来，山东知青们通过各种形式回访第二故乡柴达木，到格尔木、马海、大格勒等故地重访，感慨良多。

当火车缓缓进入淄博车站的停站台时，我透过车窗看到了等候在站台上的十几位老战友，其中有我原来一个连队的路厚俊夫妇，他俩身旁还有一个六十开外的女士，正急切地向车窗内张望，我一眼就认出了那是王世兰，她没有参加军垦，但她的弟弟王世新是我们一个连队的战友，不幸的是王世新在40年前因公壮烈牺牲，成为青海军垦的唯一烈士，永远留在了戈壁滩上。

我连忙下到站台上，紧紧拉住王世兰的手说 ：“还让您跑来车站一趟。”她动情地说 ：“我不来哪行呢，你们这次重返格尔木，要到我弟弟世新的墓地上去祭奠他，我们全家人都非常感激，谢谢，谢谢。”同时，王世兰还告诉我，她已委托路厚俊带了一些烧纸，到她弟弟的墓地上烧烧，还委托路厚俊从弟弟的墓地上带些土回来，以寄托亲人的哀思。火车开了，我看到王世兰的眼里含着泪花，她在站台上挥手目送我们远去。

随着火车隆隆的奔跑声，我的思绪回到了 40 年前。1965 年 9 月 16 日，我们几百名淄博战友踏上去青海的征程，17 岁的王世新成为这支队伍的年轻一员。到了建设兵团后，王世新工作积极，乐于助人，很受大伙的喜爱。我曾在一团六连后勤排当过排长，王世新是马车班的副班长，我们一起到戈壁滩上拉石块的时候，他还教我如何甩鞭子，怎样驾驭马车。他虽然不善于言谈，但一说话就脸上挂笑。

1967 年 1 月 12 日，本是再正常不过的一天，却成了王世新永远告别战友、告别家乡、告别亲人的不幸日子。

这一天，该他轮休，但一向闲不住的他一大早就去帮战友喂马，并主动帮忙送货。当马车赶到公路上时，路边驶过的拖拉机刺耳的响声使马受了惊。这时，王世新只要从马车上跳下来就能保住自己的性命。但当他看到马车前方有行人，不远处还蹲着几个专心玩耍的孩子时，他使劲拽着马朝旁边跑去，疯了似的烈马狂奔进了一条小沟，王世新从马车上重重地摔了下来。年仅 19 岁的王世新就这样将自己的身体与格尔木的土地融为一体，也将他的梦想永远留在了格尔木，成了第一个长眠于此的山东知青。王世新牺牲后，《青海日报》和《淄博日报》都做了长篇报道，他还被国家内务部授予烈士称号。

2006年8月，张荣大团长率青海军垦八十多名战友重访格尔木，专程到王世新烈士墓祭奠

我是这次山东知青40年重访格尔木代表团的团长，我的责任除了千方百计保障80多名60岁上下的战友此行的安全健康外，还要组织好一些活动，让战友们感到不虚此行。祭奠王世新烈士就是主要活动之一。战友们离开青海大都20多年了，也就是说，战友们已经20多年没有到王世新的墓上去祭奠他了。

凭我的记忆，我想起当年《青海日报》记者王均旺曾采写发表过一篇长篇通讯，于是我四处搜集这张报纸，好带到墓地去祭奠王世新。我托老同事新华社青海分社的高级记者王精业到青海日报社查寻，但报社的资料室正在维修无法查找。我又托淄博日报的高级编辑陈东升，请他帮助去报社资料室查找，也同样无果。我最终想到了家在淄博市博山区的王世新烈士的姐姐，我断定她肯定会保存这些资料，于是通过战友张荣金和张敬山千方百计查找，终于在王世兰家拿到了当年《淄博日报》刊载的长篇通讯《毛主席的好军垦战士——王世新》和烈士证书的复印件。

大家到格尔木宾馆安顿下后，我们便急切地要到王世新墓地去祭奠，瀚海集团派了辆大客车送我们，不仅我们六连的战友都去，一团其他连队的战友也要同行，因为公墓里也有他们连队的战友埋葬在那里。

半个小时后，我们来到了老连队的所在地，这儿已经找不到当年的感觉了，自从知青撤离返乡后，几十年前修建的房子已显得破旧，里面住进了从青海东部迁来的移民，此处再也难觅当年军垦情景。此时此地，令人心里酸酸的。

战友们大都 20 多年没来这里了，从什么地方去墓地，已经很生疏了，有两个十来岁的孩子自告奋勇给我们领路。走过我们当年曾经劳作的一片片庄稼地，翻过当年我们曾经放水浇地的一道道沟渠，便来到了一片沙柳包前，这里可能有相当长的时间没有人来过，你看脚下松软的细沙坡上连个脚印都看不到，足以说明这里已是被人遗忘的角落。

在翻过一道高高的沙梁之后，眼前出现了被称为“花果山”的一大片洼地，映入眼帘的是 20 多个坟墓，战友们的心情顿时沉重起来。

王世新坟墓的下半部是用砖砌成的，坟头的土填埋得比较高，而立在坟前的那块水泥墓碑已经破碎，只剩下几片压在坟头，上面还能认出几个字。

我含着眼泪将当年登载王世新烈士事迹的《淄博日报》和烈士证书复印件郑重地放在坟前，战友们把鲜花、点心、糖果以及从山东带来的烧纸、青岛啤酒一一摆在坟头，全体一字排开，举行悼念仪式。

我代表战友们讲话，刚说了一句“敬爱的王世新烈士，你在这里已经静静躺了几十年了，你的几十位老战友今天专程从山东看你来了……”话还没有说完，我已经泪水纵横，呜呜地哭了起来。

战友们也哭声一片，哀伤的气氛笼罩在墓地上空。大家肃立在烈士墓前不停地拭泪。点燃的烧纸烟灰在坟墓周围飘绕。

路厚俊没有忘记王世新姐姐的嘱托，抓起一把把坟头的沙土用布精心包裹了起来。

仿佛是我们的悲伤感动了苍天，很少降雨的戈壁滩上突然阴了天，下起了雨，战友们又情不自禁地再次挥泪，都发自内心地祈祷：长眠于此的战友们安息吧，山东老乡永远会惦记着你们，今后还会不断有战友千里迢迢来看你们。

我随后拨通了远在北京连队的老指导员卢虎的电话，向他报告了悼念烈士的情况，因为他也非常关注我们此行，说话也有些哽咽，并一再嘱咐我们要向农场领导反映将破碎的王世新烈士的墓碑修好。

公墓里不仅埋葬着王世新烈士，还有一团各连早逝的战友。畜牧连的张繁林到山上放牧时因病死亡，十连的徐行军在拉麦捆时翻车后身亡，刘振清在去格尔木市区办事途中意外身故。长眠于格尔木这片土地的还有一团六连的倪秀云、于秀兰、张金华，一团八连的谢治娟、冯玉秀等 12 位山东知青，以及与知青曾经并肩战斗也已故去的几位转业军人。大家也在他们的坟头上压上了祭奠的烧纸。

第二天，我们受邀到原一团团部回访，这里已改为格尔木农垦集团河东分场，我代表战友们向这里的领导提出了修复王世新烈士墓碑的事，他们爽快地答应并保证，一定尽早修复，来年的清明节还要组织群众扫墓。我们几十位战友齐刷刷地站起来，含着泪共同向他们敬了一杯酒。

第二年的清明节，从格尔木传来消息，王世新烈士的墓碑已修复好，人们还前去悼念王世新烈士和已故的战友，让我们惦念的心放了下来。

第二次挥泪：寻找到三十多年前喜结良缘的洞房

人生的阅历，是人生经历的浓缩，而用来书写人生阅历的是人生磨炼这支笔。

磨炼如同风雨过后天空出现的一道五光十色的彩虹，磨炼又如同大浪淘沙后凝成的圆润光泽的珍珠，人生需要磨炼，如果没有磨炼，哪会有精彩？

青海军垦的山东知青经受住了三大磨炼：

一是历经高原缺氧气候的长期磨炼，造就了他们面对艰难困苦的承受能力和一往情深的军垦情谊。

青海位于“世界屋脊”青藏高原的东北部，是我国五大牧区之一，这里海拔高、缺氧、寒冷、干旱、风沙大，多数地方海拔在3000米以上，人们在这里工作，就如坐飞机生活在高空。冬季长达半年之久，六月飞雪是经常的事。风沙之大，也为许多地区所罕见，有人形容说：“一年一场风，从春刮到冬。”

地处青海省西北部的柴达木盆地，是我国著名的四大盆地之一，海拔在2600米至3000米之间，面积约24万平方公里。盆地以蕴藏丰富的湖盐、石油、天然气等矿藏而著称于世，但人迹罕至的荒漠与苍凉也令局外人望而生畏。犹如古人“大漠孤烟直，长河落日圆”的名句，“戈壁、荒漠、丘陵、孤烟”，可谓是对柴达木地貌环境最生动形象的写照。

对待柴达木的切身感受，会因时间的长短而大不相同。那些短暂前来旅游探险的人，或惊呼这里是一个绝佳地域，大有不到盆地非硬汉的感叹。然而，对于在这里工作和生活十几年甚至更长时间的人，那就是一种与艰难困苦不停地抗争、胜者方为强者的精神。

八千多名山东知青为柴达木的开发建设奉献出了青春年华。他们无愧为强者，少者在柴达木十年八年，最多的三十年左右，而少数的战友至今还在青海工作和生活，长达46年之久，有的下一代又留在这块地方，可谓献了青春献子孙。甚至有人像王世新烈士那样，把最宝贵的生命永远留在了这块土地上。

正是因为历经艰难困苦，军垦战友非常珍惜两点：大苦不倒，知足常乐；患难之交，越交越亲。现在，军垦战友五年一大聚，一年一中聚，有的月月一小聚，成了晚年生活的一大乐事。

二是历经戈壁大漠务农的长期磨炼，培养了青海军垦战士的务实精神和实干作风。

当时，青岛军垦的大本营在格尔木，一团在河东，三团在托拉海，工程团在小岛，二团在离格尔木市区约300公里的马海，独立营在大格勒，离格尔木市区约100公里。

在高原的那些难忘日子里，从来没干过农活的支边青年，却成了干农活的行家里手。春天，战友们起早贪黑，翻地、平地、播种；夏天，披星戴月浇水、锄草、田管;秋天，收割、打场、储存;冬天，积肥、备耕。

有了这段不寻常的经历，战友们在离开高原回到故乡后，又从头做起，有许多战友逐渐显露出自己的长处，各行各业都出现了不少人才。而大多数在企业工作的战友，普遍反映很好，给军垦人长了脸。

三是历经家庭生活的长期磨炼，青海军垦战士家庭持久和睦者众多。

我们参加军垦时，当时从人员编制上很有长远打算，招收的战士一半是男的，一半是女的，一个连队分四个排，一个排各有男女两个班，真应了“男女搭配干活不累”的俗话。那时候许多战士年龄小，还没有体会到这是为了今后成家立业和扎根边疆的需要而特意这样做的。不过当时招兵的人也有个许诺，到军垦后，一年评工资，两年允许探亲，年龄大的三年后可以结婚。但是除了两年后陆续允许探亲外，其他两条兑现遇到不少困难，以致后来，不少人闹着要回山东。

最终，人们在青海干了一二十年后，国家又根据形势的发展和广大军垦战士的愿望，安置他们回到了阔别已久的故乡，不同的是，当初是单身去青海，后来是绝大多数战友成双成对组织了家庭，都有了自己的下一代。战友家庭大都已组成三四十年了，与社会相比，当属家庭稳定型，这与夫妻之间有共同经历、共同语言、共同兴趣密切相关，这些都是家庭稳定的润滑剂。

我是在格尔木结婚成家的。1971 年冬天，我随师政治部主任郭健去马海二团蹲点，遇到了团后勤股股长陈方亭，他是参加抗美援朝上甘岭战役的副连长，立过不少战功。我参加青海军垦，是他把我们连队的上百名战友从淄博带到青海，随后他又被调到马海二团工作，我们已经六年多没见面了。他问长问短，还问我有没有对象，结婚了没有，问得我脸通红。无巧不成书，就是这一次见到老领导，他成了我与修奎敏相识、相爱、成家的红娘。1972 年八一前夕，我们结婚成家。

1974 年我被借调到新华社青海分社，1975 年 8 月正式调入新华社当记者。1983 年 4 月，我考入了新华社干部进修学院，后改为中国新闻学院。在上学前，我曾担心爱人会有意见，我们结婚 11 年，身边还有两个孩子，她为了支持我当好记者，做出了很大牺牲。三年前才调到一起，现在又要分离。我爱人理解我的心情，她说："你放心地去学习吧，家务事我一个人可以承担，别辜负了组织上对你的关心，希望你更有出息。"

上小学二年级的女儿也天真地对我说："爸爸，你上学，我也上学，咱俩比赛，看谁能考100分。"

在两年的大学学习中，我没有辜负组织和亲人的期望，踏踏实实地充了两年电，十七八门功课以平均每门课88分的成绩毕业。在这期间，还与张万象、马集琦同志合著了《祖国的聚宝盆柴达木》一书，与褚言义同志合作主编了《自然王国探奇》一书，分别由四川人民出版社和浙江人民出版社出版。

2006年8月31日，我们重访格尔木代表团全体战友来到原来的师部参观访问，这是当年我们在格尔木的娘家，现在已改名为格尔木农垦集团。我曾在师部工作过三年多，我对那里的一草一木、一房一屋都比较熟悉，草场、礼堂、各科室、家属院，都装在我的记忆中，尤其当年结婚时那间凭着双手装饰的新房更是记忆犹新。我想重温一下我曾工作过的环境，更想找到我当年结婚的洞房。

可是，当我们来到老师部，记忆中的布局已不复存在，师部机关大院的老平房办公室早已拆除，还盖了一幢小楼和一片平房。我也只能根据当年的记忆，说出各个老办公室的方位。原来师部机关大院和家属大院是一前一后相通的，现在怎么看不到家属大院的踪影，莫非早被拆掉了？那我寻找结婚洞房的梦想就破灭了。

当我得知老家属院就在机关墙后还保存着并且有人住时，我与爱人急切地跑出机关大院，从旁边的一条小路进入家属院，内心的激动早已写满了脸庞。

"这就是我们当年结婚的地方。走，去看看我们的洞房还在不在。"话没说完，我俩的泪水已夺眶而出。

两只手紧紧相握，强压着心头的激动。

重访青海格尔木，找到三十年前与爱人结婚的洞房

“就是这里，荣大，就是这里。”我的爱人首先认出了当年我们结婚的洞房。我们激动地跑了过去，主人正好在家，他们是格尔木日报的记者，应该说是我的同行。

当我们说明了来意，女主人热情地请我们进屋。

“我们的床当时就放在这个位置。”爱人修奎敏对我说。她的泪水像断了线的珠子，掉在了我的肩头。

我和单承，分别是师部宣传科的新闻干事和宣传干事，两人的宿舍原是个套间，他在里间，我在外间。我要结婚了，当时住房紧张，就将中间的门堵上，各自成了独门独户。

那时结婚不兴大动土木，说实在的也没有讲排场的条件，只是粉刷了墙壁，糊了花纸顶棚。同时，我利用半个月的业余时间，将原来十多厘米厚的一层地面挖掉，又从外面用盆子端来比较好、比较黏的土，撒一层，用木锤子砸一层，一块一块地挖填，又一层一层地砸实砸平，平展，光滑，新房告成，看起来挺带劲。

1972年八一前夕，我们在师部礼堂举行了结婚仪式，用她家寄的60元钱和我家寄的80元钱请了几十个战友，算是把喜事办了。到如今已经三十多年过去了。

“我清楚地记得，结婚那天家里什么也没有，把我们两人的被子抱在一起就算是一家人了。我们俩的箱子摞在一起当桌子用，又用土坯砌了一个小灶台……”

又一次哽咽，我们紧紧地拥抱在了一起。

找到了当年结婚的洞房，此行的梦圆了。我们在那段艰苦的岁月相恋，是真正的患难夫妻。三十多年来，虽然也有许多坎坷，但我们始终能够相扶相伴，不离不弃，我想这正是那段岁月给予我们的财富。

第三次挥泪：重返二十年前结下不解之缘的青藏铁路

五年采访，我与铁道兵结下了不解之缘。这支英勇善战和为人民造福的英雄部队，在解放战争、抗美援朝和新中国建设事业中，屡屡立下不朽的功勋。他们也为修建青藏铁路立下了汗马功劳。

一晃几十年过去了。

我国历经二十多年的改革开放，各项事业都得到了长足发展，尤其西部大开发正一浪高过一浪，作为西部大开发的又一项标志性工程的青藏铁路，终于在2001年6月29日开工，令我兴奋不已。

2006年8月31日下午，我们来到海拔3080米并于1984年启用的南山口火车站参观，虽然这座小站毫不起眼，但六年前，青藏铁路格拉段开工典礼就在南山口隆重举行，可谓风光无限。

在南山口车站往西南几百米处，路轨两侧高矗的铁架支起一个巨大门匾，上书“青藏铁路新线起点”八个大字。这里是青藏铁路第一期工程的终点，也是青藏铁路第二期工程的起点，可以说是名副其实的青藏铁路进藏第一站，从此铁路列车将驶离格尔木，向西藏挺进。望着急驶而过的列车，我又一次热泪盈眶。

9月2日早晨，我们乘坐青藏铁路列车奔赴圣城拉萨，享受了一次朝思暮想的愉快旅行。

关角隧道话今昔

青藏铁路从青海西宁至西藏拉萨，全长1956公里，中途要穿越青海境内海拔3700米、全长4006米的老关角隧道。出隧道之后，还要再盘山而下，在直线距离仅有25公里的峡谷内，劈山架桥，迂回筑路，转了7个“S”形弯，使铁路拉长到38公里，标高降低800米，此关角隧道与关角沟线路成了青藏铁路第一道险关。

由于老关角隧道底部地层中含有大量遇水膨胀的绿泥岩、蒙托石等，1978年老关角隧道通车后，不断出现整体道床开裂上膨现象，不到两年道床就抬高了300毫米，而且水沟破裂，边墙脱落变形，拱顶裂纹掉块，局部边墙侵蚀等病害，威胁行车安全。虽经多次病害整治，但仍然无法根治。因此，老关角隧道又成了青藏铁路运输的一大瓶颈。

废弃老关角隧道，另建新关角隧道，势在必行。

在青藏铁路通车一年零五个月后的2007年11月6日，新关角隧道全面开工建设，总投资26.4亿元，设计为两座平行的单线隧道，设计速度为每小时160公里，两线间距40米，计划2013年12月10日隧道全部贯通，2014年6月30日调试完成并开通天棚至察汗诺区间电气化。全长32.6公里的新关角隧道，使原来线路缩短36.837公里，缩短行车时间两个小时。这条新关角隧道，被称为中国第一长隧、世界在建第一长隧、世界高海拔第一长隧。

在新关角隧道近六年的艰难施工中，中铁十六局集团有限公司和中铁隧道局集团有限公司做出了巨大的努力，这支当年的铁道兵部队以“不畏艰险、勇攀高峰”的豪情壮志，与高寒缺氧斗、与超强涌水斗，克服了资金紧张等重重困难，修建了高海拔、高质量、长距离的新关角隧道。

英雄的铁路建设者，力克四大难关：一是在平均海拔 3600 米、隧道内十分缺氧的情况下，实行蚂蚁啃骨头的战术，采取小组轮流上掌子面作业，20 分钟左右换一次，工程进展顺利；二是顶住全管段日最大 32 万立方米强涌水，平均每天抽排水 15 万立方米左右，相当于每天抽排一座小型水库的蓄水量；三是灵活运用帷幕注浆、径向注浆、顶水注浆等施工工艺，采用一些新材料、新工艺，确保了注浆止水效果，对保护高原地下水起到了重要的作用；四是采用五台阶 + 扩大拱脚与临时横支撑方案施工，制服新关角隧道正洞进

青藏铁路新关角隧道开通

口550米风积沙层段，防止贫水区风积沙的溜滑。

虽然老关角隧道与关角沟线路将退出历史舞台，但是当年铁道兵部队和科研人员修建老关角隧道的业绩，将永载青藏铁路建设史册。

我在新华社青海分社当记者期间，曾于1977年至1983年奔波在青藏铁路第一期工程施工现场，关角隧道是经常去的地方，英雄的铁道兵那些“虎口拔牙”的惊险战斗场面，不屈不挠的奉献精神，至今历历在目，难以忘怀。

早在1958年到1961年，铁路工程局的职工曾在关角凿过一段隧道，工程进尺仅干了三分之一。后来，因为国家遇到严重的经济困难，工程被迫下马，已经开凿的一段隧道只好封闭起来。整个隧道共遇到10条断层带，岩石破碎，塌方频繁。施工过程中，先后发生大小塌方130多次。

今天，全长32.6公里、苦战6年的新关角隧道，横空出世，又树立起一座更高的丰碑！

电报发稿凝深情

1979年6月23日，青藏铁路胜利铺过我国最大的盐湖——察尔汗盐湖。盐湖上修建铁路困难重重，为攻克这些难题，科技人员进行了长期的研究、实验，为此付出了辛勤的劳动。担负施工任务的铁道兵在“天上无飞鸟，地上不长草”的茫茫盐湖上，睡帐篷、住盐屋、斗风沙、忍饥渴，付出了巨大的辛劳。他们的事迹可歌可泣。

如果仅仅发一篇《青藏铁路跨过察尔汗盐湖》的消息稿，虽然基本上把情况交代清楚了，但美中不足的是，它难以记载几年来铁道兵指战员和科技工作者的奋斗精神，难以反映出盐湖上修筑铁路的壮丽画卷，因此我决定再撰写一篇《察尔汗盐湖架“彩虹”》的通讯稿，这样就能够与消息稿相互衬托，给读者更大的阅读视野，更多的新闻感受。

在整个青藏铁路第一期工程建设中，我采写报道青藏铁路的对内对外新闻稿三十多篇，其中今日新闻就有十四五篇。因为当时都是到现场采访，要亲眼看见铁路修过察尔汗盐湖的实况，然后才动笔写稿，所以就要花费精力和时间。消息稿简练，不费多大力气就写好了。但是，通讯稿要讲究真实生动，情节感人，撰写就需要下一定的功夫。我几乎是通宵达旦写作然后不断修改，直到第二天接近中午时才拿出了 2600 字的稿件，自我感觉比较精彩。

700 字的消息稿和 2600 字的通讯稿写好了，又碰到了发稿难题，采取什么办法才能将稿件发回新华社青海分社呢？新华社新闻稿的发稿流程是，记者采写的新闻稿件首先发回分社，经过分社采编主任修订签发后方可发往总社，再经总社国内部有关编辑室编辑，最终经发稿负责人阅改签发，才能向国内外发出新华社新闻通稿，供各新闻媒体采用。

问题在于，怎样尽快把稿件发回青海分社。那时通信不发达，格尔木有文字传真设备的单位极少，就是有也是单位自成体系的内部专线传真，一般不对外，根本无法将稿件发到青海分社。邮电局也没有传真业务，只能通过长途电话和发电报的形式将稿件传到青海分社。

新闻要讲时效，必须争分夺秒，最好是今日新闻今日发，这才被称为今日新闻。虽然盐湖两篇稿件由于采访与写作经历了一个过程，由今日新闻变成昨日新闻，但在当时也算时效性比较强的新闻了。

最后我选定到邮电局去发稿。

记得 37 年前的 1976 年 1 月 8 日，我们敬爱的周总理积劳成疾，不幸逝世，震惊了全中国各族人民的心。

当时，管线建设如火如荼，恰好我正在青藏高原格尔木至拉萨输油管线建设工地采访。周总理逝世的悲痛消息迅速传到千里施工线上，近两万名人民解放军指战员、工人和工程技术人员无不失声痛哭。人们不仅仅为失去了一位深深崇敬的伟人而悲痛，还因为他们正在夜以继日建设的格拉输油管线是周总理亲自批准建设的项目，就在工程施工进入关键和高潮的时候，周总理却永远离开了我们，指战员们怎能不悲上加悲呢?

指战员们不会忘记，1972 年 5 月 30 日，周总理作了修建格拉输油管线的批示，按照周总理批示的日期定为“五三〇”工程。周总理亲笔批示说:“拟先定第一期工程，请计委列入计划，今年勘查，明年施工，后年建成。”中央一些其他领导同志也先后对工程作了十多次重要批示，周总理等中央领导始终关心着这条输油管线的建设，给建设者以极大的鼓舞。原计划是修建地面的格尔木至拉萨输油管线，后来根据需要又决定修建地下输油管线，难度和工期就加大了。中央和周总理批准修建格尔木至拉萨输油管线，主要是从有利于加快西藏经济建设、巩固西藏边防和提高西藏人民生活水平出发的。原来西藏每年需要的大量燃料油，全靠汽车往返数千里运到西藏各地，仅汽车本身在路途所耗费的油料就占到 30% 左右，修通格拉输油管线就从根本上解决了燃料油运输难和耗费大的问题。

指战员们更不会忘记，在党中央一声令下，解放军总后勤部所属部队的近两万名指战员和工人、民工、工程技术人员，肩负着党和人民的重托，满怀对西藏百万翻身农奴的深情厚谊，从祖国四面八方齐汇青藏高原，从此“世界屋脊”沸腾起来了。我国第一条高海拔、长距离、可输多种成品油的输油管线，是继川藏、青藏公路之后，征服“世界屋脊”的又一曲嘹亮的凯歌，在悼念周总理的日子里，我采访了工程建设指挥部党委的一些领导同志，他们的心情格外沉重，他们说 :“我们是肩负着党中央和周总理的重托来到青藏高原修建格拉输油管线的，为了带领近两万名指战员在高原站住脚、扎下根，工程建设指战部党委一上高原就向全体建设大军发出了‘树雄心，立壮志，认识高原，征服高原’的战斗口号，鼓舞了全体官兵战天斗地的士气。经过几年的艰苦奋战，工程已取得了重大进展。万万没想到，工程还没有最后完成，周总理却与世长辞。许多指战员失声痛哭，悲痛笼罩着千里施工线。工程指挥部立即召开会议，认真严肃地研究如何加快修通格拉输油管线，各个常委一致表示，一个领导深入一个泵站，不搞好泵站建设决不下山，以最实际的行动悼念敬爱的周总理。”

各施工部队悼念周总理的活动开展得更是深入。担负修建输油管线通信线路的通讯大队，指战员们分布在各个艰苦施工地段，他们刚开始六个人抬一根杆，四个人扛一盘线，之后四个人抬一根杆，两个人扛一盘线。总理逝世的消息一传到部队，指战员们拼命干活去冲淡痛苦，许多人累得跌倒了再爬起来，昏过去醒了再接着干，他们表示决不拖“五三〇”工程的后腿，为早日通油拉萨做出贡献。担负输油管铺设任务的某部一五四团的指战员，他们将输油管埋到一米多深的地下，就要挖一条 1000 多公里长的地沟，这在内地平原地区算不了什么难事，而在“世界屋脊”的青藏高原就艰难多了，巨大的挖沟机在复杂的地质条件下难以发挥作用，多数地段靠人工开挖，战士们和民工们吃在工地、住在工地，白天干了，夜晚打着车灯继续奋战。一根根一米多长的钢钎打得只剩尺把长，一把把大铁锨磨成了小锅铲，困难终于向指战员们低头了。当指战员们得知周总理逝世的噩耗后，他们抹着眼泪上工地，化悲痛为力量，加快工程进度，以更伟大的献身精神展开了冬季施工，到处是一派催人泪下的奋战场面。

担负管线焊接任务的管线总队，为了使全线 10 万多根钢管的

10 万多个焊口万无一失，无论是冬天还是夏天，面对的都是上千摄氏度的高温和艰难的作业环境，但他们都一一挺过来了。但是周总理逝世的消息一传来，指战员们在精神上简直难以接受，连日来都沉浸在极大的悲痛之中。许多官兵默默地走上工地，相视无语，埋头苦干，只要有人一提到周总理，便会传出一阵哭泣声。

我耳闻目睹指战员们沉痛怀念周总理的悲壮情景，也时常以泪洗面，陷入悲痛之中。我采访格拉输油管线建设也有一年多了，与指战员们结下了深厚的友谊，心情和指战员们是一样的，都盼望早日胜利通油拉萨，向党中央和周总理报喜，向全国人民报喜。当然，作为新华社记者，我们还有一项义不容辞的责任，就是在工程胜利完成的时候，还要写一篇长篇通讯，以颂扬格拉输油管线建设者的英雄业绩，说不定周总理等中央领导同志会仔仔细细地看看这篇报道呢。但这一天还没有到来,敬爱的周总理却去世了，他再也不能听到格拉输油管线建设者战天斗地的消息，再也无法分享终有一天会胜利通油拉萨的欢乐，这不仅是近两万名指战员的终生憾事，也是我这个自始至终采访格拉输油管线建设的新华社记者的终生憾事。

我实在按捺不住沉痛悼念周总理的心情，饱含热泪写出了《管线指战员怀念周总理》的稿件，将人们的情感完全融汇其中。当时格尔木有文字传真设备的单位极少，也都是单位的内部专线传真，没有办法直接将稿件传到北京新华总社。如果发电报，长达 1400 字的稿件会非常麻烦，再说电报也要两天左右才能收到，时效就耽误了。我急中生智，干脆到邮电局，用长途电话直接向总社传稿，但也顾虑 1400 字长的稿件，编辑能一字一字地记录吗？结果，我的顾虑是没有必要的，当我要通了总社国内编辑部的长途电话后，向编辑陈秀珍同志简略说明这篇稿件的内容，她非常痛快地说，这

格拉油路运输输油钢管的车队　樊如钧摄

篇稿件很重要、很及时，现在正需要这种稿件，那就你念我记吧。于是，相隔数千里之遥的记者与编辑通过长途电话“热线”，传递着格拉输油管线近两万名指战员对敬爱的周总理无比深沉的缅怀。字字情，声声泪，千里长话“热线”哭唤敬爱的周总理。

当我念过《管线指战员怀念周总理》的题目，顿觉悲痛涌上心头，眼睛湿润了，声音低沉了，但尽量控制住自己的感情，一字一句地读着开头一段：“周总理逝世的消息极大震动了参加格尔木—拉萨输油管线建设的近两万名人民解放军指战员、工人和技术人员。连日来，他们怀着沉痛的心情，回忆周总理生前对他们的关心和教导，无不深切怀念敬爱的周总理。”话音刚落，我已听到陈秀珍同志轻轻的抽泣声，我也止不住抽泣起来。

随后，我可以感觉出来，我念稿子，老陈记录，都是满含热泪，双方的抽泣声随着稿子的起伏而起伏。特别是念到“敬爱的周总理

冰河焊接的勇士

和我们永别了，广大油管施工人员既悲痛又惭愧，悲痛的是，我们失去了敬爱的周总理；惭愧的是，没有让周总理在生前听到他亲自批示修建的格拉输油管线通油拉萨的消息。想到这里，人们眼泪滚滚，万分悲痛”时，我和老陈再也忍不住了，都失声痛哭起来，足足两分钟无法继续念稿子，无法记录稿子，我面前摆着的张张稿纸，洒落了点点泪水，有些字都浸得模糊不清了。是啊，广大指战员无比热爱和怀念敬爱的周总理，我们新闻界的记者和编辑同样对敬爱的周总理无比热爱和怀念，不同的是，我们既要承受个人发自内心的悲痛，还要承受在采访过程中一次又一次所触发的悲痛。因此，在周总理逝世后的几天内，我的心情一直就没有平静过，泪水几乎没有停过。

就这样，我和陈秀珍同志在用长途电话传送和接收《管线指战员怀念周总理》这篇稿件的时候，双方也不知掉过多少泪，也不知多少次哭出了声，自始至终都难以控制悲痛的感情，稿子传了一个多小时才结束。当放下电话后，我又泪如泉涌。我这个人不太轻易掉泪，但这一次真是动了感情，至今一想起这件事，眼睛还酸酸的。

1977 年 10 月，千里格拉输油管线建成，广大指战员为周总理树立了一座丰碑。

周总理永远活在全国人民的心中。

当年修建青藏铁路，是经毛主席、周总理批准的。我这次采写的盐湖铁路两篇稿件，仍然决定到格尔木邮电局传稿，这次想采用电报的形式发稿。由于忙于写稿，赶到邮电局时才发觉 6 月 24 日这天是星期天，邮电局关门休息。由于急于将稿子发出，也顾不上人家休息，便使劲地敲门，只要有人出来，好好说明情况，还是可以解决发稿问题的。但是敲了很长时间，也没有听到里面有动静。急得我在门前团团转，不知如何是好。

我发现营业厅的后面有一个院落，猜测可能是邮电职工宿舍，又敲了一会门，里面有个女的发话，问我是干什么的，这下子终于找到邮电局的人了。我就隔门说明了来意，于是里面的人开了院门，她又细问了一下情况，答应帮助我发稿。我这时才察觉她可能正在家里吃中午饭，我说不好意思打扰你了，要不等你吃完饭再发稿吧。她说吃得差不多了，你这是急事，她从里面开门，我从前门进到营业厅。

邮电局营业厅有三四间房子，里面的陈设比较简单，中间有一条长长的柜台，顾客站在柜台外面办业务，工作人员坐在柜台里面的写字台前办公。这里开办的主要业务是邮寄信件、包裹，订阅投递报纸杂志、发电报、打长途电话等。

我要求用发电报的形式传送新闻稿，这位工作人员向我介绍说，如果发普通电报比较慢，今天发到西宁，西宁的邮电部门接收后，要译成文字，这要有一个过程，再说这么长的稿子译出来要很长时间，如果是工作时间内，投递员可以送达，要是到了下班时间，就要第二天投送，在过去普通电报一般都要两天才能送达。

我说这不行，新闻要抢时效，那就耽误大事了。

她告诉我，要快就只能发加急电报，能保证当天发当天送，但费用要多出很多。我们最后商定用加急电报发新闻稿。

人们都知道，在当时通信不发达的情况下，出差在外有特别急的公事或私事，打长途电话只能到邮电局打，或家里有电话的可以接长途。一般来说，打电报都是有急事，图的是一个快，由于费用高，就要言简意赅。我记得有人就曾因为一封电报改变了自己的命运。三十五六年前，新华社青海分社记者毛致存在社会上听人说，青海民族学院一位藏族学生有一年寒假回果洛州老家，遇到大雪封山，难以按期回校，于是打电报向学校请假，他的电报只有四个字“雪阻党周”，就把所有的情况说清楚了，实在绝妙。于是分社党组有意调此学生到新华社当记者，就派我和一同事到学校去外调考察，学校全面介绍了学生党周的情况，并对他的那封广为赞赏的电报给予好评。党周毕业后被新华社吸收为记者，他现在在新华社青海分社当社长已十多年了。

说到我这次到格尔木邮电局发新闻稿加急电报，就不是字越少越好，它是合计 3300 多字的两篇新闻，作为电报可谓“长篇巨著”了。邮电工作人员给我拿了厚厚的一摞电报纸，一张电报纸上能写数十个字，她给我讲了怎么填写稿件电文，应注意的事项。我在柜台外的一张桌子前坐好，便工工整整地填写起稿件电文。我填好一张，她就迅速译成数码电文，新闻稿中不少字不经常用，她有时就翻开密码本查找。

电报很快译完新闻开头两段：

6月23日，青藏铁路胜利地通过了我国最大的盐湖——察尔汗盐湖，铁道兵某部这天将钢轨铺到了盐湖南岸。

铁路通过盐湖，是青藏铁路科研的重点项目之一，也是青藏铁路第一期的重点工程。第一期工程从青海省会西宁市至格尔木，全长814公里。目前，已累计铺轨774.5公里。

这位女同志兴奋起来，她说铁路快修到格尔木了，真让人高兴。格尔木人盼望多年，这一天终于来临了，我们非常感谢铁道兵，是他们给柴达木人造福，又给柴达木带来了新的繁荣。她边看边译，看来心情已被带入新闻境界中去了。

就这样，我抄稿子，她译电文，足足花费了两个多小时，直到准确无误为止。这时，我饥肠辘辘，原来为了赶写稿件和发新闻电报，中午饭就没有顾得上吃。干记者就是这样，为了捕捉新闻、赶写稿件，吃饭不及时，饥一顿饱一顿，是常有的事。记得有一年大冬天到格尔木采访，长途车中途坏了修理耽误了时间，晚上十点多才到香日德旅店，我饿得都头昏眼花了。可是食堂已没有什么饭菜可选了，只有羊肉汤和凉馒头。寒冬季节温度降到零下二十多摄氏度，而餐厅内温度也不高，刚端上来的那碗本来就不热乎的羊肉汤，表面的油很快凝固成白花花的一层，只好加热水冲开，不等喝几口，碗里又漂浮了白花花的油块。所以，干记者要有吃苦耐劳的精神，不吃苦耐劳是成就不了好记者的。

电文全部译完并核对无误后，那位女同志又找来邮电局另一位发报员，将加急新闻电报顺利发出。

此时，我又给青海分社挂了个长途电话，说明新闻稿已用加急电报发出，收到后请及时编发总社。

西宁邮电部门收到电文后，立即投递新华社青海分社。

新华社青海分社收到电文后，很快用打字机打印出正式的新闻稿，由采编主任阅改签发后电传新华总社国内部工业编辑室，很快编发通稿，于当天向全国播发，第二天就有许多媒体转载，并产生了很好的影响。

电报发稿凝深情，至今让我难忘。

2013 年 8 月

铁路所经之地

柴达木的东大门——关角

告别令人留恋的青海湖，我们登上了西去的列车，又继续向柴达木前进。

火车飞奔在天峻大草原上。湛蓝湛蓝的天空没有一丝云彩，真像用水洗过一般。那绿茵茵的草地撒满五颜六色的小花，斑斑斓斓，好似一张绿茸茸的绣花大地毯，一直铺到天地相连的地方。草地上一群群强健的牦牛、温顺的绵羊，都那么安然悠闲。

我们欣赏着车窗外恬静而优美的草原风光，不知不觉间火车放慢了速度，关角山到了。

巍峨耸立的关角山，像一座天然的巨大屏风，横亘在天峻大草原和柴达木盆地之间，是通向柴达木的东大门。火车在这里穿过关角隧道和关角沟后，就进入柴达木盆地了。

关角隧道海拔 3700 米，长达 4006 米，是我国目前海拔最高的铁路隧道。

如果你在晴朗的日子里登上关角山，就会看到一座座身披银甲的山峰倚天崛立，在阳光下闪着晶亮的光。群峰间云涌雾绕，确有“刺破青天锷未残”之势。

这里屹立着海拔 4000 多米的平顶山，山下有个二郎洞，它就立在关角沟的中间平地上。古老的传说反映了人民征服风雪高原、变天险为通途的强烈愿望。然而，只有在人民掌握了自己命运的今天，神话才能变成现实。

1974 年，根据毛主席和周总理的指示，一支铁道兵部队开进青海，来到关角。柴达木的东大门不是靠神，而是靠那些普普通通的战士打开的。

把铁路修上青藏高原，让火车开进柴达木，开上“世界屋脊”，这是高原人民梦寐以求的期盼。

青藏铁路穿越柴达木

这段铁路试通车后，我们曾在关角沟欣赏过那神话般的夜景：夜幕降临，群山投下一道道神秘的黑影，关角山仿佛安睡了。突然，火车带着满身灯火从关角隧道中跃出，像是一条全身闪光的巨龙在夜空中腾飞，一会儿顺势而下，一会儿又调转头朝回奔去，在两山之间迂回了几个“S”形之后才伸直身子，向西疾驰而去。人间的钢铁巨龙按照人们的意志开进了“聚宝盆”柴达木。

1984 年 8 月

柴达木的首府——德令哈

如果你夏天到柴达木，一定要去看看德令哈。在那里，你会受到深刻的启迪，强烈的感染，和美的享受。你会了解到，为了在浩瀚的沙海中创建美丽的家园，为了迎接戈壁明天的绿色，柴达木人付出了多么艰苦的劳动，你会感受到劳动与创造的意义……

德令哈，海西蒙古族藏族哈萨克族自治州的首府，柴达木的政治文化中心，是一座在荒滩上建设起来的新城，美丽的戈壁重镇。去年 8 月，我们终于实现了在盛夏时节访问德令哈的愿望。我们乘坐的汽车在茶（卡）茫（崖）公路上疾驰，车后腾起漫天的沙雾。当汽车翻过一个月牙形的山口时，眼前蓦然一亮，一片绿色的云飘忽着向我们飞来，沁人心脾，感到一股悠悠的清凉。当你穿过漫长的，仿佛是无尽的沙海，经受了在干旱的路上长途跋涉的燥热之后，突然迎来一片水灵灵的绿洲，怎能不心花怒放，如醉如痴呢？

这就是德令哈，一座清秀、整洁，到处是绿色生命的新兴城镇。日夜欢唱的巴音格勒河穿城而过，清澈的河水里滚动着一串串雪白的浪花。风光秀丽的柏树山立在城市的背后，薄薄的白雪，缠着一圈青烟般的云雾。山坡上大片大片的柏树，枝繁叶茂，苍劲挺拔。

德令哈市全景

小镇的街道很整齐，大部分都铺设了沥青路面，几条主要干线，把小镇切成一块块的四方形。路两旁一排排高大的青杨、白柳，枝叶在空中相互交错，搭起了绿色的长廊。这里不论是州政府机关大院，还是居民住宅，凡有人的地方就有树，有树的地方，就有一块块碧绿松软的草坪，那象征生命的绿色向四处扩展，高低相间，错落有致。人们还在绿树下建起了玻璃暖房和塑料棚，种上了西红柿、茄子、辣椒，仿佛在绿色的海面上又绽放了五彩缤纷的花朵。十几公里长的防护林带，将小镇紧紧地围在中间，像千万个身着绿色铠甲的卫士，携手并肩抵御着肆虐的风、狂暴的沙。小镇中心有一座石头山，山上建了一座亭子，名叫“飞云阁”。当火辣辣的太阳挂在当空的时候，登上山头的小亭，俯视德令哈，你会发现，那一片片红瓦白墙的建筑物都在绿色掩映之中。清晨和傍晚，小镇上的人们，在树林里、在草坪上，悠闲地散步、快活地谈笑，仿佛置身绿色的海洋之中，流连忘返。

我们找到了自治州的州长，请他介绍一下自治州的变迁史。州长是蒙古族干部，大脸庞，高颧骨，脸上像涂了一层油彩似的红亮。他用略带沙哑的声音，为我们描述着德令哈的过去和现在。

“海西蒙古族藏族哈萨克族自治州是1954年1月25日成立的。自治州党政机关1965年从大柴旦搬到德令哈。当时，这里还是一片戈壁，方圆几百公里，到处是黄沙、乱石，偶尔能看到几顶孤零零的帐篷和零散的牛羊骆驼。没有绿色，没有生机，只有风沙肆虐狂舞。

“‘我们是柴达木的开拓者，要用变秋天为春天的精神，把沙漠变成幸福的乐园。’当时州委的负责人，号召全体机关干部年年植树造林，改造戈壁，为子孙后代创造优美的环境和财富。于是，这些向往春天和绿色的开拓者们，挖出上千万方沙石，从远处运来黄土，埋好一棵棵娇嫩的树苗，又引来巴音河的河水夏浇冬灌。就这样，年年造林，处处绿化，连满是卵石的巴音河滩，也栽下了一片片绿生生的树苗。15年过去了，柴达木人终于用辛勤的汗水，在昔日一片乱石的荒滩上，育出了翠绿的春、浓郁的夏。

“现在德令哈面积有6平方公里，1万多人口。每人有树木40多棵，森林覆盖率达到了15%。我们的技术人员试种了不少果树，过几年你们来时，就可以吃到苹果和梨了。”

这位州长清新而富有感情色彩的描述和小镇上美不胜收的景致，像一首诗、一幅画，诗情画意中蕴含着创业者的壮志豪情。

德令哈是蒙古语，意为“金色的世界”。海西蒙古族藏族哈萨克族自治州包括三县（乌兰、都兰、天峻），一市（格尔木），四镇（茫崖、冷湖、大柴旦、德令哈），全州总面积 32 万平方公里，其中柴达木就占去 24 万多平方公里。德令哈作为柴达木和海西州的政治文化中心，除了中共海西州委和州人民政府的领导机关外，还有不少文教卫生单位，有两所中等专业学校、四所民族中学、十几所小学。州人民医院建有西北地区唯一的高压氧舱，可以在这里施行难度较大的心血管外科手术。首都的一些心血管专家和医务人员常到这里和当地医务人员合作，开展心血管病的防治工作，进行高原心脏病的科学研究。1979 年，青海省第一座蒙藏医院在德令哈建成并投入使用。这家医院由门诊部、住院部和药浴池三部分组成。蒙藏医院的建立推动了柴达木盆地及整个海西州民族医疗卫生事业的发展，特别受到蒙古族、藏族人民的欢迎。在这个仅万余人口的小镇，人们的文化生活也是丰富多彩的，一座可容纳 1400 人的影剧院天天开放，不仅演电影，也常常演戏。当地群众喜爱秦腔、豫剧，常有来自陕西、河南等地的剧团演出，深居戈壁的柴达木人也有机会在自己的家门口欣赏名演员的精彩表演。镇上的一座电视发射塔更是每天给人们送来知识和欢笑。

这些年来，德令哈的“五小”工业也得到较快发展，已经有了电力、水泥、榨糖、机械修配、农畜产品加工等工业。这些工业是为柴达木的大工业和当地各民族人民生活服务的。火车开进了德令哈，建设柴达木的大批物资将由这里转运到盆地西部。在车站通往市区的道路两旁，一群群高楼平地而起。

党和政府一直在关怀着这块贫瘠而富有的土地，关心着柴达木的建设。新中国成立以来，有许多部长、将军、元帅和党中央领导同志，亲临柴达木视察。他们驱车戈壁，攀登雪山，考察盐湖，留下了鼓舞人心的讲话和充满希望的题词，“立下愚公志，开发柴达木”

的战略决策给这块宝地不断注入了新的活力。

我们曾访问过年已古稀、白发苍苍的慕生忠将军，是他，以移山填海的英雄气概，指挥修筑了举世闻名的青藏公路，创建了格尔木市。

将军越过“十年动乱”的风云，把历史的篇章翻到了 28 年前。1953 年 7 月，担任西藏运输总队政委的慕生忠在北京见到彭德怀同志。他向彭总陈述了修筑青藏公路的设想。彭总热烈赞赏并积极支持他的雄心壮志，先后两次帮助解决筑路经费并调动部队支援。1958 年深秋，这位威慑敌胆，身经数百战的“彭大将军”一路风尘仆仆来到格尔木视察。当他看到建设者们正在自己烧制砖瓦和石灰，盖房子，建工厂，十分高兴地对慕将军说：“柴达木是个宝地，经过建设，将来一定会放射出奇光异彩。”彭总驱车到了海拔 3900 多米的纳赤台，鼓励大家发扬延安精神，自己动手兴办农场，丰衣足食。听说一位同志的小孩是在这里生的，彭总高兴地笑了，并建议将这个孩子的小名改为“纳赤台”。他要求大家在这里安心干一辈子，让下一代也在这里扎根。这样，经过几代人的努力，荒凉的柴达木一定会变成一座美丽的大花园。

将军的回忆，充满了对彭总深情的缅怀和由衷的敬慕。多少年来，柴达木人一直牢记彭总的教导，献身高原，奋勇开拓，终于在风沙肆虐的戈壁滩上开垦出一片片绿洲，建设起一座座工厂。

1965 年 4 月，陈毅同志在去西藏的途中，路经格尔木市。柴达木人至今还清楚地记得，陈毅同志在群众大会上讲过一段激动人心的话，他说：“我们要逐渐改变人们把柴达木盆地看作边疆的错误观念，从地理位置上看，柴达木是我们伟大祖国的心脏。不久，铁路将修到这里，这里将建设起许多现代化的工厂，最早来这里参加建设的人是光荣的。今后，我们将动员更多的人来和你们一道开发、建设柴达木。”

1980年6月，胡耀邦和万里同志考察西藏后，曾在格尔木市停留。他们一下飞机，就立即会见柴达木盆地所在单位的领导干部，了解盆地的建设情况，征求对开发柴达木的意见，要求各级领导，解放思想、大胆改革，靠政策和科学技术加快柴达木的建设步伐。

这以后，党中央的领导同志和国务院有关部门的负责人曾多次进盆地调查研究。1981年以来的1年时间里，先后有十几位部长级干部和著名的专家学者进入柴达木盆地考察，设计开发方案，进行可行性研究。

“开发柴达木的条件已基本具备。”

“柴达木是建设大西北的桥头堡。”

……

各种建议和信息不断集中到党中央，于是，一个重大的战略决策酝酿成熟了。1983年7月25日傍晚，一列专车停在柴达木首府德令哈火车站。中共中央总书记胡耀邦同志，亲自将这个重大决策带到了柴达木，传达给每一个柴达木人。

第二天上午，胡耀邦同志和海西州的各族领导干部就如何开发柴达木的问题进行了座谈。在谈到今后的工作时，胡耀邦同志站了起来，用手指着柴达木盆地地形图说：“你们已经为开发海西，开发柴达木打下了基础，但要建成一个现代化的、对国家有贡献的新开发区，还相差很远。从现在起，5年、10年、20年、30年，总之要朝这个方向努力。”

关于进一步开发柴达木的问题，胡耀邦同志发表了许多重要意见。集中起来，就是开发海西和柴达木要具备两个基本条件：首先干部要安心工作，生根开花，发奋图强，实实在在地在当地干下去。同时，要教育自己儿女，也要扎根开花。另一点要靠引进智力，邀请沿海的科技人员来这里工作。

胡耀邦总书记还访问了大柴旦镇、察尔汗盐湖和格尔木市。一路上，他听取各方面情况的汇报，和干部亲切交谈、定政策、教办法，就连盆地里的副食品生产和蔬菜供应，发展牛、养鸡、种菜、种果和植树绿化等工作都一一谈到了。胡耀邦同志走后，一位在盆地工作了30年的老知识分子曾无限感慨地说："党中央的主要领导人亲临柴达木考察，连种草种树都想到了，对柴达木的建设真是关怀备至啊！"

在党中央关怀下，柴达木的建设队伍不断扩大，一支支新军汇入柴达木建设者洪流。1983年,有17000多人来到柴达木,参加"聚宝盆"的开发、建设。从盆地南缘的昆仑山到西北边沿的阿尔金山脚下，10万建设大军摆出一个"凹"字形的战场。在唐古拉山南北两侧，两万多名筑路大军，正在加紧改建青藏公路，在世界屋脊上谱写新的更加壮丽的篇章；钾肥厂在兴建，锡铁山在开发，煤矿在建设；钻井矗立云端，一排排储油大罐，在蓝天下闪着银光；石棉矿又建成一个新车间，原盐、硼砂不断外运……柴达木建设一天一个样。

我们理解了州长同志的邀请——"过几年你再来，德令哈将会变得更加美丽！"勇敢的开拓者像长江古航道上的纤夫一样，背负着祖国的希望和重托，胼手胝足以坚韧不拔的毅力行进在戈壁沙漠之中，牵引着柴达木建设的航船，英勇奋进。看吧，昨天还是沉睡万年的宝山，如今已经洞开，茫茫沙海中又崛起一座新城；人迹罕至的荒漠，突然间立起了几十层楼高的井架，钻机轰鸣，震撼四野，黑色的油龙从几千米深的地下被牵出来，大口大口地喷吐着稀世的墨玉；往昔乱石滚滚的干旱戈壁，如今变成了林带如网，麦浪滚滚，瓜果飘香的绿洲；多少年来无人光顾的盐湖，如今人声鼎沸，机声隆隆，彩虹飞架……祖国的柴达木啊，正在向母亲捧出朵朵鲜花，粒粒珍宝。

柴达木人就要变潜在的能力、潜在的资源为现实的能力和资源，化不利条件为有利条件。从现在起，经过 5 年、10 年、20 年、30 年的努力，要朝着一个大有希望，用先进的现代科学技术武装起来的新开发区这个方向不断前进！

天高任鸟飞，海阔凭鱼跃。有志者，欢迎到柴达木去，那是一个大有作为的广阔天地。

来吧！到祖国的“聚宝盆”柴达木来！这里需要科学，需要智慧，需要人才，需要力量！立志做新一代的开拓者吧，用顽强不屈、开拓前进的精神，去迎接柴达木无限美好的明天！

1984 年 8 月

开拓者钟情大柴旦

20 世纪 80 年代初，记者曾到大柴旦采访住过一段时间，每天当柔情的朝霞抹红戈壁滩的时候，记者就喜欢去欣赏这座从甜睡中醒来的戈壁重镇。

清澈湛蓝的大柴旦湖，被誉为“翡翠湖”

傲然耸立的柴达木山披着皑皑白雪，安详、挺拔，平明如镜的伊克柴达木湖闪着迷人的光，温柔、妩媚。清晨，漫步在大柴旦宽阔平坦的大街上，听不到人声的喧闹、车辆的轰鸣，戈壁之晨给人的感觉是那么舒适而宁静。

记者信步来到镇东。镇口竖立着一座用铁管焊接成的彩门。看上去，彩门很陈旧了，可是，门额上“大柴旦市”四个红字却赫然醒目，在朝霞的映照下，放射出耀眼的光辉。

大柴旦市，柴达木第一批开拓者的大本营。这陈旧的彩门，就是大柴旦的历史见证。见到它，人们自然会联想到那些艰苦创业的岁月和几十年走过的曲折历程。站在彩门下，记者的思绪飘向盆地开发初期甚至更久远的日子。

1949 年前，大柴旦曾经是蒙古族牧民聚居放牧的地方。后来，反动军阀马步芳频繁地制造民族纠纷，兄弟民族之间互相仇杀，蒙古族牧民被迫放弃大柴旦，逃往他乡。大柴旦这块富饶的土地便沦为黄羊出没、豺狼当道的荒野。

1949 年后，荒无人烟的大柴旦重获新生。经过地质队员的辛勤劳动，证实柴达木是全国少有的“聚宝盆”。国家决定迅速开发柴达木。于是，12 名先遣人员，拉着骆驼来到这里，建立了中共青海省委柴达木工作委员会和青海省柴达木行政委员会，党政机关就设在帐篷里，大柴旦成为省属市，成了开发柴达木的指挥中心，开拓者的大本营。随后，成千上万的人追随开拓者的足迹，从祖国四面八方汇集到这里，在很短的时间里，一座戈壁新城便拔地而起。

第一批开拓者选择了一块水草丰茂的地方支起帐篷，用三块石头垒起了锅灶。3 月的大柴旦，天寒地冻，空旷的原野上，呼啸的狂风像野牛群发出惊人的吼叫声。狂风卷起的黄沙遮天蔽日，几乎要把一切都吞噬掉。但是人们没有在大自然面前屈服，他们白天外出砍柴割草，修整马路，晚上点起煤油灯，在昏暗的光线下处理日常公务，规划着大柴旦和柴达木的未来。这年 8 月，大柴旦的人口已经猛增到 6000 多人，出现了 10 万多平方米的房屋。到 1958 年，大柴旦市人口发展到 1 万多人，商店、银行、邮局、书店、学校、医院、发电厂、化工厂、运输公司、汽车修理厂等，像雨后春笋般地兴建起来，荒凉的戈壁滩沸腾了。

可惜，当时的兴旺景象没有持续下去。不久，三年困难时期也影响了祖国大西北的柴达木盆地，柴达木的开发建设由大上转为大下。大柴旦真正的开发建设时期是在粉碎“四人帮”以后。

记者漫步大柴旦街头。街道是笔直笔直的，从东到西有十里长，步行大约需要一个小时，难怪人们称这条街道为“十里长街”。在柴达木盆地，人们谈起几个重镇的市政建设布局，有一句顺口溜：德令哈，河两岸；格尔木，一大片；冷湖镇，三个点；大柴旦，一条线……这说法倒是很形象贴切的。大柴旦的“十里长街”的确像一根长长的银钱横穿戈壁，横卧在柴达木山和伊克柴达木湖之间。镇上的大多数单位建在十里长街两侧。早晨 7 点多钟的时候，大柴旦开始喧闹起来，满载钾肥、石棉、煤、油料、机械和各种日用品的汽车，穿梭在大柴旦。

大柴旦是柴达木北部的交通枢纽，公路四通八达。敦格公路和茶茫公路在这里交会，向东可以直达德令哈、西宁；向西，通往冷湖、茫崖，直到新疆；向南，经过格尔木，通向拉萨；向北，越过当金山口，可直抵河西走廊的敦煌。如果把盆地里的公路网比作血管，那么，大柴旦和格尔木可以称为柴达木的左右心室。

大柴旦的重要性还在于它的周围分布着丰富的矿产资源，有铅、锌、煤、铁、铬、石棉、硼砂、池盐、钾、天然气……我国大型铅锌矿锡铁山就坐落在大柴旦镇东南七十多公里处，青藏铁路从群山中穿过；柴达木的煤炭基地绿草山和大头羊等煤矿，离大柴旦镇也仅有几十公里远；蕴藏着丰富的天然气的马海，位于大柴旦镇的西北；盛产硼砂、池盐、钾盐的伊克柴达木湖和巴嘎柴达木湖就在大柴旦附近……大柴旦，真是一个美丽、富饶的小“聚宝盆”。这里有条件在不久的将来成为柴达木盆地里一座重要的工业城市。

伊克柴达木湖是大柴旦的骄傲，它很早就引起科学工作者的关注。1957 年，中国科学院综考会组织了以柳大纲教授为队长的科学院盐湖调查队。这支队伍开进柴达木，首先考察了伊克柴达木湖和察尔汗盐湖，先后发现了钠硼解石、柱硼镁石矿和光卤石矿。在科学工作者调查的基础上，创办了大柴旦化工厂，生产硼砂。在开拓者的手里，伊克柴达木湖已经为国家建设做出了不少贡献。

下午，记者乘车前往向往已久的伊克柴达木湖观光。在距离盐湖不远的地方，看到许多废弃了的炉灶，那就是当年工人们熬制硼砂最早使用的锅灶遗迹。虽然盐湖边上当年映红半边天的熊熊炉火看不到了，但是，催人奋进的创业精神却像一团烈火，一直在大柴旦人心中燃烧，越烧越旺。

伊克柴达木湖，以它特有的美迷住了我们这些慕名而来的远方客人。这个盐湖还没有结成盐盖，仍然是汪洋一片。碧蓝的湖水中透出几分翠绿，有的地方还夹着橘黄。时值太阳西挂，洁白的雪峰和云朵倒映湖中，犹如人间仙境……我们徜徉湖边，心旷神怡，边走边观赏着湖中千姿百态的盐花。那盐花，有的像出水芙蓉，有的如洁白的珍珠，有的状如蘑菇，有的酷似珊瑚……我们简直像走进了一尘不染的童话世界，置身于珍珠玛瑙的海洋中，久久不愿离去。

回到大柴旦镇，已是黄昏时分。记者登上大柴旦化工厂最高的一座厂房。大街小巷亮起点点灯火。从格尔木、德令哈、冷湖、敦煌各个方向开来的汽车，不时穿过十里长街，明亮的车灯像一串串滚动的火球。天上人间，汇成一片灯火的海洋。

大柴旦火红的一天过去了。明天的大柴旦将更加红火！

从“万丈盐桥”到盐湖铁路

青藏公路和青藏铁路并肩穿越察尔汗盐湖

世界上有许许多多、各种各样的桥和路，要说起青海察尔汗盐湖上用盐铺就的一段 32 公里长的盐湖公路，那可是名扬海内外。

“盐路打滑，注意慢行！”路边的一块木牌提醒着我们，汽车已经开进了我国最大的盐湖——察尔汗盐湖，脚下那光亮平坦的公路，就是奇异而闻名的“万丈盐桥”。

明明是路，为什么称作“盐桥”？是“桥”，又怎么不见“桥”下流水？要想知道其中的奥秘，必须先了解盐湖的结构。察尔汗盐湖面积 5856 平方公里，宽阔的湖面上，蒸发量比降水量要大 140 多倍，由于长期蒸发，湖水已浓缩成一层坚硬的盐盖。在几十厘米至一米多厚的盐盖下面，是深达一二十米的结晶盐和晶间卤水，公路实际上就像一座桥浮在卤水上面，“万丈盐桥”就是由此而来。

在盐路的两侧，相距几百米就有一个盐坑，坑底是浓度较高的卤水，这是专为养护路面用的。盐遇水可以溶蚀，聪明的养路工人充分利用了盐的这个特点，遇到盐路出现坑坑洼洼的时候，道班工人就从湖面挖起一块块盐盖敲碎铺垫在路上，然后浇上卤水使碎盐盖粉蚀，再经过南来北往的汽车碾压，不平的路面很快又平整如镜了。

在察尔汗盐湖上修公路那是前所未有的，三十多公里宽的大盐湖，别说人走过去有困难，就是鸟儿也不容易飞过去。公路从盐湖上修过，是率领队伍修建青藏公路的慕生忠将军按照彭总司令的要求提出来的。1954 年 5 月 11 日，青藏公路在格尔木正式破土动工，到 12 月 15 日，仅仅用了 7 个月零 4 天，就修通了千里青藏公路，这是中华人民共和国成立后震惊中外的一项壮举。而这支慕生忠将军领导下的筑路队伍，在短时间内就修通了从青海香日德到西藏拉萨长 1300 公里最关键的一段青藏公路，总投资仅仅 230 万元，全队只有一个工程师，缺乏现代化装备，全部家当是 1200 名由驼工转为筑路工的农民，还有 3000 多件笨重的铁锨、镐头、钢钎、大锤之类的工具。

慕生忠不会忘记他连续 3 次到北京向彭总求援的情景，彭总当之无愧是修建青藏公路的“总后台”，筑路军民洒下的是汗水，而彭总倾注的却是心血。

当彭总满足了慕生忠第二次进京求援时，又要求修通敦煌至格尔木的公路，扩大青藏公路的影响。

慕生忠选定齐天然去执行这一任务。他带上四个人、一辆车，经西宁、兰州绕道到达敦煌，他们又从当地雇了四十多个民工，只用了 14 天的时间就把 600 多公里的敦格公路探通了。

我们的汽车飞驰在“万丈盐桥”上，就如行驶在首都的长安街那样平稳舒适。让铁路通过盐湖，这在我国还是第一次，在世界上也是罕见的。左边不远的地方，铁路像一条黑色巨龙静卧于大海的波涛之中。我们看到铁路旁有几排用盐盖垒起的盐屋，现在只剩下残垣断壁了。那是英雄的铁道兵修建盐湖铁路时的临时住房。自1984年1月1日起，为我国铁路建设做出卓越贡献的铁道兵部队全体指战员，已经脱掉军装，集体转业到铁道部工作，铁道兵部队现在已经不存在了，但是铁道兵部队修建盐湖铁路的英雄事迹，却与盐湖铁路共存。

行驶在“万丈盐桥”的车队

盐湖上几排盐屋的遗迹破破烂烂，东倒西歪。然而，今天看来，仍感到异常亲切。在盐湖铁路紧张施工的那些日子里，记者曾多次到工地采访，体验过高原铁道兵的生活，也住过盐湖上这种奇特的盐屋。铁道兵指战员和工程技术人员，为在察尔汗盐湖上架起“钢铁彩虹”而忘我奋斗的许多感人的场面，至今仍记忆犹新。

经过两年多的努力，在察尔汗盐湖上终于架起了一道“钢铁彩虹”。

转眼四五年过去了。在记者重访察尔汗盐湖的时候，当年那些如火如荼的战斗场面，仿佛又在眼前重现。记者听盐湖铁路上几个车站的工作人员讲，实践证明，这段修筑在盐湖上的铁路，路基是稳定的，各项试验工程的质量良好。现在，一列列满载盐化工产品的列车，正通过盐湖铁路开往外地，祖国各地支援青海省和西藏自治区建设的大批物资，也不断通过盐湖铁路运往青藏铁路第一期工程的终点格尔木，盐湖铁路正在发挥越来越大的作用。

1984 年 8 月

建在盐湖上的工厂

在青海钾肥厂筹建处，满头白发的总指挥兴致勃勃地介绍了察尔汗盐湖的奇珍异宝，描绘着这座即将兴建的钾肥厂的灿烂明天。

察尔汗盐湖距格尔木市 60 公里，海拔 2700 多米。它不仅面积大，宝藏也十分丰富：氯化钾储量约占全国总储量的 73%、氯化钠储量有 400 多亿吨、氯化镁近 16 亿吨，还有贵重的锂、溴、碘等矿产，是我国最大的综合性钾镁盐矿床。

我国的土壤,特别是南方的土壤严重缺钾,农用化学肥料氮、磷、钾比重严重失调，主要是缺钾肥。我国钾肥生产比较落后，过去的察尔汗钾肥厂，每年只能生产钾肥 2 万多吨，远远不能满足国家的需要。现在，一座大型的青海钾肥厂将在这里兴建，厂址就选定在察尔汗盐湖坚硬的盐壳上。工程分两期，全部建成后，将从根本上改变我国钾肥长期以来靠进口的被动局面。

谈到这里，总指挥给我们算了一笔经济效益账：

一是按现在价格不变计算，青海钾肥厂投产后，每年可创造 3.7 亿元的产值；二是南方水稻生产的实践证明，在施用有机肥料和氮肥的基础上，如果每亩再施 8 ~ 16 斤钾肥，产量可增加 10%。年产 100 万吨钾肥，这对提高全国粮食产量该有多大的贡献啊！

盐湖上除了支起一排排帐篷，还修建了不少房屋。在盐盖上造房子也很奇特，首先铺上一层厚厚的砾石，砾石上铺油毛毡，然后再浇上沥青。这些工序完成之后，就可以砌砖盖瓦了。否则，地下盐卤泛潮腐蚀水泥砖瓦，建好的房子不长时间就会倒塌。

开发察尔汗盐湖的事业是伟大的，而开拓者的生活却是艰苦的。吃的水要从格尔木市靠汽车运进来。这里海拔虽然不算太高，但空气中含氧量却只相当于沿海地区的 80%。冬季，寒风凛冽，砭人肌骨;夏天,到处弥漫着盐卤的蒸汽,人们仿佛被闷在大蒸笼中。可是，就是这样一块不毛之地，却像磁石一样吸引着来自东海之滨、南国水乡的上百名工程师和科技工作者。他们中有四五十岁的中年知识分子，也有刚刚毕业的大学生。他们不畏严寒酷暑，北上祁连，南登昆仑，转战在千里盐湖之上。用辛勤的汗水和聪明才智，在柴达木盆地的开发建设史上，书写着光辉的新篇章。

在盐田的公路上，我们见到了一位两鬓染霜的老工程师，他叫李润民，刚从达布逊湖回来。他眼窝塌陷，面色黑红，两条腿看来很沉重，有点步履蹒跚。和他同行的人告诉我们，为了观察达布逊湖湖水变化规律，李工程师在那里住了十几天，人都累病了，还不肯回来。李工程师是个“老盐湖”了。1956 年他从西安地质学校毕业，两年以后，他和青海省地质一队的伙伴骑着牦牛进入柴达木盆地，从事盐湖资源的地质普查。他风餐露宿，在盐湖上工作了十多年，把青春年华献给了察尔汗盐湖。后来，他年龄大了，身体不好，才于 1980 年调到河北省一个地质研究所工作。可是，他的一颗心还留在茫茫的千里盐湖之上。他在河北只待了四个月，听到青海钾肥厂筹建的消息,这位“老盐湖”又兴致勃勃地重返柴达木盆地。两年多来，他和同志们一起，三上祁连，四登昆仑，勘测汇入察尔汗盐湖的地表水系，研究盐湖抽卤后，盐湖的动态变化规律，还和其他几位工程师发现了一个面积为几十平方公里的新盐湖。

这位老工程师虽然显得疲惫不堪，可当我们和他谈起盐湖和开发盐湖的事业，他的精神陡增。从那深陷的眼窝里闪烁着兴奋的光芒。

“开发盐湖资源，是我青年时期立下的志愿，这理想，今天就要变成现实了！”说到理想，他显得格外激动，好像年轻了许多。

在柴达木盆地，我们接触过许许多多的人，有领导干部、技术专家、普通工人、新来的青年学生，每当话题谈到盆地的开发和建设，他们心中都像燃着了一团火，这是一团希望的火，这团火指引他们走过了艰难曲折的道路。

我们访问了青海钾肥厂的前身——原海西州察尔汗钾肥厂。现在这个小厂已和大厂并在一起，定名为第一选矿厂。胡耀邦总书记1983年7月来这里视察，热情赞扬了职工们的艰苦奋斗精神和为国家做出的贡献。

这个小钾肥厂，坐落在青藏铁路旁，距大厂不到六公里。一过铁路，迎面耸立两座对称的银山，一座是结晶光卤石堆积成的山，一座是生产钾肥剩下的渣盐，在阳光下闪射着点点银光。

厂房在哪里?

到眼前才能看清，厂房就夹在两座“山”之间。

这是一座简陋的工厂，一台旋流分离器，将光卤石兑上清水搅拌分离，在浮选剂的作用下，将氯化钾聚集在一起，把其他盐分离出去，经过烘干，白色粉末状的氯化钾就生产出来了。

看上去好像很简单，但在浩瀚盐湖上，从一无所有到生产2万多吨氯化钾，创业者走过的是一条多么艰苦的路啊!

那是1958年7月，一辆卡车载着15名工人和4名干部来到这块地方。他们支起一顶马脊梁帐篷，所有人全挤在一起。酷热的夏天，找不到一处阴凉的地方；严寒的冬天，却无处遮风避寒。他们在两个半月内，用土法生产钾肥590吨。后来，人多了，困难也更大了。有谁住过用盐块垒成的房子吗？钾肥厂的开拓者们住过。生活里水是最宝贵的。平时，从几十公里外拉回的淡水仅够食用，十天半月不洗脸是常事。哪里有什么青菜，一杯到 90 摄氏度就开的水，两个黏牙的馒头。这就是建设者的生活。

生活很艰苦，生产上的困难更大。工作场所几乎全在露天，工人们赤脚在卤渠中采挖光卤石，没有汽车就用麻袋、包袱布往厂里背。冬天寒气刺骨，盐末卤水溅落在身上，像针刺一样疼；夏天炽热，火辣的太阳，刺得人睁不开眼睛，强烈的紫外线照射，把人们一个个都晒成了“黑人”。1959 年，这个小厂给国家上缴了 100 多万元利润和 17 万元税金。后来，厂里来了十几个大中专毕业生，在中国科学院青海盐湖研究所的帮助下，搞了一些机械，替代了工人手中的铁锨、耙子。

25 年过去了，这个厂的工人、干部和知识分子用自己的智慧和汗水，破天荒地在盐湖上留下了一个个光彩照人的记录。

25 年，国家给这个厂投资 2500 万元，他们为国家生产了 25 万多吨氯化钾、20 万吨钾肥，给国家上缴利润 8100 多万元，税金 1300 万元。现在，这个厂 700 多人，全员劳动生产率达到 2.7 万元。

开拓者的志向在于不断创造。为了解决盐田老化问题，1981 年 11 月到 1982 年 4 月，职工和家属们冒着盐湖上零下二十多摄氏度的严寒，苦干了一个冬天，开凿了一条长 1050 米的集卤渠和 3080 米的输卤干渠、支渠，改造了老化沟槽盐田 7 万多平方米，使生产出现了新局面。1982 年，这个厂的几位工程师自己设计，自造设备，又建起了一个年产 4 万吨氯化钾的新车间，并且试车一次成功。

钾肥厂还培养了一批有艰苦奋斗精神的人，一批有事业心、已经称得上是生产钾肥专家的技术人才。比如工程师于长歧，1958

年从沈阳化工学校毕业后来到察尔汗，一干就是二十多年，为了改变工厂的落后生产局面，氯化钾新车间的许多设备都是他和工人们一起动手制造的。电焊工寇玉友，也是1958年就来到察尔汗的“老盐湖”。他处处发挥共产党员的模范带头作用，经常爬到七八米的高处焊接机件，衣服烧得到处是窟窿，鞋子不知烧坏了多少双。新车间的大部分焊接任务是他带领两名女工完成的。

厂技术科科长窦昌华的经历更能说明问题。1961年他从天津大学毕业时，主动要求来察尔汗钾肥厂工作。开始，他和其他技术干部一起因陋就简制造设备，使氯化钾的收率和钾肥质量有了很大提高。浮法生产氯化钾，就是他从中国科学院青海盐湖研究所学来的。用这种方法生产氯化钾，产量比建厂初期提高了50多倍，氯化钾含量一直稳定在90%以上。

窦昌华刚从国外考察盐湖回来，办公桌上摊开一本本资料。我们问他：“二十多年盐湖生涯，你有什么感想？”他很豪爽地回答：“回顾过去，感到自豪；展望未来，充满希望。有人说，事业是‘生命的盐’，没有它，生命将淡而无味。我的事业就在盐湖。当年和我同来青海的不少同志差不多先后调回内地，可我并不想走，始终坚信自己选定的是一条正确的道路。”

选定的是一条人生正确的道路！到最艰苦的地方去，排除万难，用青春的活力和学到的科学知识为以后的开拓者铺就一条平坦的大道。这就是窦昌华和几千名在柴达木工作的知识分子所选择的道路。我们相信，将会有更多的知识分子走上这条艰苦而光明的大道。

1984年8月

在哈萨克族牧民家做客

1985 年 10 月我采写《在青藏公路改建的日子里》稿件之后，于第二年 2 月调到新华社青岛支社工作，到 2006 年 8 月 27 日至 9 月 9 日与 80 多名军垦战友重访格尔木，一别格尔木就是 21 年。

格尔木大变了，人员构成也发生了变化，一是山东知青大返城，二是哈萨克族牧民大回迁新疆，在格尔木街头巷尾已很难看到他们的身影。我们山东知青所在的单位现已改为青海省格尔木农垦集团，而原来哈萨克族牧民所在的格尔木市阿尔顿曲克哈萨克族自治区却由于牧民全部回迁新疆而撤销建制。

2006 年 8 月当我们来到原来的“哈区”时，格尔木农垦集团安排了 8 个蒙古包举行欢迎宴会，对酒当歌，品味手抓，使人大有回家的感觉，也使我回想起了 1982 年 8 月到格尔木市阿尔顿曲克哈萨克族自治区的一次采访。当时正值草原最绿最美的时节，肥嫩的牧草铺盖着大地，各色各样的小花缀满原野。在那绿色海洋的深处，羊群像白云般浮动，一顶顶毡房、一排排新屋星罗棋布，把辽阔的草原装扮得如画似锦。

阿尔顿曲克，是哈萨克语，译成汉语是“金峰”的意思。青海省是多民族聚居的省份，其中少数民族约占全省人口总数的 37%，主要少数民族有藏族、蒙古族、回族、土族、撒拉族和哈萨克族。在这 6 个少数民族中，哈萨克族人数最少，人口仅有 1400 多人，他们居住在美丽富饶的阿尔顿曲克草原上，现已有 120 多人到机关和工厂当了干部和工人。

汽车载着我们出了格尔木市向西奔去，过了十几分钟，便看见公路旁边的一个小四合院，门前挂着用哈萨克、汉两种文字书写的牌子：格尔木市阿尔顿曲克哈萨克族自治区人民政府。

院内静悄悄的，没有人走动。我们敲了几个办公室的门，也没有听到动静。正当我们不知所措时，从妇联办公室走出一位女同志，她热情地向我们打招呼说："同志，请问你们找谁？"我们向她说明了来意，她抱歉地说："你们来得太不凑巧，我们有两个领导去海西州开会了，其他干部也都到基层去了，在家的阿里哈乃副区长不知上哪里去了，要不你们改日再来吧。"

我们走出了区政府小院，看到前面不远的地方就有一片帐房。有人建议，我们不应该白跑一趟，干脆自己去访问一下哈萨克族牧民家庭。于是，我们朝帐房走去。几位牧民正在忙碌着整理捆扎剪下的羊毛，一些妇女在用牛毛绳子编织新帐篷，孩子们欢乐地追逐玩耍。有一个牧民家庭像是刚刚买回新家具，几个人正往屋里搬沙发……

我们几个汉族干部的突然出现，自然引起哈萨克族牧民的注意。从捆羊毛的人群中站出一个身材魁梧的中年人，朝我们走了过来。当他得知我们是来访的记者时，热情地伸过粗大的手，自我介绍说："我叫阿里哈乃，是哈区的副区长，欢迎你们来做客。"刚才我们还发愁找不到一个熟悉情况的干部，想不到在这里巧遇阿里哈乃副区长，大家都很高兴。阿里哈乃揭起门帘，把我们让进了一个大帐房。

阿里哈乃在西北民族学院预科班读过书，1981 年担任了阿尔顿曲克哈萨克族自治区副区长，他是一个性格爽快的人。大家盘腿坐在地毯上，一边品尝着香喷喷的奶茶，一边听阿里哈乃向我们介绍情况。他告诉我们，阿尔顿曲克草原是畜群的"冬窝子"，每到夏季，大部分羊群都赶到 100 多公里外的昆仑山秀沟草原去放牧，到 9 月底才下山。阿里哈乃说，自党的十一届三中全会之后，阿尔顿曲克草原喜事可多哪。牧业实行了大包干，畜群和草场都包给了家庭和个人，群众积极性越来越高。这几年牧民不愁吃，不愁穿，手头宽余多了，一个牧民家庭一年至少收入2000多元，多的达6000多元。20世纪60年代，哈萨克牧民家家有了收音机、缝纫机、手表，现在人们的眼光高了，有一半的家庭新添置了录音机，有的还买了电视机。全区的学龄儿童都进了寄宿学校。牧民们劳动之余，可以到区办的文化游艺室去阅读图书杂志、打乒乓球。每逢佳节全区都举办赛马、拔河、摔跤、“叼羊皮”“姑娘追”，以及射击、弹唱歌舞等文娱体育活动，哈区牧民开始走向文明富裕的新生活。

阿里哈乃谈起家乡的变化，言语间洋溢着无比的自豪。是的，现在的哈萨克族牧民是幸福的、快乐的。阿里哈乃告诉我们一件新鲜事：现在哈区已经实行了牧民退休制度。女牧民55岁、男牧民60岁，就可以享受退休待遇。牧业大队为每位退休老人安排一间新盖的砖瓦平房，每月发给20元生活补助费，还分给奶牛和乘马，人老了也不愁生活没保障。现在，全区已有50多位老人享受了退休待遇。

阿里哈乃见我们对这件事很感兴趣，便带领我们到阿拉尔一队退休牧民居住点去，让我们亲眼看看老人们过的舒心日子。绿茵茵的草地像漂亮的地毯，我们驱车缓缓行进在草原的便道上，望着远处层峦叠嶂的冰雪昆仑，我们不由得想起曾经听到的一段往事。

“听说旧社会反动派逼得哈区牧民走投无路，逃到昆仑山里过着野人般的生活……”

“是啊，那是不堪回首的年月！”阿里哈乃听了我们的话，脸色阴沉了，“阿尔顿曲克草原上的哈萨克族牧民，老家在新疆的阿勒泰地区。1934年前后，奋起反抗反动军阀盛世才的残酷压迫，遭到了血腥镇压。一部分牧民死里逃生，背井离乡，携儿带女，骑着骆驼，赶着牛羊，越过千里戈壁，流落到柴达木盆地。可是，青海的反动军阀马步芳同样不容许逃亡的哈萨克族人民生活下去，他挑拨蒙古族牧民和哈萨克族牧民的关系，频繁地制造民族纠纷，还派出重兵围杀哈萨克族人民，有一次几百名哈萨克族男女老幼被反动军队屠杀，鲜血染红了萋萋草。万般无奈，有些哈萨克族人逃进昆仑深山,住在洞穴里,身上披着兽皮,靠打猎和摘食草籽野果为生。有些人又逃亡他乡。从1934年到1948年的十多年间，青海的哈萨克族人口就减少了90%。1949年后，党和人民政府派人把流浪在青海各地的哈萨克族人找了回来，安置在水丰草茂的阿尔顿曲克草原上。政府拨了60万元救济款，给牧民购买了8000多头牛羊、1万多公斤种子和数千件生产工具，从此哈萨克族人才建立起了幸福的家园。在哈萨克族群众的心目中,只有共产党,才是救命恩人！”

充满血泪的回忆，发自内心的感情，深深地感染了我们。说话间，我们不知不觉已经来到了阿拉尔一队退休牧民居住点。在一个高台上，有一排排崭新的平房，屋前是几顶帐房。牧民们住进了新居，老帐房已经改作厨房或储藏室。屋两旁的牲口圈里喂养着马和奶牛，草原上散放着羊群。

我们来到加纳德力老汉家门前,热情的女主人玛力亚迎了出来。阿里哈乃向玛力亚介绍了我们,当玛力亚知道我们是来访的记者时,用不流利的汉语说:“欢迎你们！”老人的室内清洁整齐,陈设讲究,有桌椅、木箱，还有厨柜，床上摞着一大叠被褥，墙上挂着崭新的壁毯，看来老两口的日子的确过得挺舒心。转瞬间，玛力亚已经在地毯上摆好了酸奶子、奶酪、油炸果子、奶茶。阿里哈乃见我们客客气气，便开玩笑说：“来到我们哈萨克族人家做客，主人请你吃东西，你要是推辞，那可是不礼貌啊！”于是，我们便毫不客气地品尝起哈萨克族牧民家庭的美食。

我们问玛力亚老人：“平时能吃上这些好东西吗，是不是专为招待客人准备的？”老人听懂了我们的意思，爽朗地笑着说：“现在生活好了，有两头奶牛。现在人老了，不愁没有好东西，就愁吃不下好东西了。”

我们又打问加纳德力老人怎么没在家，玛力亚说：“日子好了，人高兴了，他嫌在家里闷得慌，今天一大早就骑马到格尔木逛新城去了，还说要去看看大火车呢。”

听了玛力亚老人的话，我们都会心地笑了。

1982 年 8 月写于格尔木阿尔顿曲克，修改于 2006 年 8 月

交通枢纽格尔木

在柴达木盆地南缘，莽莽的昆仑山脚下，就是著名的戈壁新城格尔木。到 20 世纪 80 年代初，格尔木市已有 12 万人口，在人烟稀少的青海省，格尔木是仅次于省会西宁的第二大城市。

然而，格尔木之著名，并不是因为人多。它是以汽车多闻名于世的，当你漫步格尔木街头，你会强烈地感到这座新城汽车多的特点。在纵横交错的公路上，汽车满载着粮食、油料、机器、日用品，以及建筑材料、化肥、农药等各种物资，穿梭于城市间。南来的，北往的，东去的，西进的，从早到晚，直至深夜，川流不息，热闹非常。据统计，在这座戈壁新城，一昼夜汽车通过量可达 18000 辆次。只要留心一下就会发现，通过这里的汽车有各种牌号的，国产的解放牌、黄河牌、北京牌、东风牌，也有各式各样的进口汽车，美国的福特汽车、日本的丰田汽车、德国的奔驰汽车，还有法国的、意大利的重型载重汽车等。

站在十字路口，你会感到像是在观赏一场世界性的汽车比赛。那些轻便的小汽车，像天空的流星一闪而过；那集体行动的解放军汽车队，浩浩荡荡，威武雄壮；那些满载物资的庞然大物——重型

汽车开过，大地都在微微颤动。入夜，当戈壁滩之城亮起万点灯火的时候，你走进运输站或兵站，会看到一排排、一行行，到处都摆满汽车。登上高大建筑物，则能看到更为壮观的景象：行驶在青藏公路和敦格公路上的汽车队亮起车灯，好似一串串夜明珠在戈壁里滚动，也像一条条火龙在昆仑脚下飞舞。汽车，汽车，到处都是汽车。难怪有人称格尔木是一座沸腾的“汽车城”了。

今天的格尔木，已经成为联系甘肃、青海、新疆、西藏四省（区）的交通枢纽，青藏公路和敦格公路在这里交会。格尔木也是青藏铁路第一期工程的终点。它不但是开发柴达木的重要基地，也是通向西藏自治区的重要门户。西藏所需要的建设物资大部分是通过格尔木转运进藏的。西藏自治区在这里设立了办事处，开办了汽车运输公司、汽车修配厂，还建立了后勤供应基地。

格尔木的发展史是与交通事业的发展紧紧联系在一起的，它是在修建青藏公路和敦格公路的过程中诞生的。从地理位置上看，它位于甘、青、新、藏四省（区）的中心地带，通过这里翻越昆仑山口和唐古拉山口到西藏去，是一条比较理想的路线，沿途虽然多数地区海拔超过 4000 米，但是地势比较平缓，“远看是山，近看是川。”便于修筑公路，行驶汽车。1953 年底，慕生忠将军率领一支人马进驻格尔木时，这里既无城市，又无村庄，连顶帐篷也没有。附近阿尔顿曲克草原上有少数哈萨克族牧民过着游牧生活，飘忽不定。在滔滔奔流的格尔木河畔，将军和他的小队支起帐篷，后来帐篷连成了片，成了一座帐篷城，渐渐地，出现了平房、楼房，一个崭新的城市逐渐形成了。

当第一代格尔木人把帐篷支在格尔木河畔的时候，生活是艰苦的。“我们要用勤劳的双手，在世界屋脊上修筑一条平坦的大道，在柴达木盆地建设一座美丽的花园！”将军的话像火种，点燃了人们胸中奋斗的火焰，希望的火焰。

青藏公路通车后，格尔木首先办起了公路道班房、汽车修理厂、石油供应站等围绕交通运输的事业。交通事业的发展带动了其他事业的发展，沉睡千年的荒原兴旺起来了。慕生忠将军派人到盆地外运来树苗，他亲手和大家一起在戈壁滩上栽下了第一批树。人们亲切地把将军最早栽下的树称为“将军柳”。慕生忠将军组织人办起了石灰窑、砖瓦窑，用自己烧的砖瓦石灰建起了一栋栋新房，盖起了格尔木有史以来第一座楼房，人们深情地把这座楼称为“将军楼”。慕生忠将军还派人到山上挖煤，下湖挖硼砂，开垦了荒地，播下从祖国四面八方带来的菜种，种出绿油油的蔬菜。慕生忠将军还请来了一位善种花木的老人，在格尔木办了一个小果园，试种了苹果、葡萄。格尔木热闹起来了，荒凉和恐怖在生活的主人面前悄悄地退却了。刚来的时候，有人望着漫天黄沙，对着格尔木雪水河偷偷哭鼻子。没有多少时间，人们的胸脯都挺起来了，“格尔木人”开始成为引以为自豪的代名词。

格尔木的第一代人，大都是筑路工人、汽车驾驶员和汽车修理工，他们对格尔木的开拓建设是有特殊贡献的。

我们曾经访问过 20 世纪 50 年代创业初期来到格尔木的一对夫妻——鲁寿昌和曹玉芬。他们的婚礼是在戈壁滩上举行的。鲁寿昌原在天津市第一汽车修理厂工作，1955 年他响应国家号召，报名支援大西北建设。他的女朋友对他说：“你要是到大西北去，咱俩就散伙！”鲁寿昌是一个有志气而又倔强的小伙子，他回答：“散伙就散伙，我坚决要求到大西北去，谁也拖不了我的后腿！”就这样，1955 年 8 月，他毅然离开天津，来到格尔木，在青藏公路管理局保养厂工作。第二年初，他回河北省献县老家探亲，与同乡的姑娘曹玉芬相爱了。鲁寿昌毫不掩饰地告诉曹玉芬：“格尔木的条件可苦哩！住的是帐篷，吃的是干菜，风沙大，蚊子多，你愿跟我去受苦吗？”曹玉芬深情地说：“夫妻就是要同甘共苦，你就是走到天边，我也敢跟你去！”这对情投意合的夫妻在格尔木举行了婚礼，他们的新房只是一顶仅有六平方米的单帐篷。新房布置得再简单不过了，除了一张用加仑桶支起来的木板双人床和一个盛衣服用的材料箱外，别无他物。当时全厂三十多个人，凑了点钱，给他们买了两个热水瓶、两个小铁锅和两条床单。举行婚礼的那天晚上，人们聚在一起吃着水果糖，喝着茯茶水，说说笑笑，热热闹闹，像过节一样。青年人，敲打起脸盆饭碗，尽情地跳，放声地唱。

1956 年 12 月，鲁寿昌和曹玉芬的大女儿在格尔木出生了，她也是全厂头一个在格尔木出生的女孩。小两口给孩子起了个名字，叫“格兰”，他们愿女儿像一朵兰花，盛开在格尔木的大地上。

“我们喜爱城市，更喜爱自己亲手建设起来的城市。”第一代格尔木人对他们自己亲手建设起来的戈壁新城寄予了深情的爱。格尔木在他们手中诞生，格尔木在他们手中变得越来越可爱。记者曾在格尔木军垦工作过八年半，对这里很熟悉。旧地重游，情不自禁地惊叹道：“格尔木又变样了！”

我们漫步在新修建的昆仑大街上。这里原来是一条土路，那时人在路上走，晴天一身土，雨天两脚泥。现在，昆仑大街完全变了模样，土路已经改建成宽阔笔直的柏油马路，一直通到格尔木火车站。道路两旁，杨树随风摇曳。一二十幢楼房拔地而起，多么壮观！

跟随人流，我们挤进了昆仑商场，这是格尔木市第一座综合性商业大楼。货架上的商品琳琅满目，有电视机、录音机、毛纺织品、各式服装、食品、山货、牛羊肉等。蒙古族、哈萨克族牧民和汉族群众争相选购商品，商场内一派喧闹景象。

出了昆仑商场，向南走不多远，从一座院墙内飞出孩子们天真的欢笑声，这是一所新建的中学。再向前走，只见路东耸立着一座式样别致的拐角楼，淡黄、浅褐和乳白各种颜色的墙面交相辉映，显得精致素雅。这是落成不久的格尔木市招待所。过去，格尔木旅社和饭店少，条件又差，从内地来这里出差的人，最头疼的是吃住问题。新招待所的开业，给客人提供了比较舒适的食宿环境。

离招待所不远，是市委、市人民政府大院，在这里，我们拜访了市委书记。书记高兴地告诉我们，格尔木市已经建设起了100多万平方米房屋，种植了几十万株白杨树。全市现在有二十多所中小学和六家医院。还办起了汽车修理、钾肥、砖瓦、水泥、皮革等三十多家工厂。在城市近郊乱石滚滚的荒滩上，人们开垦了七万多亩土地，建设了国有农场，在海拔2800米的高寒地区种出了小麦、黄瓜、西红柿。一座装机容量为9000千瓦的电站，把昆仑雪水变成电力，给格尔木带来了光明。格尔木地区各单位还集资建起了电视塔、工人俱乐部和儿童活动中心。

走出市委大院，前方一阵阵火车汽笛的长鸣声，吸引了我们的注意。车站附近几幢崭新的大楼，面对宽阔的昆仑大街，给戈壁新城又增添了新的光彩。我们走进车站时，见到一列货车正驶入一条支线，进入西藏驻格尔木物资转运站。由格尔木开往西宁的一列客车就要启动了。随着火车通向昆仑，格尔木，这个联系青海、西藏、甘肃、新疆的交通枢纽，在开拓建设祖国西北、西南的事业中，发挥出越来越大的作用。

1984年8月

盆地奉献宝藏

柴达木的八大宝

火车过了关角沟，顿时眼前的景象迥然不同了：顶天立地的雪峰，莽莽苍苍的群山，纵横交错的深谷，都被一股脑儿甩到身后去了，而映入我们眼帘的是两条绵延的丘陵带托起的一马平川。那丘陵向左右伸展成“八”字形，多么像守卫柴达木东大门的卫士张开粗壮的双臂，笑容可掬地欢迎着远方的客人。

“柴达木到了！”

“啊，聚宝盆！”

车厢里的气氛一下子活跃了起来，乘客们纷纷挤到车窗前，望着柴达木那空旷辽阔的大地，人们脸上的表情是各式各样的，有故地重游的自豪，有重返故乡的幸福……而我们的心则早已飞到了柴达木的大漠深处、高山之巅、湍湍激流间、静静湖泊中，遨游在绚丽多彩的“聚宝盆”里。

祖国的“聚宝盆”——柴达木，以它那粗犷而雄浑的自然美召唤着远方的客人和祖国的儿女，更以它广阔的胸怀和惊人的富有磁石般的引力吸引着千千万万开拓者。

柴达木盆地像一个横卧祖国大西北的巨大菱角，东西长而南北窄。盆地西部边缘上蹲伏着雄狮般的阿尔金山，莽莽的昆仑和巍峨的祁连相对峙，形成盆地南北两道天然屏障。皑皑的雪峰与蓝天相接，银色的雪浪如大海的波涛，汹涌奔腾。盆地里大漠无边无际，众多的湖泊似点点明珠，片片绿洲像大海中的宝岛……就在柴达木的高山、沙海和湖泊中，蕴藏着丰富的宝藏。然而，1949 年前满目疮痍的柴达木却像一个衣衫褴褛、步履蹒跚的老人，在痛苦中呻吟。中华人民共和国成立后，在党和人民政府的领导下，经过 30 年的勘探、开发、建设，古老的柴达木焕发了青春，逐渐显露了它的真实面目。

今天谈起柴达木，人们都异口同声地以“聚宝盆”相称。这个称呼反映了柴达木的真实情况，也表达了人们对祖国这片土地炙热的感情。我们清楚地记得离开西宁前访问青海省地质矿产局局长宋瑞祥的情景。这位年富力强的局长虽然到青海不久，却已经深深爱上了柴达木。他到青海省上任不足十天，就一头扎进柴达木盆地实地调查了一个月，行程数千公里。辽阔的戈壁给他留下难忘的印象，“聚宝盆”的富有使他激动不已。谈起柴达木的宝藏，他如数家珍。

柴达木的宝藏种类繁多，储量丰富，遍布盆地的各个角落。盆地南缘被东昆仑山多金属成矿带所环抱，这个成矿带的东端与西秦岭成矿带延接；盆地北缘被阿尔金山中段石棉成矿带所圈闭；盆地北缘由赛什腾至锡铁山铅、锌、硫、铬多金属成矿带组成，可见柴达木在青海省处于多么重要的地位。目前已知柴达木有 7 种矿产的储量居全国首位，它们是钾盐、池盐、镁盐、锂、溴、碘、石棉。另外，还有硼、天然碱的储量占全国第二位。芒硝、石膏、铅锌、煤、铁、石油、天然气的储量也比较丰富。如果按照矿产的储量、品位、价值、供求等情况综合分析，柴达木这个巨大的“聚宝盆”里藏着八大宝，分别是池盐、钾盐、硼、镁盐、锂、石棉、铅锌和石油。说柴达木是祖国的“聚宝盆”，那是当之无愧的。

柴达木首屈一指的矿藏资源，要数盐湖池盐。全盆地有近代盐湖 25 个，盐的总储量达 570 多亿吨，占全国已探明池盐总储量的 57%。以盐为主的盐湖有盆地东部边缘的茶卡盐湖和柯柯盐湖。茶卡盐湖出产的茶盐，颗粒洁白透亮，味重而纯，氯化钠含量高，在国内市场上享有盛誉。青藏高原上的农牧民历来把盐看得跟粮食、茶叶一样重要。而柴达木盆地的池盐若供全国人民食用，至少可以用一万年。在海盐、岩盐、井盐、池盐几种盐中，池盐的生产成本是比较低的。数量巨大、成本低廉的池盐，是“聚宝盆”贡献给人们的一笔了不起的财富。

柴达木氯化钾固体矿和液体矿蕴藏量达 3.7 亿吨，占全国已探明氯化钾总储量的 97%，发展钾肥生产有得天独厚的有利条件。我国最大的盐湖察尔汗盐湖，面积 5856 平方公里，是钾镁盐为主的大型综合性矿床，仅钾盐的储量就达近 3 亿吨。另外，地处柴达木西北部的一里坪、西台吉乃尔盐湖也富集钾盐。

硼是国家经济建设极其短缺而又急需的矿种，柴达木硼的保有量达 1500 多万吨，占全国探明硼的总储量一半以上。硼矿主要分布在盆地腹部大柴旦镇附近的伊克柴达木湖和巴嘎柴达木湖。

柴达木储藏镁盐 30 亿吨，以察尔汗盐湖和西台吉乃尔盐湖的储量最大。柴达木已探明锂的储量有 1700 万吨，这是国家一项极其珍贵而巨大的物质财富，青海锂矿产地有 9 处。

石棉矿带主要集中在青海与新疆接壤的茫崖。随着现代工业的迅速发展，人类对石棉的需求量越来越大。1880 年时，全世界的石棉产量只有 500 吨左右，而到 1980 年，世界石棉产量已增长到 520

多万吨。茫崖石棉矿则很可能成为世界上储量最大的石棉矿之一。

在大柴旦镇以南70多公里的敦格公路东边，是锡铁山铅锌矿区，蕴藏着丰富的铅锌，并伴生十多种稀有金属。

在盆地西北部，已经探明跃进1号、冷湖等十多个油田，已查明的石油储量为1.5亿多吨。石油勘探还在进行中。

……

察尔汗盐湖奇观　姚正武摄

“在不久的将来，国家建设的重点将转移到大西北。青海是大西北一个举足轻重的省份，而青海省的重点又在柴达木。八大宝是柴达木繁荣兴旺的资源条件。今后，随着国家经济建设的发展，柴达木一定会成为我国西北地区的盐化学工业、有色金属工业和建筑材料工业的重要基地，柴达木为祖国的四化建设做出巨大贡献的日子不会太远了。”

1984年8月

柴达木湖泊何其多

柴达木盆地拥有各式各样的湖泊 90 多个。如果有机会从高空鸟瞰，柴达木就像一片镶满钻石的大地。

那遍布盆地的众多湖泊，具有迷人的色彩，蕴藏着丰富的宝藏，也包含着许许多多尚未揭示的谜。

关于湖泊，有一个动人的故事在柴达木流传着。人们传说，那些湖泊是当年织女会牛郎时撒落的一串明珠变成的。天宫的王母娘娘割断了牛郎织女的美满姻缘，使牛郎织女隔河相望。每当鹊桥相会，总是难舍难分，一不小心，织女扯断一串珍贵的项链，闪光的明珠撒落人间，滚进荒凉的柴达木，使茫茫沙海顿生光辉。一颗明珠变成一个湖泊。但是，织女戴的项链是天宫的稀世之宝，王母娘娘发现织女丢了项链，怪罪下来，限令她找回来。织女只好在一个静悄悄的月夜化作一条轻纱般的白云重返人间，伸出她那洁白的手臂要收走撒落的明珠。这时候，湖面传来群鸟的低鸣——“叽叽，咕咕，咯咯，嘎嘎……”那温柔的大雁、活泼的黄鸭、珍贵的黑颈鹤，一齐呼喊着：亲爱的织女姑娘，把您的明珠留给我们吧，没有它，我们无法生存啊！心地善良的织女被鸟儿们的真情打动了，这样，轻柔的白云退回了天宫，那一串明珠变成的湖泊便永远留给了人间。

星罗棋布的湖泊，像一颗颗蓝色的宝石，每个湖泊都有自己特殊的性格，有的咸，有的淡；有的独居沙海，有的牵手为邻。人们根据它们的面积和水量，以大小相称。如冷湖镇的北面有大苏干湖和小苏干湖；柴达木山下和绿梁山下有大柴旦湖和小柴旦湖（即伊克柴达木湖和巴嘎柴达木湖）。那些两个连在一起的湖泊，牧民则称它们为褡裢湖或褡裢海，就像肩上背的褡裢一样。还有些水面不人的湖泊，当地群众往往都叫它尕海，在柴达木盆地和青海高原上，可以找到不止一个“尕海”。

除了众多的湖泊，柴达木盆地还有纵横交错的河流。比较大的河流有格尔木河、柴达木河、乌图美仁河、巴音格勒河、察汗乌苏河、香日德河等。另外，盆地下还蕴藏丰富的地下水，据勘测，整个盆地的地下水总储量相当于青海湖水量的四倍，也就是说，柴达木地下藏着四个“青海湖”。丰富的地表水和地下水像乳汁一样滋润着柴达木盆地，哺育了一片片绿色的草地。河边湖畔芦苇丛生，碧草杂花相映其间。每到八九月份，如絮的芦花在湖畔轻轻飘逸，像纷纷扬扬的雪花拂过碧蓝的湖面，成群的鸥鸟在湖面上盘旋翱翔。此时的柴达木宛如一幅令人陶醉的水墨画。

柴达木盆地不仅有着丰富的地下宝藏，生物资源也十分可观，种类繁多的动植物主要分布在河边湖滨和水域里。全盆地已知鸟兽约 120 种，其中包括野骆驼、野驴、天鹅、黑颈鹤和红沙蟒等珍稀动物。盆地的湖泊里最多的野生动物还是鸟类。据科学工作者考察，青海省鸟类占全国已知鸟种类的六分之一。除了青海湖和黄河源头地区的扎陵湖、鄂陵湖以外，鸟类主要生活在柴达木的湖泊里，有斑头雁、灰雁、棕头鸥、鱼鸥、赤麻鸭、鸬鹚等，仅斑头雁和灰雁，在盆地的芦苇丛中就栖息了几万只。

多年来，柴达木人对盆地的湖泊水域、野生动植物资源进行了广泛的研究，为充分利用湖泊开展了创造性的工作。从 20 世纪 70 年代到 80 年代，柴达木的淡水养鱼事业也迅速发展起来。过去，湖泊里生长的高原鱼类主要是裸鲤。这种无鳞鱼虽然味道鲜美，但生长缓慢。1973 年以后，把南方平原地区的鲤鱼、鲫鱼、草鱼、鲢鱼、团头鲂等淡水鱼试验性地引来放养，这些活泼的小生命居然能够慢慢适应高原湖泊的新家庭，逐渐安家落户了。其中最了不起的是鲤鱼。在可鲁克湖里放养的鲤鱼，已经能自己繁殖后代，不再需要年年从内地调运鱼苗了。柴达木人和内地一样能品尝到肉嫩味鲜的鲤鱼，这也是高原的一件新鲜事儿。

还有，柴达木利用湖泊沼泽放养麝鼠，也取得成功。麝鼠是一种比较珍贵的水生哺乳动物，适宜生活在河床、池塘、沼泽地带，以水边植物、贝类和鱼类为食。它那棕黑色的皮毛是制作大衣、衣领和帽子的优质原料，在国际市场上也很畅销。麝鼠肉质嫩美、营养丰富，油脂既可食用又可作工业原料。20 世纪 70 年代以来，从新疆、黑龙江等地引进的麝鼠，在柴达木盆地的可鲁克湖、阿拉尔等地有了新的“家园”，有些地方已经开始有计划地捕猎麝鼠。

柴达木的湖泊是富有的，也是美丽多情的，有人说，这里的每个湖都包含着一首抒情的歌儿。记者听到的褡裢湖的歌儿，尤其优美而深沉。有一年在高原盛夏的美好日子里，记者去观赏了褡裢湖的丰姿。

褡裢湖，是可鲁克湖和托素湖的合称。两个湖一南一北，相距没有几步远，中间由一条小河相连，形状就像牧民常用的褡裢，所以人们往往把这两个湖称为褡裢湖。有趣的是，这两个携手并肩的姊妹湖性格却截然不同，一个是淡水湖，一个是咸水湖。淡水湖，蒙古语称“可鲁克”,意思是“多雪的芨芨滩”或“水草丰美的地方”；咸水湖，蒙古语称“托素”，翻成汉语是“酥油”的意思。

关于褡裢湖，传说很久以前，有一个名叫托素的蒙古族青年，家境非常贫寒，穷得没有羊去换盐巴，只好到遥远的地方背盐巴。他走过漫长的路，吃尽人间的苦，终于找到盐湖。他往口袋里装满盐，高兴得忘记了饥渴和疲劳，巴不得插上翅膀飞回家去。他走啊，走啊，竟走进了无边无际的戈壁滩，迷失了方向，走了七天七夜，栽倒在一个沙丘旁。这时，一只神奇的白天鹅恰好路过这里，看见倒在地上的托素，立即飞向托素的家乡去报信。大鹅找到了正在金水泉边舀水的托素的未婚妻可鲁克姑娘，向她叙说了托素的不幸。可鲁克姑娘听后，不顾一切，连背着的满满一桶水也忘了卸掉，就奔去找托素。她在白天鹅的指引下，爬山过水，日夜兼程，就在她筋疲力尽的时候，远远望见躺在沙丘边的托素。可鲁克姑娘控制不住感情的泪水，边哭边喊，向托素奔去。可是，她没跑几步，也摔倒在地上，水桶里的水朝托素躺的地方流去。姑娘用尽最后的气力向前爬，眼看就要爬到托素身边的时候，停止了呼吸。多少年以后，在可鲁克姑娘倒下的地方，出现了一个清澈的淡水湖，而在青年托素长眠的沙丘旁，却出现了一个雄浑的咸水湖，据说这咸水湖是可鲁克姑娘背的那桶清水溶蚀了托素背的那袋青盐形成的。至于那条连接两湖的涓涓小河，则是可鲁克姑娘向情人托素伸出的玉臂化成的。人们为纪念托素和可鲁克，也把褡裢湖称为“情人湖”，而把两湖间那条小河称为“传情河”。

褡裢湖优美的传说，不正是一首抒情的歌吗？

在巴音河入口，记者登上一条小木船，顺水飘悠而下。河水上涨，上游冲下不少泥沙，河水是浑黄的。不一会，我们进入了湖边茫茫的芦苇荡。芦苇铺天盖地，露出水面的芦苇少说也有两米高，散发出一种清新的气味。河道有八九米宽，轻舟在青绿的芦苇中自由穿行，船桨有节奏地拍打着流水，不时惊动藏在芦苇中的斑头雁、野鸭，猛然间只听一声长鸣，鸟儿们展翅飞上蓝天，在湖面上空转了一圈，又俯冲下来，躲进了芦苇荡深处。

轻舟驶出芦苇荡，波光粼粼的可鲁克湖展现在眼前。明媚的阳光普照湖面，辽阔的湖面上如同撒下数不清的碎银。柔情的微风轻轻地吹拂一湖碧水。这美景，仿佛是一幅绝妙的山水画。置身湖中，我们完全忘记了这里是海拔近 3000 米的高原。啊，雪山下的湖泊，真令人陶醉，那秀丽的太湖，南国的洞庭，哪里有高原湖泊这特殊的魅力。

湖水蓝中透绿，清澈见底，水下生长着各种水草，有的地方水草非常密实，有时小船误入水草密集区，费好大的劲才能划出来。那鱼儿却在水草间自由自在地游动。

这微风、绿水，把人的肺腑吹洗得干干净净；那水草、游鱼，又将人带进了无忧无虑的天地。可鲁克湖，美丽的湖，多情的湖，你用最动听的声音，从心底唱出一首抒情的歌。大自然的美，能陶冶人的情怀，它会给人以最纯洁无瑕的享受。

正当我们沉醉在可鲁克湖的美景中，从远处飘来悠扬的歌声。“洪湖水浪打浪，洪湖岸边是家乡，清早船儿去撒网，晚上归来鱼满舱……”那是可鲁克湖养殖场的渔工下湖捕鱼来了，我们要是诗人或作曲家，定会即兴作一首歌唱可鲁克湖的歌，献给可鲁克湖的渔工们，让渔工们也唱唱他们自己的新生活。

我们情不自禁地随着渔工的歌声唱起来，歌声掠过水面，飘得很远很远。这时，只见两个渔工调转船头，使劲挥动双桨，飞快地朝我们驶过来，船后留下一道深深的水印。这是两个脸色黝黑的中年人，他们来自江南渔乡。我们两条船靠近后，就像老熟人一样聊开了。渔工告诉我们，湖中已投放了1000多万尾鱼苗，有鲤鱼、鲫鱼、鲢鱼、鳙鱼、草鱼、团头鲂等，湖里现在到底有多少鱼，谁也难以说清楚，有人估计至少有几百万公斤。

渔工带我们来到网鱼区，湖面上漂浮着许多条尼龙长绳，两头拴着竹竿，插在湖底，绳子上结了一个个彩色鱼漂，这是单面渔网。渔工看到水漂一个个沉下水了，断定有鱼投网了。他们轻轻拉起早晨布下的渔网，一条条三四斤重的鲤鱼活蹦乱跳地露出水面。

在告别褡裢湖的时候，我们真有恋恋不舍之情。我们留恋褡裢湖美丽的湖光水色，我们更迷恋褡裢湖从心底唱出的抒情的歌。

1984 年 8 月

盐的世界——柴达木

号称“聚宝盆”的柴达木，遍地都是宝贝，而其中最富有的当首推那些神奇而迷人的盐湖了，在众多盐湖之中，察尔汗盐湖最大、最富有。

去察尔汗盐湖要走敦格公路，从格尔木向北行几十公里，或从大柴旦向南行几十公里，便可到达察尔汗盐湖。如果天气晴朗，还可以在盐湖上观赏到“海市蜃楼”的美景，远远望去，前方云蒸霞蔚，水波荡漾，隐隐约约有一艘艘威武的战舰正驶向大海的深处。还有一座座壮观的堡垒，一辆辆巨型坦克正向堡垒进发……

盐湖上出现海市蜃楼奇景，原因是盆地在群山环抱之中。夏天的蒸汽不容易散发，通过阳光的折射作用，推土机、沙丘、电线杆、汽车这些东西，在人们的眼里放大了数倍，就变成了所看见的军舰、城堡、坦克。柴达木盐湖中的风光竟是这样奇特有趣。

大自然——多么伟大而丰富的课堂，这里有探索不尽的奥秘，这里有学不完的知识。柴达木不就是一座令人神往的知识宝库吗？

柴达木是蒙古语“盐泽”的意思。柴达木到处是盐，走进盆地就像走进了盐的世界。24 万多平方公里的大地，从东到西，从南到北，到处都有盐。行进在盐铺的公路上，定会看到养路工把盐卤水泼到路上，养护那些盐筑的路。记得有一次访问柴达木盆地西部石油探区，石油局的一位刘工程师指着尕斯库勒湖畔那些白花花的盐水对我们说：“我们是搞石油的，可是在柴达木找油差不多天天和盐做伴，就说这附近吧，钻机钻进去 100 米还没有钻透盐层。柴达木的盐实在太多了！”

柴达木，这个巨大的盐泽，是大自然的产儿。据地质学家们考察，在几亿年前，青藏高原还是一片汪洋，后来地壳发生变动，地块上升，古老的喜马拉雅海渐渐变成了一片雄伟的高原。大约在 1.5 亿年前，柴达木盆地初具规模。当时的盆地气候湿润，雨量充沛，植物繁茂，是一个绿色的王国。又过了一个漫长的时期，喜马拉雅山剧烈上升，隔断了从印度洋北上的湿润空气，柴达木盆地的气候开始由潮湿变为干旱。在长期的历史进程中，它经历过数次潮湿与干旱交替的气候演变。现在，盆地里许多地方几乎不下雨，年降水量最多的东部大约 150 毫米，干旱的西部一般只有几十毫米，最少的地方只有 20 毫米。而盆地里的蒸发量却是降水量的 20 倍至 140 多倍。这样年复一年的大量蒸发，湖泊中的水分也得不到更多的补充，导致湖内含盐比重逐渐提高，久而久之，形成了大大小小的盐湖。

现在的柴达木盆地里共有 25 个盐湖。这些盐湖，有的平明如镜，四周环绕着绿茸茸的草地和各色各样砾石镶成的花边；有的静卧于荒漠之中，湖边紧套着一圈银色的盐带，就像戴着美丽的项圈；有的镶嵌在巍峨的雪山之间，湖水清澈碧绿，像飘拂在山间的彩绸。由于盆地气候干燥，蒸发量大，大部分盐湖已经干涸，上面结成几十厘米到一米多厚的坚硬盐盖，下面是几米甚至是几十米深的结晶盐。盐盖上可以行驶汽车、建造房屋、铺筑铁路、起落飞机。

大自然像一位神奇的造物主，那些结晶盐形状奇异多姿，颜色五彩纷呈。有白色的、有蓝色的、有黄色的，还有粉红色的。察尔汗盐湖有一种“钟乳盐”，状若冰凌，酷似南国岩洞中的石钟乳；昆特依盐湖盛产的“玻璃盐”，如透明的水晶，可用它来雕刻各种精美的工艺品；在达布逊盐湖的北滩，由于微风吹荡，形成了许多珠状盐粒，一颗颗，一堆堆，宛若珍珠，因此获得“珍珠盐”的美称。走进这些盐湖，就像进入了深藏着奇珍异宝的水晶宫。

柴达木的盐究竟有多少？全国矿产资源储量委员会已经公布，各类盐总储量 570 多亿吨。有人估计，柴达木的盐如果供 10 亿中国人食用，至少可以吃 1 万年。用这些盐可以在月球和地球之间铺设一座高 6 米、宽 12 米的“盐桥”。柴达木的盐湖里，盐的种类繁多，有钠盐、钾盐、镁盐、硫酸盐、硼酸盐等，另外，湖中还含有锂、溴、碘、铷、铯等多种元素。如果说一个盐湖就是一个“聚宝盆”，并不夸张。

盐湖对人民是慷慨的，在勤劳智慧的人民面前，它们会源源不断地奉献出自己的财富。盆地里开发最早的盐湖，要算是茶卡盐湖了。它坐落在盆地东部边缘，北依完颜通布山，南靠旺尕秀山，是一个狭长而美丽的盐湖，终年闪着晶亮的光彩。湖中蕴藏着 4.5 亿多吨氯化钠。那里最早的采盐技术十分落后，生产主要靠手工。先用小铁钻把盐层钻开，然后用一把长柄铁勺一勺勺地把盐捞出来，装进麻袋，用牦牛或骆驼驮运出去。1949 年后，随着生产的日益发展，生产条件逐步改善，采、装、运都实现了机械化。现在的茶卡盐场，每年能生产盐 20 多万吨。经过盐工们的艰苦奋斗，古老盐湖焕发了青春，处处呈现出蒸蒸日上的新气象。生产季节，采盐机伸出长长的脖子，从湖中挖出原盐，装进矿车。奔驰在湖面上的一列列小火车，每天把洁白的池盐源源不断地送到湖岸。在湖岸，白花花的盐粒堆积如山，皮带输送机不停地运转着，把盐装进火车，送往外地。

茶卡盐湖面积有 105 平方公里，盐层的厚度平均为 8 ~ 15 米，含氯化钠达 95%左右，从湖里采出后只需简单冲洗一下便可食用。经过 200 多年的开采，只不过在盐湖的西北部挖了一个角，而且已经采过的盐层5年后的卤水又结晶成盐，长出新的盐层，真是取之不尽，用之不竭啊！

提起盐湖的贡献，柴达木人不会忘记伊克柴达木湖，大家习惯称它为大柴旦湖。早在50年代，人们就开始在那里开发硼砂矿，曾经为国家做出过重要贡献。现在，与茶卡盐湖相距不远的柯柯盐湖，池盐的储量比茶卡还要大，在那里如果建设一个盐厂，年产池盐可达到100万吨。现在，海西州已经在那里办起了一个精盐厂。

柴达木，盐的世界。随着开发大西北，火车开进柴达木，柴达木盐化工业的红火年代必将到来。

1984年8月

聚宝藏珍的锡铁山

在青海省柴达木盆地，你会看到许多山，有终年头戴银盔的雪山，有金蛇曼舞的沙山，有把沼泽顶在头上的橡皮山，有古柏森森的柏树山……山岭衔接，层层叠叠，绵延千里。那巍巍祁连，莽莽昆仑，险峻挺拔的阿尔金山，都是闻名四海的大山。然而，20世纪80年代，柴达木人谈论最多的却是聚宝藏珍的锡铁山，称它是一座宝山。祖国大西北的铅都正在这里加紧兴建。

雄伟奇特的锡铁山，位于柴达木盆地中部，敦格公路的东侧。汽车驶出大柴旦镇，绕过绿草环抱中的巴嘎柴达木湖，再盘过一道沙梁，一座身着绿色、肩披红斗篷的大山突兀地出现在你眼前，那红绿相间的岩石，在阳光下闪烁着璀璨夺目的光彩，它就是锡铁山。

在地质家的眼里，锡铁山属于壮年期山形。整个山脉东西长而南北窄，总面积约120平方公里，主峰高达4000米。它山高壑深，壁陡崖峭，山形奇特，雄伟壮观。山上没有土质覆盖，也不生长花草树木，就连它的四周也都是茫茫的戈壁和干旱的荒漠，给人一种孤寂荒芜之感。其实，这正是锡铁山特有的风貌。它的岩石红绿相间，五彩纷呈。盛夏，骄阳似火，大地如蒸，灼热的阳光把岩石晒得发烫。这时，你遥望山峦，会隐约看见茂密葱茏的树木，苍翠欲滴，引人入胜。这是大山中的海市蜃楼，是世间少有的自然景观。

在漫长的历史岁月中，锡铁山是一位长期沉睡的巨人，它独居浩瀚的戈壁深处，很少有人知道它，更没有人认识它的真正价值。直到清朝咸丰年间，有少数人到这里开过矿，炼过铅。迄今，在山中的一个石壁上还残留着“咸丰三十一年铅局”的字样和一段很短的古峒遗迹。20世纪初期，有一支外国探险队进入柴达木盆地，他们路过锡铁山时，看到了裸露在地表的乌金似的铅锌矿石，金光闪烁的硫精矿和晶莹夺目的孔雀石，大为惊奇，连连赞叹。临走时，贪婪的“探险家”们带走了不少矿石标本。

1949年后我国各族人民真正当家做了主人，人人都关心国家的建设事业。1955年，长期生活在柴达木盆地的一位蒙古族老人写信向人民政府报告了锡铁山有矿的消息。当时，地质部的一位司长从北京特地赶到青海，他从西宁出发，没有汽车就骑骆驼，穿越茫茫戈壁，艰难跋涉半个月才找到了锡铁山。他一到这里，就被那一条条裸露在地表的氧化铅锌矿体迷住了。他强忍着严重的高山反应和长途奔波的极度疲劳，在锡铁山的山沟里风餐露宿，进行了三天的踏勘调查，带着丰收的喜悦和激动的心情踏上了归途。

沉睡的锡铁山在新中国灿烂的朝霞中苏醒了。它的宝藏吸引了年轻的地质工作者。不久，国家派出地质队进驻锡铁山。那时候，这里一无所有，只有黄沙滚滚的戈壁，寸草不生的大山，没有房子，没有道路，有的只是狂暴的风魔，炙人的热浪。可是年轻的地质队员却十分乐观地生活和工作着。记者在锡铁山听到了地质队初期探宝时的一个真实的故事：那是一个星期天的早晨，地质队员没有休息。当朝阳的金辉洒满戈壁的时候，地质队的一群快乐的年轻人带上铁锤要出发找矿了。临行时，一个小伙子从帐篷里掏出一个西瓜，他说："这是从千里之外带来的。今天我们如果能找到新矿，就用这个西瓜庆祝我们的胜利！"9月的戈壁，被太阳烤得发烫，空气燥热。小伙子们一个个生龙活虎，一天的任务完成得不错。劳动结束的时候，大家围坐在沙滩上，顷刻间把西瓜吃光了，大家抹抹嘴，个个眉开眼笑说："世界上最好吃的东西大概就是西瓜吧！"吃完西瓜，开始返回营地。可是没想到转了几个山头迷路了，晚霞渐渐消失，星星开始眨眼。他们只好坐在沙滩上背靠背睡了一夜。第二天清晨又继续找路，走着走着，突然有人高喊一声："你们看！"原来，他发现了"宝贝"——昨天他们丢掉的西瓜皮。大家高兴得手舞足蹈，拾起西瓜皮，每人一块，连白带绿的，吃了个一干二净。这时一个小伙子诙谐地说："我发现，世界上最好吃的东西不是西瓜，而是西瓜皮！"沙滩上发出一阵开心的欢笑声。西瓜皮解了渴，也帮助辨明了方向，大家又振作精神重新上路……这段小小的插曲反映了当年地质队员的生活和精神面貌。

人们与风沙、冰雪、干旱搏斗，用了两年的时间，揭开了这座宝山的秘密，查明锡铁山蕴藏着铅、锌、金、银、锑、钨等多种有色金属，是我国罕见的大型铅锌矿床。探明的铅锌储量有180多万吨。后来进行地质钻探，又发现深层和周围还有一定数量的远景储量。一般的铅锌矿，矿石里含铅量占2%～3%就算高品位了。锡铁山的矿石含铅量大，氧化矿含铅量达9%以上，硫化矿含铅量也有4%。

1958年，一支年轻的采矿队开进了锡铁山，开始在氧化带和边角地方开采矿石，然后运往沈阳冶炼厂冶炼。到1983年的25年中，这个只有400多人的采矿队住深山，饮苦水，艰苦奋斗，为国家做出了重要贡献。累计开采矿石 44 万吨，贵重金属 8.6 万吨，回收黄金 846 公斤，银 3.9 吨。

粉碎“四人帮”后，锡铁山迎来了明媚的春天。1981 年，国家正式决定大规模开发建设锡铁山。1982 年，7000 多人的建筑施工队伍开进来了，领导干部、技术专家、大学毕业生……日夜兼程，从祖国的四面八方来这里报到。沉睡万年的宝山一派沸腾景象。大型载重汽车在矿山公路川流不息，火车开进了锡铁山，运来了大批建设物资。电厂的烟囱在节节升高。选矿厂的主厂房横跨在高达 5 ~ 6 米的尾矿坝上，条条进矿公路已经修通，主要采矿区的附属企业都已建成。宝山的大门已经打开，矿山井下掘进已过万米。平洞里，电灯如一串耀目的彩珠，照耀得如同白昼。

矿山上的一位老工程师介绍说，矿区的地面工程基本上可以完工了,1985 年矿山即可投入生产。矿山设备都是目前国内最先进的。5 台大型铲运机日产铅锌矿石 3000 吨,平均每个井下工人生产 1 吨,效率比现在国内比较好的矿山高一倍。一年就能拿到 3 万吨铅，4 万吨锌，还有相当数量的黄金、白银以及其他有色金属。

伴随着矿山建设的脚步，锡铁山脚下一座崭新的城镇也在兴起。60 多幢漂亮的住宅楼已经落成,职工们住上了三间一套的新房,室内墙壁刷着新涂料,安装了自来水。锡铁山当地没有可饮用的水。过去的小矿，生产和生活用水都是出动车辆从几十公里甚至上百公里以外拉来的。为了适应矿山建设和城市建设的需要，建设者们在附近的巴嘎柴达木湖底下找到了高压淡水层，一条 30 公里长的输水管线把淡水源源不断地送到了锡铁山矿山和居民生活区。戈壁中的这股水，对于锡铁山，就好像人体内的血液一般宝贵。

当大批建设者从天南海北汇集到锡铁山以后，市区的市政建设和文化、教育、商业、服务等设施也相继发展起来，建设了礼堂、电影院、商店、邮局、粮站、书店、公安派出所……尤其令人兴奋的是，一个新教育区已经初具规模，教育区里矗立着一座四层大楼，设立了小学、中学和中等专业学校。

锡铁山是一座充满希望的山，难怪大批有志之士投进它的怀抱。随着西北大开发，柴达木的春天来到了，锡铁的明天将更加美好！

1984 年 8 月

我心中的“天路”

青藏铁路，我的牵挂

修建一条直通西藏的铁路，让火车在海拔几千米的雪山与高原间奔驰，是几代中国人的梦想。

2006 年 7 月 1 日，历经几代铁路建设者半个多世纪前赴后继拼搏奋斗，横跨世界屋脊的青藏铁路全线建成通车了，各族人民世代梦想的天堑变通途终于成为现实。

当我从电视屏幕上看到在格尔木和拉萨两地举行的盛大庆典活动实况直播，尤其胡锦涛总书记亲临青海格尔木参加典礼并为通车剪彩，令我心情激动，久久无法平静。

为什么这件事如此触动身处沿海城市青岛的我，我又何以如此倾心关注远在数千里之外的青藏铁路呢？我想，那是因为几十年前我曾在四五年时间里全程采访报道青藏铁路第一期工程建设，此时此刻，此情此景，又一次唤起了我对往事的回忆，把我带回了当年青藏铁路火热的施工现场，英雄的铁道兵指战员的音容笑貌又生动地呈现在我的面前……

主席指示修铁路

1974年，根据毛主席和周总理的指示，铁道兵七师和十师全体指战员陆续开进青海，肩负起了修筑这条世界上罕见的高原铁路的历史使命。

那时青藏铁路指的是从青海省会西宁到西藏自治区首府拉萨，全长近两千公里，工程分两期进行，第一期工程东起青海西宁市，西至通向西藏的门户格尔木，全长814公里，其中西宁至哈尔盖的181公里已在1975年建成通车。铁道兵承担修建的是从哈尔盖到格尔木段的634公里铁路。规划的第二期工程从青海格尔木到西藏拉萨，全长1118公里，其中多年冻土地段600公里，海拔高于4000米的地段长达960公里，青藏铁路是世界上海拔最高和最长的高原铁路，这在我国和世界的铁路建设史上都是罕见的。

铁龙牵上大高原

英雄的铁道兵在青海省各族人民的大力支援下，以“铁道兵前无险阻”的英雄气概，战胜了高寒、缺氧、风沙、盐湖筑路等恶劣的自然条件，克服了人烟稀少、生活艰苦、技术复杂等重重困难，将钢铁长龙牵上高原。粉碎“四人帮”后，工程进度大大加快，两年铺轨360公里，相当于以前那两年铺轨里程的三倍。

我当时在新华社青海分社当记者，1978年底，就在青藏铁路第一期工程建设进入施工高潮时，为迎接改革开放新时期即将到来，打破以往重大工程“开工静悄悄，竣工再报道”的惯例，中央有关部门通知由新华社派记者前往青藏铁路采访，准备向国内外公开报道。实际上，青藏铁路第三次上马已经开始四年多了。

山东老乡好样的

在铁道兵第一指挥部住了两天后，我这个山东淄博人似乎发现了一个秘密：这里的山东老乡真多，从指挥部的司令员、政委到各部门的师、团、营职干部，几乎是清一色的胶东人。很快，我了解到，原来这与铁道兵的历史有密切的关系。解放战争年代，我军胶东的一支部队南下，后来成为铁道兵团一支重要力量。抗美援朝时这支部队又成为志愿军铁道工程部队一员。1954 年，在铁道兵团和志愿军铁道工程部队的基础上，成立了中国人民解放军铁道兵。所以，这么多胶东人就不足为奇了。

张荣大在铁路经过的地方留影

因为老乡多，也特别亲切。所以，打这以后，我跑起来更兴奋。铁路每修到一地，我都到现场及时采写“今日新闻”，将一个又一个喜讯传播到全国，让人们了解青藏铁路建设的进展，更多地听到和看到铁道兵可歌可泣的英雄事迹。

巨龙架过大盐湖

在青藏铁路难以逾越的察尔汗盐湖，英雄的铁道兵们靠科学态度和苦干精神，将钢铁巨龙架在了盐湖上。铁路穿过盐湖的 32 公里和两岸近 60 公里的地段，地质情况极其复杂，有软似海绵的饱和粉细沙震动液化地段，有溶洞密布的盐溶地段，有硬似花岗岩的岩盐地段，在这样的地方修铁路，国内没有先例，国外也属罕见。盐湖上苦涩的盐味随风吹散，强烈的腐蚀性使得人们的皮肤开裂、变色，帐篷和衣服要不了多长时间就变质、腐烂。

在这种极端困难的情况下，铁道兵和科研人员一道，用打挤密砂桩的办法增加饱和粉细沙震动液化地段地层土层的密度，就像往路基打进一根根水泥柱子，从而提高单位面积的承载力。在施工的 10 个月中，他们共打成砂桩 5.6 万多根，总进尺 13.6 万多米，钻透的深度相当于 15 座珠穆朗玛峰的高度！盐湖筑路的铁道兵和科技人员创造的奇迹，同雄伟的“盐湖铁路”一起，载入了我国铁路建设的光荣史册。

“戈壁水龙”的奇迹

在海拔 3100 多米的泉吉峡，我曾跟随号称“戈壁水龙”的某部水车队采访了数天。由于部队负责施工的 80 公里地段水源缺少，部队便从汽车连队抽调 13 辆汽车改装成水车，组成水车队，供应整个部队的生活用水和工程用水。无论是在三四十摄氏度的酷热天气，还是在零下二三十摄氏度、滴水成冰的严冬季节，3 年多来，他们在坎坷不平的便道上行车 155 万公里，相当于绕地球 38 周还多；运水 268 万多吨，相当于在戈壁滩上修了一个面积 1.3 平方公里、水深两米的“甜水湖”。

铁路一节节伸展

在七师和十师的两个铺轨队的宿营车上，我都曾吃住在上面，目睹铁道兵日夜奋战加快铺轨的感人场面。

有一天中午，我正与指战员们蹲在路边的工地吃饭，突然平地刮起一阵大风，来不及躲闪，米饭碗里落了一层沙，我就把上面的一层刮掉，又香甜地吃起来。夜晚，黑幕降落戈壁荒原，周围出奇的冷清，而铺轨现场却是灯火通明，热闹非常。巨人般的铺架机吊起一节长长的轨排，缓缓输送到前方，又稳稳地铺落到路基上，指战员们立即赶上前去，指挥员喊着口令，几十个人一起用撬棍校正，然后拧紧连接螺丝，铁路就这样一节一节地在指战员们的奋战中向前伸展，日铺轨最快时达 4.8 公里，这是奇迹般的战绩。

英雄事迹说不完

在千里青藏铁路施工第一线，英雄们的事迹说也说不完：雷锋式的好干部梁忠孟，脚踏实地艰苦奋斗的副师长宫照德，发扬主人翁精神的副总工程师陈孔安，精心开车爱车的班长吴长明，高原好“曼巴”——军医罗珍山，都是筑路指战员们心中的榜样，他们的事迹在部队到处传扬。

那时，我采写了四十多篇有关青藏铁路建设的报道，其中今日新闻就有一多半。《把铁路修到世界屋脊——记青藏铁路的建设者》和《火车开进柴达木》的长篇通讯，成为有社会影响的新闻报道，《青藏铁路铺轨到格尔木》和《荒野中的新城格尔木》被评为新华社1979年对外报道十大好新闻之一。

《天路 天路 天路》情缘深深

有些事是要讲缘分的，缘分到了，瓜熟蒂落，水到渠成，能成就一番事业。要是缘分不到，有些事会错失良机，或失之交臂。

但缘分是讲机遇的，而机遇大都可遇不可求，当机遇来到的时候，你能认清楚，把握住，就会把机遇变机会，也就离成功不远了。

不过，机遇的大门始终是为有准备和奋斗着的人敞开的。“幸福是奋斗出来的”，这是一句至理名言。

缘分、机遇、奋斗，缺一不可。

我的成长经历验证了这一点。

我2015年12月出版的《天路 天路 天路》一书，正是这三者的一个结晶。

我出生在大文豪蒲松龄的故乡山东淄博，自言是听着鬼的故事长大的。

打上小学时，“少时不努力，老大徒伤悲”这句古训，就灌满了耳朵，我不仅听进去了，还牢牢扎根在心里，深信不疑。初中与高中都在有名望的淄博一中读书，从小酷爱文学与写作，立志要当记者与作家，成为人生的一大梦想。

当年的我富有梦想，更追求成真，说透了就是斗胆加执着。可能有人会认为这是不自量力，在我看来那叫有志者事竟成。

我从写好作文学步，向媒体多投稿问路。高中语文老师刘学敏曾选择我的《博山公园游记》等作文，在课堂上作为范文解读，这对一个正在朝着理想迈进的学生来说何其重要。

处女作《从弟弟的课文中想到的》，在我上高二时发表在《淄博日报》，可不是小豆腐块，有七八百字，曾在学校中引起了不小的反响。

从此，我在写作的道路上一发而不可收，60 年来一直笔耕不辍。前些年被母校首批授予了“功勋校友”，曾回访母校，应邀给学生做报告，同学们说受益匪浅，这是后话了。

当年我虽然没有考上大学，但心中的梦想和追求却没有半途而废。1964 年 9 月到 1965 年 9 月上旬，在老家博山区城东村居委会和博城公社（当时为全国第一个城市人民公社，实际上是博城街道办事处）工作的一年中，我为博山区广播站撰写了大量稿件，有的作品还发表在《淄博日报》上，在博山这个山城也算崭露头角。

1965 年 9 月参加青海军垦后，更加激发了写作的热情，我是中国人民解放军生产建设兵团农业建设第十二师一团六连团支部副书记、排长、俱乐部主任、文艺宣传队长。写了不少文艺作品、诗歌、文章，几年后调到一团宣传股当新闻干事，写了一些典型人物，并受到重视。

师部为了培养新闻写作骨干，从一团、三团、工程团、独立营各选送一人到青海日报社学习，那时叫帮助工作，达半年之久，我是一团选送的。我在报社总编室、评论部两个重要部门各学习了半个月，就主动要求下到湟源县驻点采访，三个月的时间里我很少回报社，一个月最多能回一趟。

我不辞辛苦地走乡串村，住在老乡家，吃在老乡家，那时农民家境不富裕，但纯朴可敬。吃饭很简单，吃肉吃鱼那是奢望，就是吃点有油水的东西也很难得。早饭，熟土豆蘸咸盐，喝开水；中午饭啃厚厚的烙大饼，发面带酸头，什么菜也没有，最多是喝茯茶水帮助下咽；晚上的饭就求之若渴，汤汤水水、热热乎乎的尕面片，舀上点油泼辣子，红油漂在面上，再就点酸菜，那真是美味佳肴，一顿能吃两三碗。

有一次，青海日报社张副总编来到湟源我正采访的一个大队，午饭安排在一位老太太家吃，那是个冬日，屋里感觉不到热乎气，好在我年轻抗冻。老人家端上两碗鼓尖的炖土豆块，是用菜籽油炝的锅，葱花味喷香。好长时间没有吃到这样味美的菜了，真是垂涎欲滴。

老人家还说了一段青海话，我听不懂，当地人叫“挖不响”。但只听了“滚滚颠颠”四个字，但不知何意，还错怪老人是不是等我们吃饱饭后要撵我们走。

张副总编笑着且深情地对我解释说，老人家讲，你们是城里人，来到乡下，没有好菜好饭招待你们，做点热汤热水的饭菜给你们吃，就算一片心意了。我听了老人家这席话，深受感动，泪珠在眼眶里滚动，流到了脸颊。

还有一次，我在三条沟大队采访，寒冬气温很低，晚上住到一对老人家里，他们从箱子里翻出儿子儿媳结婚时的新被褥让我铺盖，我感动不已。热炕很热，睡了一个香甜的觉。一觉醒来，天刚放亮，我从窗户看到，两位老人早就起床，他们站在窗户外好像在忙活什么。我出去一打听，原来两位老人一宿没睡觉，轮流为火炕添柴，怕火灭了冻着我。不是爹娘，胜似爹娘，让我永生难忘，感恩不尽。

又有一次，我在小高岭大队采访，这是个全国先进典型，住在藏族党支部书记家里，腊月二十三这一天，对于我这个还没成婚四海为家的小青年来说，书记做了一桌子饭菜，陪我过小年，真是温暖甜蜜如家。

我用多写稿、写好稿，宣传农业、宣传农村、宣传农民，报答我走到哪里都得到无微不至关怀的乡亲们。我开动“11”号车，跑遍湟源的村村队队，写了十三四篇稿件，平均不到一个星期就发表一篇稿子，多数是三四千字的大稿子，有四五篇刊登在《青海日报》头版头条。报社领导和记者都夸我很能干。

我从1970年11月到1971年3月。在青海日报社学习了半年，之后回到一团宣传股。不久就调到师部宣传科当新闻干事，继续用写作追逐梦想，展示前景，28岁时被提拔为副团职宣传科科长。其间，又到新华社青海分社学习数月。在新华社和《青海日报》都发表了一些文章和稿件。

机遇的大门终于向着我这个有准备并努力拼搏的人打开了，最终我一跃“龙门”，调入新华社青海分社，成了一名新华社记者。

在青藏高原当新华社记者的岁月里，我以吃苦耐劳和在重大工程以及柴达木开发建设新闻报道中善于独立作战而见长。我每年深入边远地区采访长达七八个月，柴达木遍布我采访的足迹，那些用满腔热情写出的颂扬高原建设和高原人的新闻作品，至今仍回荡在我的心中，常常被人提起，这是我留给青藏高原和柴达木最美的赞歌。

我相当多的精力投进了三条“天路”——青藏公路、格拉油路、青藏铁路的采访。

我曾三次进藏采访格拉输油管线。在工程开工两年多之后，新华社派记者独家采访这项工程，1975年11月，由新华社总社组织，青海分社派我和摄影记者樊如钧，西藏分社派文字记者杨延礼和摄影记者康松，联合报道格拉输油管线建设工程。

我们每次集中采访，两个分社的记者便分头从西宁和拉萨出发，乘车沿青藏公路来到格尔木，先在“五三〇”工程指挥部采访数日，再一起奔赴格尔木至拉萨的千里施工现场，一般都要十天半月，通过内部稿件向中央反映工程的进展情况和需解决的问题，对工程顺利进展起到一定作用。同时也积累了新闻素材，等工程完成后，撰写长篇通讯，让人们了解格拉输油管线建设的壮举。

1975 年 11 月第一次进藏采访，我们遇到了吃饭的问题，冬天沿途兵站没有新鲜蔬菜，以罐头食品为主，在物资匮乏尤其食品短缺的年代，罐头可以说是美味佳肴，饱餐几顿各种各样的罐头特别过瘾。可是，连续十几天顿顿吃罐头，天天吃罐头，就倒了胃口，难以下咽。旅途、采访劳累一天就想吃点稀的，在唐古拉山一带，我一顿能吃一大碗面条和半盘子油炸花生米。在海拔 4700 米的温泉附近汽车轮胎爆裂，我连续均匀地为补好的轮胎用气筒打气 200 下，当年可谓身强力壮，困难面前无所畏惧。

1976 年也是在严寒的 11 月，第二次进藏采访格拉输油管线建设。一天我们在海拔 4700 米的二道沟兵站住宿，由于砖砌的土炉子和火墙已失修，炉子怎么也点不着，满屋子是烟，我们只好作罢。室内零下十五六摄氏度，就穿着棉衣、棉裤、皮大衣，戴着皮帽子，钻进冰冷的被窝里，一夜冻得透心凉。第二天一大早，我们又精神抖擞地开始了新一天的采访活动。

第三次进藏采访是 1977 年 10 月，当时格拉输油管线工程还有两个月就要竣工通油了，我们在沿线采访了半个多月后，就驻到拉萨的新华社西藏分社动笔写稿。由于采访劳累，尤其天天吃当地产的面粉做的馒头，既黏又不容易消化，我大便干结，苦不堪言，体重骤降了十四五斤。当我完成报道任务回到青海时，在医院里住了半个多月才恢复过来。

我们用辛勤和心血写就的格拉输油管线的一系列新闻和文章，成为这项伟大工程的历史记载。

我从 1978 年 11 月 6 日至 11 月 22 日，独自一人沿千里青藏铁路第一期工程采访 17 天，记录了 3 万字的采访笔记，在后来持续采访 4 年中，发表数十篇新闻和文章。

记得有一年冬天到青藏铁路采访，坐长途汽车晚上九点多才来到香日德，又累又饿巴不得吃顿可口的热饭热菜驱寒逐乏，但到饭店一看大失所望，只剩下凉馒头和不热的羊肉汤。端上桌的羊肉汤没多会儿就漂了一层白花花的羊油，饭厅里气温少说也在零下几摄氏度。为了喝热汤，不住地加热水，饭吃得没滋没味。在那个年代，没有特殊照顾这一说，这样的采访遭遇在高原和盆地经常发生。

还有一次，我从大柴旦转战格尔木采访，搭了一辆解放牌货车。恰逢酷暑盛夏，戈壁滩上的气温少说也有四十多摄氏度，一进入南北宽三四十公里的察尔汗盐湖，就如在烤炉上烘烤一样难受。火红的太阳晒得驾驶室顶发烫，头都烤得晕晕乎乎，盐湖上带有盐分的热风吹到脸上生疼。一个多小时下来，脸晒成了关公脸，最后脱了一层皮，奇苦无比。

我在四年多独家独立采访向国内外公开报道青藏铁路第一期工程中，跑遍了所有施工工地，在指挥部、师、团、营、连中穿梭往来，我与铁道兵部队建立了深厚的感情，数十篇新闻、文章和两部专著，为他们树立了一座丰碑。

在柴达木的开发建设史上，有不少功臣名垂千秋，慕生忠将军就是一位杰出代表。他是青藏公路建设的倡导者、组织者、指挥者和参加者，又是青藏铁路建设的先驱，他病逝后又按其遗嘱将骨灰安葬到昆仑山口，永远陪伴他倾尽心血的青藏公路和青藏铁路。

我与将军有一段比较深入的交往，早在 1982 年，我曾与时任新华社青海分社代社长的张万象，沿青藏公路采访，还奔赴柴达木盆地、兰州、西安、乌鲁木齐等地采访，与青藏公路的建设元勋慕生忠将军畅谈七八天，又到新疆乌鲁木齐采访了他的哈萨克族儿子慕沙塔尔，还与几十位当年与慕生忠朝夕相处的老部下回忆昔日奋斗的岁月，常常让我们流下感动的泪水。

我先后执笔写出了 3.3 万字的《将军之路》和上万字的《将军

2019 年 8 月 5 日，张荣大在格尔木慕生忠将军事迹展板前留影

与孤儿》《青藏铁路建设的先驱慕生忠》三篇报告文学。

1985 年 9 月，我与党周、王运才采访青藏公路黑色路面改建工程。为了把 2000 公里沙土路面的青藏公路改建成黑色路面，数万名筑路部队指战员、工人和民工，同风雪高原顽强拼搏了 12 年。我们采写的《在青藏公路改建的日子里》的通讯，被许多媒体刊用。

作为一名新闻记者，能参与青藏公路、格拉油路（格尔木至拉萨输油管线）、青藏铁路（西宁至格尔木第一期工程）三条“天路”的新闻报道，我认为这是新闻工作者难得的机遇，一直感到很欣慰，也有一种成就感。

从 2014 年上半年，我又一次反复思考要出一本三条“天路”的书。三四十年前，我写了大约 12 万字关于青藏公路、格拉油路、青藏铁路（第一期工程）的新闻报道和文章，曾经产生过较大的社会反响。我从新华社青海分社调到青岛支社工作，一次采访一个部门领导，得知他曾经参加过青藏铁路建设，立即拉近了距离，有一种亲近感。我介绍当年全力采访青藏铁路，但他对我的名字记不起来。可是一说到当年我发表的《火车开进柴达木》的通讯稿，他激动起来了，不但说出了稿子一些内容，而且还收藏着登载这篇稿子的报纸，这让我非常感动和知足。毕竟多少年过去了，他还想着这篇老新闻，这是读者对自己的最高奖赏。

我敲定用《天路 天路 天路》作为书名，既切合实际，也有点文采，这让我兴奋不已。后来感到现成的文字还是少了，又补写了多篇文章，有十万字，还找了七八十张老照片，形成了一部书的规模。

《天路 天路 天路》由书稿到正式付梓出版，得到了西藏自治区党委宣传部常务副部长、新华社西藏分社社长张晓华（后来当选西藏自治区政协副主席），西藏自治区党委宣传部曾林处长，新华出版社社长张百新和西藏人民出版社的关心和支持，新华社原副社长何东君和新华出版社社长张百新分别题写“天路”书名，在此一一表示衷心的感谢！

青藏高原，我的第二故乡。

三条天路，我永远的牵挂。

《天路 天路 天路》一书，在我人生的74年的征程上筑起了一条情系高原的“心路”，这就是我心中的“天路”。

2019年10月